火魔經

화마경

허담 新무협 판타지 소설

FANTASTIC ORIENTAL HEROES

화마경 10

허담 新무협 판타지 소설

초판 1쇄 찍은 날 § 2011년 4월 6일
초판 1쇄 펴낸 날 § 2011년 4월 13일

지은이 § 허담
펴낸이 § 서경석

총괄팀장 § 유경화
편집책임 § 어정원
편집 § 주소영

펴낸곳 § 도서출판 청어람
등록번호 § 제1081-1-89호
등록일자 § 1999. 5. 31
어람번호 § 제2-2074호

주소 § 경기도 부천시 원미구 심곡2동 163-2 서경B/D 3F (우) 420-822
전화 § 032-656-4452 팩스 § 032-656-4453
http://www.chungeoram.com
E-mail § chungeoram@chungeoram.com

ISBN 978-89-251-2481-0 04810
ISBN 978-89-251-2263-2 (세트)

FANTASTIC ORIENTAL HEROES

허담 新무협 판타지 소설

화마경

火魔經

10

조화성
[완결]

청어람

目次

제1장	출계	7
제2장	재회(再會)	37
제3장	귀로(歸路)	69
제4장	잠행(潛行)	99
제5장	무동(武洞)	131
제6장	인연의 사슬	161
제7장	결전(決戰)	191
제8장	저주의 업보	223
제9장	오신경의 경주들	253
제10장	천명	285
終		315

第一章

출계

화마경

바람은 골을 따라 흐른다. 골의 형태가 변하면 바람의 길도 변한다.

쿠쿠쿠쿵!

패배자들의 무덤이 뒤흔들렸다. 지저의 용암이 수백 년 잠에서 깨어나듯 동굴은 수일 동안 굉음과 잦은 떨림을 토해냈다. 그 충격은 계곡 넘어 인수로를 통해 신마봉 위쪽까지도 이어졌다. 덕분에 신마봉에 사는 사람들은 며칠 동안 혹시라도 화산이 폭발하는 것 아닌가 하는 걱정으로 잠을 이루지 못했다.

그러나 산의 울림은 오래가지 않았다. 며칠이 지나자 진동은 잠잠해졌다. 그리고 누구나 그렇듯이 소리가 사라지자 사람들도 금세 화산에 대한 두려움을 잊었다.

"변했다!"

송추월의 입에서 득의한 목소리가 흘러나왔다. 여전히 검은 어둠에 잠긴 계곡, 수백 척의 낭떠러지로 이어진 절벽의 중간쯤에서 송추월이 암벽을 타고 있었다.

휘이잉!

바람은 여전히 계곡을 지배하고 있었다. 송추월의 몸을 휘감는 바람의 압력은 예전이나 다름없었다. 그러나 달라진 것이 있었다. 바람의 방향이었다. 아래로만 끌어내리던 풍향이 아래에서 위로 혹은 측면으로 변화무쌍하게 바뀌고 있었던 것이다. 덕분에 송추월은 제법 수월하게 인수로를 향해 절벽을 오를 수 있었다.

송추월이 수일간 한 일은 하나였다. 검은 계곡의 가장 아랫부분, 그러니까 패배자들의 무덤이라 이름 지어진 지하 동굴 아랫부분을 파괴하는 일이 그것이었다. 계곡에 이는 바람은 분명 계곡의 형태에 따라 그 방향이 변할 것이란 추측이 송추월의 판단이었다.

며칠 동안의 노력이 헛되지 않아서 송추월이 다시 인수로를 향해 암벽을 타고 오르자 그동안 탈출을 막았던 그 강력한 계곡의 바람이 이젠 더 이상 그의 앞길을 막지 않았던 것이다.

물론 위험하지 않은 것은 아니었다. 바람의 방향이 변하기는 했어도 그 세기는 달라지지 않아서 송추월은 가끔 암벽에 매미처럼 바싹 붙어 한동안 바람의 방향이 변하기를 기다리곤 해야 했다. 그러나 비록 시간이 걸리기는 했지만 아래로만 향하던 바람은 사방으로 변화했고, 그 변화의 틈을 이용해 송추월은 인수로와 이어진 까마득한 절벽을 오를 수 있었던 것이다.

"후욱!"

송추월이 깊게 숨을 내쉬었다. 아스라이 뿌연 빛이 눈에 들어왔다. 인수로였다. 얼마 전에도 이 정도 위치까지 오른 적은 있었다. 그러나 그때는 더 이상 전진하지 못하고 다시 계곡 아래로 내려가야 했다. 그러나 오늘은 달랐다. 송추월의 두 발과 두 손이 신중하게 그의 몸을 인수로를 향해 밀어 올리고 있었다.

휘이잉!

다시 한 차례 바람이 불었다. 송추월이 크게 한 번 흔들렸지만 재빨리 공력을 일으킨 덕에 그의 몸은 바람의 영향에서 벗어나 암벽에 바싹 붙었다.

"쉽지만은 않군."

송추월이 암벽에 붙어 잠시 휴식을 취하며 올라갈 방향을 가늠했다. 오랜 경험으로 바람의 길이 눈에 들어오는 듯싶었다.

"오늘은… 이곳을 나갈 수 있겠어."

힘겹지만 송추월의 목소리엔 자신감이 넘쳐 났다. 지난 세월 측량할 수 없이 고강해진 공력과 변화한 바람의 방향은 더 이상 송추월을 패배자들의 무덤에 가둬두지 않을 터였다.

"가보자."

송추월의 손발이 다시 움직였다. 그의 몸이 규칙적으로 전진하며 암벽을 오르기 시작했다.

우우웅!

바람이 우는 소리가 한층 커졌다. 그러자 바람의 압력 또한 강력해졌다. 더군다나 바람의 방향이 다시 위에서 아래로 내리 불고 있었다. 계곡 아랫부분의 지형 변화가 일으킨 바람의 변화가 인수로에 가까워지자 크게 달라지지 않았던 것이다.

"제길!"

송추월의 입에서 나직한 욕설이 흘러나왔다. 고개를 들어보면 인수로까지는 길어야 이십여 장, 인수로의 모든 것이 또렷이 들어오는 거리였다. 만약 바람이 아니었다면 서너 번의 도약으로도 단번에 오를 거리였다. 그러나 아래로 발목을 잡아내리는 바람은 송추월이 일 장을 전진하는 것도 어렵게 만들고 있었다.

"다시 내려갈 수는 없지."

이곳까지 와서 패자들의 무덤으로 다시 내려갈 수는 없었다. 그랬다가는 정말 영영 패배자 신세로 동굴 속에서 죽어야 할지도 몰랐다.

"승부를 낼 시간이야."

송추월이 이를 악물었다. 그리고는 천천히 바람의 압력을 뚫고 위로 움직이기 시작했다.

송추월은 그렇게 정확히 한 시진을 이동했다. 일 장을 이동하는 데 일각 이상의 시간이 허비됐다. 그러나 그 느림 속에서 송추월은 그가 지금껏 경험했던 그 어떤 힘보다도 강한 힘을 뚫으며 암벽을 올랐다. 만 근의 산악을 들어 올리는 고통 속에 한 시진이 흘렀을 때, 송추월은 드디어 인수로를 눈앞에 뒀다.

턱!

송추월의 손가락이 절벽이 시작되는 난간에 걸렸다. 쇠꼬챙이처럼 강하게 난간을 찍은 그의 손가락은 딱딱한 암석 속으로 제법 깊게 파고들어 간 상태였다.

"후욱!"

송추월이 깊게 숨을 들이마셨다. 그리고는 한순간 그의 신형이 쏘아진 화살처럼 허공으로 솟구쳤다.

휘이잉!

신형이 허공으로 떠오르는 순간 강력한 바람이 송추월을 휘감았다.

"핫!"

송추월의 입에서 짧은 기합성이 터져 나왔다. 그러자 그의 몸이 악귀처럼 매달리는 바람을 빠져나와 가볍게 인수로 위 공터에 내려섰다.

후우웅!

송추월을 놓친 바람이 한 번 더 용을 쓰더니 이내 깊은 계곡 속으로 꼬리를 말고 사라졌다. 사위는 고요를 되찾았고 송추월은 인수로에 있었다.

쿠쿠쿵!

며칠간 조용하던 신마봉에 다시금 격렬한 굉음이 들려왔다. 산신(山神)이 망치로 신마봉을 박살 내는 듯한 소리에 드디어 마효가 참지 못하고 성을 냈다.

"한봉!"

"옛, 경주!"

마효의 부름에 일노 한봉이 재빨리 마효 앞에 시립했다.

"어디야?"

"인수로 쪽입니다만……."

"인수로?"

마효가 살짝 인상을 찡그렸다.

"그렇습니다."

"인수로라면 잠인이 접근할 수 없는 곳 아니냐?"

"그렇습니다. 소경주님이 인수로를 통과하신 이후 그 기관을 더욱 엄중하게 손봐놓아서 누구도 경주님의 허락 없이는 인수로에 들 수 없는 상황입니다."

"그런데 그 안에서 이 소리가 난단 말이지? 혹 기관이 잘못된 것은 아닌가?"

"반년에 한 번씩 기관을 살피고 있습니다만……."

"언제가 마지막이었어?"

"두 달 전입니다."

"음… 그럼 기관에 문제가 생길 일이 없는데… 살펴봐. 기분이 좋지 않아."

"옛! 경주!"

재빨리 고개를 숙인 한봉이 순식간에 장내를 벗어났다.

부루는 태산오룡을 뒤에 세우고 신마봉 서쪽 자락을 거닐고 있었다. 그런데 부루가 장쾌하게 펼쳐진 곤륜의 산맥을 앞에 두고 반대로 고개를 돌려 신전이 있는 곳을 바라봤다.

"정말 화산이 폭발하려는 걸까?"

부루가 고개를 갸웃했다. 그러자 이젠 초로의 노인이 된 태산오룡의 맏이 종회가 입을 열었다.

"자세히 조사해 볼 필요가 있을 것 같습니다. 한 번으로 그친 것이 아니라 며칠을 사이에 두고 계속 진동이 오는 것은 심상찮은 현상인 듯합니다."

종회의 말에 부루가 고개를 끄덕였다.

"맞는 말이야. 하지만 수백 년 잠잠했던 화기가 갑자기 폭발하려 하다니 기이하군. 선대의 경주들 또한 이 신마봉의 화기는 폭발할 위험이 없다고 했었는데."

"하늘이 하는 일, 사람이 짐작하기란 어렵지요."

"후후후, 그 말은 신경의 경주들 또한 사람이란 말이군."

순간 종회가 급히 한 걸음 물러서며 고개를 숙였다.

"죄송합니다. 그런 의미로 드린 말씀은 아니었는데 죽을죄를 지었습니다."

"아냐, 아냐… 괜찮아. 사실 신경을 수련하기 전에는 신경 안의 신공만 수련하면 인간 위의 인간, 신이라도 될 거라고 생각했었지. 하지만 화기만주를 완성하고 나니 다른 생각이 들더라고. 인간은 인간일 뿐이라는. 화기만주의 경지에도 빈틈은 있고 그걸 메우기 위해 화정멸세를 연성하고 있지만 화정멸세를 완성한다 해도 내가 신이 되지 못하는 것은 분명한 사실이야. 단지 다른 자들보다 조금 더 강한 인간이 될 뿐이겠지."

"소경주께선 이미 무림의 신인이십니다."

"후후후, 종회 그대는 나이가 들수록 아부가 늘어가는 것 같군."

"외람되지만 제가 변한 것이 아니라 소경주께서 변하신 때문입니다."

"다시 말해 내가 그대의 존경을 받을 사람으로 성장했다는 의미인가?"

"그렇습니다."

"하하하, 아부의 실력도 늘었어. 아무튼… 가보지, 정말 화산이 폭발하려는 건지."

부루가 천천히 신전 쪽으로 걸음을 옮겼다.

부루가 신전의 입구에 가까이 다가갔을 때 일노 한봉이 황급히 신전을 벗어나다가 부루를 보고는 재빨리 걸음을 멈추고 허리를 숙였다.

"무슨 일인가? 정말 화산이라도 폭발하려는가?"

부루가 여유로운 표정으로 물었다.

"그게… 화산의 문제는 아닌 것 같습니다."

한봉의 표정이 무척 어두웠다.

"화산이 터질 것도 아니라면서 표정이 왜 그런가?"

"조금… 기이한 일이 벌어졌습니다."

"기이한 일?"

"그렇습니다."

"도대체 무슨 일인데 한봉 그대와 같은 사람을 당황시킨단 말인가?"

"그것이… 인수로의 기관 일부가 파괴되었습니다."

한봉의 말에 부루의 표정도 변했다.

"기관이 파괴돼? 인수로의 기관을 살핀 것이……?"

"두 달 전입니다."

"그런데 두 달 만에 기관이 파괴돼? 일을 제대로 하지 않은 건가?"

"그런 것이 아니오라… 누군가 강제로 인수로의 출입구를 연 것 같습니다."

순간 부루의 얼굴이 딱딱하게 굳었다.

"사람의 힘으로 인수로의 문을 열어?"

"그, 그런 듯합니다."

한봉이 자신도 믿기지 않는다는 듯 대답했다.

"이건… 보통 일이 아니군. 사부께 가세."

"옛, 소경주!"

한봉이 고개를 숙여 보이고는 앞장서서 마효가 거처하는 전각으로 향했다.

"인수로가 열렸다? 입구 쪽으로?"

"그렇습니다."

한봉이 대답했다.

"인수로를 힘으로 열었다? 으음……."

마효의 표정이 밝지 않았다. 인수로는 오직 경주의 통제하에서만 움직이는 길이다. 인수로를 통해 후계자를 뽑을 때조차도 언제나 화마경주의 통제하에 움직였다. 그런데 그 인수로가 마효 자신의 통제에서 벗어나 누군가의 힘으로 열렸다. 정말로 두려운 것은 강제로 인수로를 연 자가 있다면 그의 무공은 화마경주 마효 자신조차도 두려워할 만한 경지라는 것이다. 인수로가 열렸다는 점보다도 인수로를 강제로 연 자가 존재한다는 사실이 마효를 더욱 긴장시켰다.

"도대체 누가 그런 일을 할 수 있단 말인가?"

마효가 태사의에 깊숙이 몸을 묻으며 중얼거렸다.

"짐작 가는 사람이 있기는 합니다만……."

문득 부루가 입을 열었다.

"누구냐?"

마효가 눈을 가늘게 뜨며 물었다.

"무극… 녀석의 종적은 아직 곤륜이나 강호 어디서도 발견

되지 않았습니다."

"설마 녀석이 인수로에 숨어 있었다고 말하려는 거냐?"

"어쩌면……."

"불가능한 일이다. 애초에 녀석이 인수로로 들어갈 방법이 없지 않느냐?"

"생각해 보면 아주 방법이 없는 것도 아니지요."

"방법이 있다고?"

부루의 말에 마효가 정색을 하며 물었다.

"그렇습니다. 매년 두 번씩 인수로를 점검하고 손보는 시기에는 인수로가 잠시 열리지요."

"하지만 그때 인수로로 들어가기에는… 음, 녀석이 강호에서 가장 뛰어난 살수다 그거냐?"

마효가 뭔가를 깨달은 듯 물었다.

"그렇습니다."

"그래… 네 말이 맞을 수도 있다. 강호제일살수라면 충분히 그 틈을 노릴 만하지. 하지만 그래도 이해되지 않는 것이 있다."

"무엇입니까?"

부루가 되묻자 마효가 부루의 눈을 빤히 보며 물었다.

"너, 인수로의 삼문을 강제로 열 수 있느냐?"

마효의 물음에 일순 부루의 말문이 막혔다. 화마경의 소경주가 된 이후 부루는 경주가 되기 위한 준비를 착실하게 해오고 있었다. 그중에는 화마경의 무공을 익히는 것과 함께 신마봉을 중심으로 이루어진 신마계를 움직이는 일도 포함되어 있었다.

그중 인수로를 관리하는 것은 가장 중요한 일 중 하나였다. 그래서 부루도 마효만큼이나 인수로에 대해 잘 알고 있었다.

"어렵겠습니다."

힘으로 인수로의 삼문을 뚫는 것은 부루에게도 불가능한 일이었다.

"그런데 무극 그놈이 뚫었다고? 불가능하다."

마효가 단정적으로 말했다.

"하지만 무극이 인수로의 기관을 점검할 때 들어갔다면 인수로의 기관이 어떻게 작동하는지에 대해 알아냈을 수도 있습니다."

부루의 말에 마효가 고개를 끄덕였다.

"그렇기도 하군. 문이 어떤 형태로 열렸더냐?"

마효가 한봉에게 물었다. 그러자 한봉이 조금 난감한 표정을 지으며 대답했다.

"제 소견으로는 온전히 힘으로 문을 부순 것으로 보였습니다."

"기관을 건드리지 않고?"

"그렇습니다. 출문과 이어진 기관이 움직인 흔적은 없었습니다."

한봉의 말에 마효가 부루에게 시선을 주며 말했다.

"이렇다는구나. 이래도 무극이냐?"

마효의 물음에 부루도 이번에는 대답을 망설였다. 그가 아는 한 원무극은 결코 인수로의 문을 강제로 열 수 있는 힘이 없었다. 원무극이 그들의 손에서 벗어난 후 어떤 기연을 얻었을지라도 인수로를 강제로 열 힘을 얻었다는 건 상상하기 어려웠다. 그리고 만약 원무극이 그런 힘을 얻었다면 인수로를 벗어나 도주하는 대신 신전으로 스며들어 와 부루 자신의 목숨을 노렸을 터였다.

"무극은… 아닐 것 같군요."

부루가 무극이 이 소동의 주인공이라는 의견을 거둬들였다.

"좋아. 녀석이 아니라면 도대체 누굴까? 설마 신마봉 아래 지하에서 괴물이라도 올라온 걸까?"

"지금으로선……."

"출계가 얼마나 남았지?"

문득 마효가 엉뚱한 질문을 던졌다.

"예정대로라면 이 년 후입니다."

"조화성의 회합이 삼 년 후니 일 년의 여유를 둔 거군."

"그렇습니다."

"출계를 앞당긴다."

"무슨 말씀이신지……?"

부루가 갑작스런 마효의 말에 의아한 표정으로 물었다.

"이건 보통 일이 아니다. 만약 누군가가 인수로의 관문을 힘으로 파괴하고 신마봉을 벗어났다면 그는 우리 두 사람의 힘을 능가하는 인물이란 의미가 된다. 또한 그의 과격한 행동으

로 보았을 때 우리의 친구는 아니지. 그런 자가 강호에 존재한
다면 신마계가 위험할 수도 있다. 그를 추격한다. 조화성의 회
합 전에 그를 제거해야 한다. 위험의 불씨를 안고 조화성으로
갈 수는 없으니까. 아니, 그를 제거하지 못하더라도 최소한 놈
의 정체는 확인해야 한다. 어쩌면… 오경주 중 한 명일 수도
있으니…….”

“알겠습니다.”

부루가 마효의 말을 즉시 알아듣고 고개를 숙였다.

“준비를 서둘러라. 시간이 지날수록 놈의 흔적이 엷어질 테
니… 한봉은 천안객잔에 전서구를 보내라. 놈의 행적을 파악
해 보라고 해!”

“알겠습니다, 경주!”

한봉이 재빨리 자리에서 벗어났다. 그러자 마효가 몸을 일
으킨 후 창가로 걸음을 옮기며 중얼거렸다.

“세상일이란 모두 새옹지마지. 어쩌면 이 일이 너에게 좋은
일이 될 수도 있다. 강호에서 강적을 상대할 기회를 갖게 된다
면 화정멸세를 완성할 수도 있다. 위험하지만 기회이기도 하
다.”

“명심하겠습니다.”

“좋아. 삼 일 후 출계한다. 준비해라.”

“예, 사부!”

부루가 정중하게 허리를 숙여 보이고는 서둘러 마효의 거처
를 벗어났다.

"풍산, 대일!"

부루가 철창으로 가려진 동굴 앞에서 안을 들여다보며 소리 쳤다. 그러자 동굴 안쪽에서 쇠사슬 부딪치는 소리가 들리더 니 어느 순간 봉두난발의 두 거인이 모습을 드러냈다.

"웬일이냐? 또 싸워보자고?"

길게 자란 수염과 머리로 얼굴을 반쯤 가린 곽풍산이 히죽 웃음을 흘리며 물었다.

"아니, 싸울 일은 아니다."

"그럼 귀한 몸께서 이곳엔 웬일이냐? 낄낄, 설마 옛정이 다 시 살아난 것은 아닐 테고… 흐흐흐."

이번엔 대일이 물었다. 그러자 부루가 빙긋 미소를 지었다.

"나야 언제나 네놈들에게 정을 느끼고 있지. 단지 네놈들이 날 거부할 뿐이지."

"아, 그랬나?"

대일이 쇠사슬에 묶인 손을 들어 이마를 쳤다.

"삼 일 후 떠난다."

문득 부루가 얼굴에서 웃음을 거두고는 정색한 표정으로 말 했다.

"떠나? 어디로?"

"고향으로 간다."

순간 곽풍산과 대일의 표정이 변했다.

"고향… 백두?"

"그래!"

"설마 조화성으로……?"

"최종 목적지는 그곳이 되겠지. 하지만 그전에 이삼 년 동안 강호행을 해야 한다."

"왜? 조화성에 들기 전에 천하라도 차지하게?"

대일이 비웃듯 물었다.

"천하를 얻는 게 뭐가 급하겠어. 손만 뻗으면 얻어지는 건데. 그 일은 조화성을 접수한 이후에나 해볼 생각이다, 놀이 삼아."

"그럼 왜 강호행을 하는 거지? 설마 네가 강호 유람이나 다닐 성격은 아니고."

"사람 하나를 찾을 생각이다."

"사람? 누굴?"

"글쎄… 그가 누구인지는 찾아봐야 알겠지. 아무튼 너희도 함께 간다."

"우리가 왜 가야 하지?"

"내가 원하니까."

"그냥 죽이라고 말한다면?"

"무극이 어떻게 되었는지는 알고 싶겠지."

부루의 말에 곽풍산과 대일의 표정이 일변했다.

"무극? 무극의 소식을 알고 있단 말이냐?"

"후후후. 글쎄……."

"이놈! 사실대로 말해!"

쩔렁!

곽풍산이 철장을 움켜쥐며 소리쳤다. 곽풍산의 힘에 철창이 흔들거렸다. 그러나 부루는 곽풍산의 겁박에도 눈 하나 깜박이지 않았다. 대신 득의한 표정으로 나직하게 말했다.

"그 소식을 듣고 싶으면 나와 함께 강호로 간다. 내 마차의 마부가 돼서 말이야."

"이놈······!"

"무극이 살아 있다는 게 확실하다는 것만 말해주지. 하지만 앞으로도 녀석의 목숨이 붙어 있을 거란 건 장담하지 못한다. 아마⋯ 너희의 도움이 필요할 거야."

"설마 네가 찾고자 하는 사람이 무극이었더냐?"

"아! 그러고 보니 강호에서 찾아야 할 사람이 두 사람이었군. 무극과 그."

"그가 도대체 누구냐?"

"그것까진 알 것 없고. 어쨌든 수하들이 옷가지를 가져다줄 거다. 품이 크니 쇠줄을 숨길 수 있을 거야. 준비하고 기다려! 아, 좀 씻어라. 그 몰골로 강호에 나가면 금세 사람들의 이목을 끌게 될 테니."

부루가 곽풍산과 대일을 한 번씩 보고는 이내 신형을 돌려 동굴에서 멀어졌다.

"죽일 놈! 이젠 사람들 앞에서 우릴 부려먹겠다는 거군."

멀어지는 부루를 보며 곽풍산이 이를 갈았다.

"나쁘게 생각할 것만은 아니다."

대일이 말했다.

"무슨 소리냐?"

"생각해 보면 좋은 점이 두 가지나 있어. 하나는 역시 무극 녀석이 아직 살아 있다는 것을 확실하게 알게 된 셈이고, 둘째 는 강호에 나간다면 이 신마봉에서보다 훨씬 기회가 많을 거 란 말이지."

"기회?"

"그 늙은이와 부루 놈의 손에서 탈출하든지… 아니면 놈의 목을 따든지 어느 쪽이든 이곳에서보단 기회가 많을 거야."

대일의 말에 곽풍산이 고개를 끄덕였다.

"듣고 보니 네 말이 맞구나. 그래, 기회가 있을 거야. 희망이 있다면 그까짓 마부쯤이야…… 그런데 강호라니… 허허허, 생각해 보니 좋은 점이 또 있었어. 강호라… 좋은 공기를 마시 게 될 거야. 허허허!"

곽풍산의 시선이 철창 너머 멀리 구름 한 점 깃든 곤륜의 봉 우리들을 응시했다.

*   *   *

곤륜의 산들이 서서히 순백에서 흙빛으로 변해가다 종국에 는 푸른 숲과 검은 바위로 이루어진 대산들이 모습을 드러내 는 지점, 산허리를 따라 아슬아슬한 고개 위에 지어진 한 채의 객잔은 오늘도 느린 시간 속에서 손님을 기다리고 있었다.

실혼령의 천안객잔은 언제나처럼 손님이 없었다. 그래서인지 객잔 주인인 노혼과 이젠 중년이 된 점소이 양청은 오늘도 객잔 앞 볕 좋은 곳에 자리를 잡고는 꾸벅꾸벅 졸고 있었다.

꾸우우!

한순간 한 마리 전서구가 서쪽에서 날아오더니 구슬픈 울음으로 두 사람의 오수를 깨웠다.

노구의 노혼이 의자에 앉은 채 팔을 들었다. 그러자 전서구가 천안객잔을 한 바퀴 돌더니 이내 노혼의 팔 위에 내려앉았다.

"어디 보자. 사형께서 또 무엇 때문에 이 늙은이에게 소식을 전하셨을까?"

짐짓 흥미로운 표정으로 노혼이 전서구의 발목에서 전서를 떼어냈다. 그리고는 늙어 떨리는 손으로 전서구를 펼쳤다.

"무슨 소식입니까?"

곁에서 양청이 물었다. 그러자 노혼이 고개를 들어 서쪽으로 이어진 길을 보며 중얼거렸다.

"온다는구나."

"벌써 말입니까?"

양청이 의외라는 듯 되물었다.

"할 일이 생긴 것 같다. 보려무나."

노혼이 전서를 양청에게 건넸다. 그러자 양청이 얼른 전서를 받아 읽더니 심각한 표정으로 말했다.

"신마봉을 탈출한 자가 있다니… 놀라운 일이군요. 그것도 인수로를 파괴하고."

"그가 강호로 향했다면 이쪽으로 올 것이다. 길을 살펴라."

"쩝! 이 넓은 곤륜의 길을 어떻게 모두 살핍니까?"

"사람을 풀어."

"제길, 금자가 꽤 들 텐데."

"이 망할 놈아! 평생 이곳에서 객잔 주인이나 할 놈이 금자
는 모아둬서 뭐하게?"

"혹시 압니까? 소경주는 지금의 경주님과 달라서 절 자유롭
게 놓아줄지."

양청이 이번에는 고개를 돌려 동쪽, 사천으로 이어진 길을
보며 말했다.

"나가고 싶으냐?"

"아주 죽겠습니다."

"이번에 사형께서 오시면 내 한번 청을 넣어보마."

"정말이십니까?"

"평생은 몰라도 잠깐의 출행은 허락해 주실 것이다. 강호행
이 수련 중 일부라는 건 사형께서도 잘 알고 계시니, 문지기를
하려면 세상 돌아가는 것도 알아야지."

"고맙습니다, 사부!"

"아직은 모르는 일이니 벌써 고마워할 일은 아니고… 화산
범해는?"

"그 끝이 쉽게 닿지 않습니다."

"어려운 일이지. 급하게 생각할 것 없다. 화산범해가 신경

의 무공 중 네가 익힐 수 있는 마지막 신공. 화산범해를 이루고 나면 달리 익힐 것도 없으니 천천히 수련토록 하거라."

"조금 우울하군요."

"뭐가?"

"화산범해 이상의 무공을 익힐 수 없다니……."

"쯧쯧, 쓸데없는 욕심은 명을 재촉한다. 욕심내지 말고 사람들이나 모아라!"

"예, 사부. 그리하지요!"

양청이 훌쩍 의자에서 일어나더니 서둘러 객잔 안으로 사라졌다.

"이틀 전 한 명의 괴인이 지장봉 아래를 지났다고 합니다."

노혼과 양청은 천안객잔에서 하루 거리의 실혼령 북쪽까지 나와 있었다. 양청의 말에 노혼이 북쪽을 바라봤다.

"지장봉이라… 그러면 조물곡을 통과하겠군."

"그렇지요."

"가보자, 도대체 어떤 자이기에 인수로를 뚫었는지."

"위험하지 않을까요?"

"글쎄… 뭐, 너와 나 둘을 상대할 자가 있겠느냐? 사형이 아닌 이상."

"알겠습니다."

양청이 앞으로 나서 길을 열기 시작했다.

곤륜의 한기에서 벗어난 산야가 녹음을 되찾고 온갖 기화이초가 자라는 첫 번째 계곡, 사람들은 그곳을 조물곡이라 불렀다. 사시사철 약초가 풍성해 약초꾼들의 발길이 끊이지 않는 곳이라 자연히 사천으로 들어가는 길이 만들어진 곳이기도 했다.

"언제나 좋아, 이곳은."

"인근에선 가장 좋은 곳이지요."

서둘러 조물곡에 도착한 노혼과 양청이 녹음으로 우거진 계곡을 보며 밝은 표정을 지었다.

"사람들이 안 보이는군."

"오기 전에 길을 막았습니다."

"제법 일을 하는구나."

"사부, 제 나이가 이미 사십이 다 되어갑니다."

"끌끌… 네 녀석이 벌써 그리되었더냐?"

"사부께선 세월 가는 걸 잊으신 모양입니다."

"사람이 머리에 흰머리가 생기면 그때부턴 세월을 셈하지 않는 법이다. 순간순간 살다 문득 갈 때가 되면 가는 거지."

"사부는 여전히 정정하십니다."

"후후후, 화마경의 공덕이 아니더냐."

노혼이 사람 좋은 미소를 흘렸다. 그런데 그때 계곡의 안쪽에서 한줄기 산새 소리가 들려왔다.

"온 모양입니다."

"늦지 않게 도착해 다행이구나. 그럼… 만나볼까?"

"과연 그가 신마봉을 탈출한 자일까요?"

"만나보면 알겠지."

송추월은 천천히 초록의 계곡을 걷고 있었다. 급하게 서둘 일은 없었다. 신마봉을 벗어난 이후 그를 추격하는 사람은 없 었다. 인수로를 엉망으로 부수어놓고 나온 것을 생각하면 의 외의 일이었다.

삐리리리!

한참 길을 걷던 송추월의 귀에 문득 산새 소리가 들렸다. 순 간 송추월이 걸음을 멈췄다.

"사람이 있군."

송추월이 중얼거렸다. 어려서 대호산에서 살아온 송추월의 귀는 정말 산새가 우는 소리와 사람이 흉내를 내는 소리 정도 는 구분할 수 있었다. 지금 그의 귀에 들려오는 소리는 사람이 산새의 울음소리를 흉내낸 것이었다.

"하긴 길목이 좋으니 산적이 있을 수도 있겠지."

송추월은 그가 통과하는 계곡이 조물곡이란, 약초꾼들 사이 에 제법 유명한 곳이란 걸 알지 못했지만 주변 지형이 산적질 하기에 좋은 장소임은 한눈에 알아볼 수 있었다.

"뭣하면 산채 하나 잡고 며칠 쉬어갈까?"

사람을 볼 수 없는 여행이 지루하던 참이었다. 물론 사천으 로 들어가면 금세 인파에 휩쓸릴 테지만 그래도 오랜만에 만 나게 될 사람이 반가운 송추월이었다, 상대가 산적일지라도.

송추월이 걸음을 빨리했다. 그러자 어느 순간부터 그의 주변에서 사람의 기운이 느껴지기 시작했다. 화정멸세를 이룬 그의 무공은 그를 중심으로 움직이는 사람과 짐승의 움직임들을 하나도 놓치지 않고 있었다.

그렇게 얼마를 걸었을까. 따르기만 할 뿐 길을 막지 않는 인기척에 조금 지루함을 느끼던 송추월의 눈에 문득 멀리 두 명의 신형이 들어왔다.

"드디어 나타났군. 그런데……?"

송추월이 고개를 갸웃했다. 비록 먼 거리였지만 나타난 자들의 모습이 산적과는 차이가 있었다.

"산적이 아니었던가?"

왠지 모를 긴장감이 송추월의 등줄기를 타고 올랐다. 그리고 그들의 모습이 가까워졌을 때 송추월은 자신이 한 가지 사실을 잊고 있었다는 걸 깨달았다.

"그랬지. 그 늙은이의 사제라고 했었지. 신마계를 지키는 문지기. 그래서 날 추격할 필요가 없었군. 앞에서 기다리고 있으면 되니까. 후후, 그런데 노인도 많이 늙었네?"

송추월은 한눈에 그의 앞에 나타난 사람이 천안객잔의 주인 노혼이란 것을 알았다. 비록 십오 년이 훨씬 지났지만 그와 같은 사람은 한 번 보면 그 인상을 잊을 수 없게 마련이다. 노혼 옆에 있는 양청 역시 비록 이젠 중년의 나이에 들어섰지만 청년 시절의 모습이 그런대로 남아 있었다.

송추월이 다가서자 노혼과 양청이 긴장한 듯 자연스레 두

다리를 벌리며 자세를 취했다. 인수로를 파괴한 자라면 한순간에 공격할 수도 있었기 때문이다.

"뉘시오?"

송추월이 짐짓 두 사람의 정체를 모르는 듯 물었다. 송추월은 기억하고 있지만 그들은 송추월을 못 알아봤다. 송추월의 모습은 그들을 만났을 때와 많이 달라져 있었다. 길게 자란 머리와 수염은 청년이었던 시절의 모습을 감추었고, 입고 있는 옷가지 또한 낡고 해어져 도저히 그가 과거 신마봉을 찾아가던 다섯 젊은이 중 하나라는 사실을 노혼과 양청은 짐작할 수 없었다.

"혹… 신마봉에서 오는 길이신가?"

노혼이 경계를 늦추지 않고 물었다.

"신마봉? 신마봉이 어디요?"

송추월이 시치미를 뗐다. 할 수만 있다면 그의 존재를 이들에게 숨기는 것이 좋았다. 인수로를 부순 자가 송추월 자신이라는 것이 알려지면 필시 마효와 부루의 추격이 있을 터였다. 화마경에 조화밀공의 제오결이 남아 있다면 지금은 그들을 만날 때가 아니었다.

"정말 신마봉을 모르는가?"

노혼이 재차 물었다. 그러자 송추월이 고개를 저었다.

"그런 이름은 들어본 적이 없소이다만……."

"하면 어디서 오는 길인가?"

노혼이 차가운 목소리로 물었다. 그러자 송추월이 대답을 하는 대신 잠시 노혼과 양청을 바라보다 되물었다.

"당신들은 누군데 길을 막고 지나가는 사람의 정체를 묻는
것이오? 먼저 그 연유나 좀 압시다."

송추월의 질문에 노혼이 깊은 눈으로 송추월을 살피다가 가
볍게 고개를 끄덕였다.

"보통 인물은 아니군."

노혼 자신과 양청의 기세를 담담히 받아내는 송추월의 모습
에서 한눈에 송추월이 평범한 인물이 아니라는 것을 읽어낼
수 있었다.

"당신들도 보통은 아닌 것 같구려."

송추월이 대꾸했다.

"우린 반드시 그대의 정체를 알아야겠네. 그렇지 않으면 자
넨 이곳을 벗어날 수 없네."

노혼이 경고하듯 말했다.

"이거… 오랜만에 세상에 나오니 별일이 다 있군. 이렇게 막
무가내로 사람의 길을 막다니… 혹 산적이오?"

"묻는 말에 대답이나 하시게."

"뭐, 어려운 것도 아니지. 난 곤륜 깊은 산속에 들어가 무공
을 수련하던 사람이오. 어느 정도 무공에 자신이 생겨 이제 강
호로 나가볼까 하여 하산하는 길이었소. 이제 됐소?"

"이름은?"

"흐흐, 곤륜으로 들어갈 땐 무명소졸이었으니 말해줘도 모
를 거요."

"말해보게."

"파산이라 하오."

"파산?"

"들어보셨소?"

송추월이 되묻자 노혼이 고개를 저었다.

"모르겠군. 자네 말대로 처음 듣는 이름이야."

"그것 보시오. 알 수 없다지 않았소. 하지만… 이제 곧 이 이름을 귀가 따갑게 듣게 될 것이오. 곧 강호는 나 파산의 발아래 들어올 테니 말이오."

송추월이 짐짓 호기롭게 말했다. 그러자 노혼이 피식 실소를 흘리더니 입을 열었다.

"그렇군. 자네가 그렇게 대단한 인물인 줄 몰랐네. 하지만 자네가 강호를 제패하기 전에 해줘야 할 일이 있네."

"지금 부탁을 하는 거요? 협박을 하는 거요?"

"둘 다라고 해두지."

노혼의 말에 송추월이 노혼을 노려보다 물었다.

"그래, 들어나 봅시다. 해줘야 할 일이 뭐요?"

"한 십여 일만 우리와 함께 있어주면 되네. 내 사형 되시는 분이 곧 이리로 오실 터인데 그분을 만나주기만 하면 되네."

"내가 왜 노인장의 사형을 만나야 하오?"

"사형의 장원에서 한 명의 종복이 도주를 했는데 혹시 그자가 자네가 아닌가 해서 말이야."

"하하하, 이 파산이 겨우 남의 종복 노릇이나 할 사람으로 보인단 말이오?"

송추월이 호탕한 웃음을 터뜨렸다.

"물론 자네의 기세로 보아 그럴 것 같지는 않지만 그래도 확인은 해봐야 할 것 같네. 그러니 우리와 함께 가세."

노혼의 말에 웃음을 터뜨리던 송추월의 얼굴이 차갑게 굳었다.

"그렇게는 안 되겠소."

"함께 가지 못하겠단 말인가?"

"그렇소. 난 갈 길이 바쁜 사람이오. 길을 여시오!"

"미안하네. 우리 역시 그렇게는 안 되겠네. 자넨 꼭 나의 사형을 만나야 하네."

"후회할 텐데."

"길을 열려 한다면 오히려 자네가 후회할 걸세."

노혼의 말에 차갑게 굳어졌던 송추월의 입가에 다시 한줄기 미소가 생겨났다.

"이런 말이 있지. 강호의 법은 곧 검이라!"

팟!

말이 채 끝나기도 전에 송추월의 신형이 사라졌다.

第二章
재회(再會)

화마경

쿠웅!

"헉!"

"음⋯⋯!"

노흔과 양청의 입에서 동시에 당혹스러운 음성이 흘러나왔다. 단 한 번의 도약, 그리고 단 한 번의 공격에 그들 둘이 거의 동시에 십여 장이나 물러나 있었다.

그뿐이 아니었다. 두 사람은 내기가 크게 흔들려 상대가 두 번째 공격을 했다면 속절없이 당하고 말 정도였다. 다행인 것은 송추월이 단 한 번으로 공격을 끝냈다는 것이었다.

"이제 내가 길을 열 자격이 있다는 걸 인정하시겠소? 아니면⋯ 모두 죽겠소?"

송추월이 진득한 미소를 지으며 물었다. 단 한 번의 격돌로 노혼과 양청은 송추월에 대해 두려움을 가지게 되었지만 반면 송추월은 자신의 무공에 대해 충만한 자신감을 가지게 되었다.

패자들의 무덤이라 불리는 지하 동굴에서 홀로 수련한 무공의 경지를 노혼과 양청 두 사람을 상대함으로써 정확하게 깨닫게 된 송추월이었다. 그의 무공 경지는 두 사람을 홀로 너끈히 상대하고도 여유가 있었다. 그렇다면 굳이 이들을 급하게 몰아붙일 필요는 없었다. 화정멸세에 이르러 통제할 수 있게 된 화마경의 마기는 더 이상 송추월에게 맹목적인 파괴의 본능을 일으킬 수 없었다.

"자넨… 누군가?"

노혼이 두려움과 의아함, 그리고 강렬한 호기심이 담긴 표정으로 송추월을 보며 물었다.

"말했잖소? 파산이란 사람이라고."

송추월이 담담하게 대답했다. 그러자 노혼이 더 이상 질문을 던지지 않고 송추월을 깊은 눈으로 응시했다. 마치 바라보는 것만으로도 송추월의 과거를 지나 전생까지도 알아내고자 하는 것처럼. 그러나 아무리 노련한 노혼이라도 크게 변한 송추월에게서 과거의 흔적을 찾아낼 수는 없었다.

"그 눈빛은… 눈에 익은 듯도 한데……."

'늙은이의 생각이 매운 건가?'

송추월이 내심 노혼의 눈썰미에 감탄했다. 그러나 비록 익숙한 눈이라 해도 노혼이 송추월의 진면목을 알아낼 수는 없었다.

"가겠소."

송추월이 군말없이 자신의 의사를 밝혔다. 노혼과 양청은 자신들도 모르게 서너 걸음 뒤로 물러나며 두 손에 검을 꺼내들었다.

"길을 막겠다는 거요?"

송추월이 여전히 여유있는 표정으로 물었다.

"우리는… 자넬 보낼 수 없네. 사형께 자넬 잡아두라는 명을 받았거든."

"사형이 무척 무서운 분인가 보구려, 죽음을 무릅쓰다니."

"그렇다네. 나의 사형께선 정말 무서운 분이시네. 물론 자네의 무공도 무섭지만 우리 사형의 무서움은 무공보다 그분의 성정에 있다네."

"후후후, 그렇다면 잘못 판단하신 거요. 나 또한 천하의 그 누구보다 독해질 수 있는 사람이니!"

한순간 송추월의 눈에서 적염이 번뜩였다 사라졌다. 그러나 그 찰나의 순간에 노혼과 양청은 자신들의 동공을 뚫고 들어오는 붉은 뇌전을 경험했다. 그 붉은 뇌전은 그들의 눈을 통해 들어와 뇌를 헤집고 그들의 신경을 마비시켰다. 그래서 그들은 송추월이 그들을 향해 움직였을 때도 평소와 달리 제대로 된 움직임을 보일 수 없었다.

팟!

어느새 송추월은 두 사람의 일 장 안에 다가서 있었다. 노혼과 양청은 그제야 어렵사리 검을 들어 올렸다. 그러나 그들의 반응은 송추월의 공세를 막기에는 지나치게 늦은 것이었다.

퍼펑!

송추월은 두 사람이 들어 올린 검을 스치고 지나며 두 사람의 가슴에 묵직한 장력을 때려댔다.

"컥!"

"욱!"

두 사람의 입에서 격렬한 신음성이 토해지며 각기 좌우로 날아올라 십여 장 밖으로 나둥그라졌다.

쿠쿵!

거의 동시에 땅에 나뒹군 노혼과 양청이 비틀거리면서도 재빨리 몸을 일으켰다. 그러나 이미 송추월은 두 사람이 지키고 있던 곳을 지나쳐 저 멀리 멀어진 상태였다.

"쫓지 마시오. 그땐 죽일 거요. 좋은 사람을 만나러 가는 길이기에 손에 사정을 둔 것이오."

한순간에 멀어진 송추월에게서 차가운 경고가 들려왔다. 그리고 이내 송추월의 신형이 조물곡 저편으로 사라졌다.

"도대체… 누구냐?"

노혼이 믿기지 않는 눈으로 송추월이 사라진 방향을 보며 중얼거렸다.

"혹, 오경주 중 하나가……?"

"그런 일은 없다. 오경주의 행적이 신묘하긴 하지만 이렇게 타인의 경계에 들어올 사람들은 아니다. 그리고… 그의 무공은……."

노흔이 당혹스런 눈빛을 흘렸다.

"그의 무공에서 뭘 발견하셨습니까?"

"아마도 신경의 무공 같구나."

"설마……?"

"그의 눈빛을 보았느냐?"

"그렇습니다. 그 탓에 몸이 굳어 그의 공격에 대비하지 못했지요."

"그 적염의 뇌전은… 화신경을 익힌 자의 그것이다."

"하지만… 신경은 오직 경주와 그 후계자만이 온전히 수련할 수 있는 것 아닙니까?"

"그렇긴 하다만… 어쨌든 그의 무공은 화신경의 무공이야."

"이게 도대체……."

양청 역시 당혹스런 눈으로 이미 사라진 송추월의 흔적을 찾았다. 그러나 이미 송추월은 조물곡의 고요함 속에 숨어버려 그의 행로가 어디로 향했는지 도저히 알 길이 없었다.

"어찌해야 합니까? 추격할까요?"

양청이 다급하게 물었다. 결정이 느려지면 그의 행적을 따를 수 없다는 다급함이 묻어났다.

"사람들을 움직이면 그의 행적을 찾는 건 어렵지 않을 거다."

"하지만 그가 사천의 저자로 들어가면 따르기가 쉽지 않습니다. 우리의 눈은 사천 변경까지만 존재하니까요."

"좋아. 일단 사람을 움직인다. 하지만 무리하진 말라고 해라. 공연히 그를 도발할 필요는 없다. 그를 추격하는 일은 사형께서 알아서 하실 것이다."

"길을 연 것에 대한 추궁은 없을까요?"

"사형도 그의 무공에 대해 들으면 이해하실 것이다. 일단 사람을 움직이고 우린 사형을 마중하러 간다."

"알겠습니다, 사부!"

양청이 평소답지 않은 진지함으로 대답했다.

"좋구나!"

노혼과 양청을 가볍게 물리고 길을 떠난 송추월은 하루 뒤 사천의 경계에 자리 잡은 제법 큰 마을을 눈아래 두고 있었다. 조물곡에서 이어진 길이 산등성이를 넘어 아래로 꺾이는 지점이어서 멀리 마을이 한눈에 들어왔다.

"얼마 만에 사람 사는 세상을 보는 건가?"

그가 곤륜으로 들어간 것이 이미 십오 년이 훌쩍 지난 후였다. 곤륜에도 사람이 살지만 그래도 사람 사는 맛이란 이렇게 수백 호의 가옥이 옹기종기 모여 있는 곳이라야 제대로 된 향이 난다. 송추월이 천천히 걸음을 옮겨 산 아래로, 사람의 세상으로 걷기 시작했다.

*　　　*　　　*

"역시 명의셔!"

뜨거운 국물과 술병을 상에 올려놓고 세 사내가 둘러앉아 두런두런 이야기를 나누고 있었다.

"그러게 말이야. 다들 죽는다고 했는데 결국은 살려내셨잖아?"

"참으로 신묘하신 분이야. 그런 분이 근방에 있다는 건 큰 복이야."

"그러게 말일세. 이젠 사천을 넘어서 소문이 퍼져 멀리서도 종종 사람들이 찾아온다고 하더라고."

"헤헤, 사실 우리 입장에서는 소문이 안 나는 게 좋은데."

"맞아, 맞아. 사람들이 많이 찾아오면 성수의녀님 성정에 환자들을 거부하지 못하실 거란 말이지. 그럼 정작 근방 사람들이 예전처럼 성수의녀님의 치료를 받지 못할 수도 있고."

"벌써 의녀님 의원에는 하루에 백 명이 넘는 사람들이 새벽부터 줄을 선다고 하더군."

"어허… 이러다가 우리 의녀님이 쓰러지시는 거 아닌지 걱정이군."

"그러게 말이네. 나도 그게 걱정이네. 연약한 여인이시니……."

"아무튼 하늘이 내신 분이야."

"아암, 그렇고말고. 그런데 당문에서도 관심을 두는 모양이야."

"당문?"

"그렇다네. 오늘내일 중에 당문의 이공자인 당천 대협께서 의녀님을 뵈러 온다는 소문이 있더군."

"당문이 왜?"

"약과 독은 하나이니 의녀님의 의술을 살피러 오는 것이겠지."

"음… 혹 의녀님께 해코지를 하지는 않을까? 당문 사람들의 괴팍함이라는 것이……."

"어허! 이 사람 말조심해. 비록 성도에서 멀리 떨어져 있다고 해도 이곳은 사천이야!"

순간 당문의 괴팍함을 걱정했던 사내가 뜨끔한 표정으로 입을 닫더니 재빨리 주변을 두리번거렸다. 허름한 객잔에는 사내들 말고 술을 마시는 사람은 다행히 없었다. 아니, 구석진 자리에서 국밥을 말아 먹고 있는 허름한 옷차림의 사내가 한 명 있기는 했다. 장발에 수염이 덥수룩했고 옷가지는 오랫동안 갈아입지 않아 얼핏 보면 저자의 거지라고 해도 상관없을 외양이었다. 하지만 거지가 객잔에 들어 국밥을 시켜 먹고 있을 리는 없었다.

"괜찮겠지?"

사내가 나직한 목소리로 건너편 사내에게 물었다.

"보아하니 거지꼴인데 설마 무슨 일이 있을라구."

맞은편 사내가 걱정 말라는 듯 손을 저었다. 그때 국밥을 시켜 먹던 사내가 그릇을 깨끗이 비운 후 자리에서 일어났다.

"얼마요?"

사내의 입에서 진중한 목소리가 흘러나왔다. 그러자 객잔의
주모가 얼른 달려나오며 말했다.

"두 닢입니다."

주모가 말하면서 슬쩍 사내를 바라봤다. 눈치로 보건대 사
내의 행색 때문에 혹시라도 국밥 값을 떼이지 않을까 걱정하
는 모습이었다. 더군다나 사내는 허름한 차림에도 허리춤에
검을 차고 있었다.

그러나 주모의 걱정과 달리 사내는 품속에서 동전 두 닢을
꺼내 상 위에 올려놓았다.

"잘 먹었소."

"아유, 감사합니다."

주모가 얼른 동전을 집어 품속에 넣었다. 그런데 이젠 객잔
을 벗어날 일만 남아 있는 사내가 갑자기 방향을 틀어 성수의
녀에 대한 이야기를 주고받던 사내들에게로 다가왔다.

앉아서 국밥을 먹을 때는 추레해 보이던 사내가 일어나 걸
음을 걷자 왠지 모를 위압감이 느껴져 술상을 앞에 놓고 수다
를 떨던 사내들이 흠칫 긴장하며 다가온 사내를 바라봤다.

"말 좀 물읍시다."

사내가 덤덤한 목소리로 말했다.

"뭐… 그러시오."

여전히 긴장한 얼굴로 당문을 입에 올렸던 사내가 대답했
다.

"그 성수의녀란 분 어디 가면 만날 수 있소?"

"왜, 병이라도 있으시오?"

"뭐… 그럴 일이 좀 있소."

"서, 설마 당문 사람들을 만나려는 건 아니오?"

"흠, 그건 걱정 마시오, 난 입이 무거운 사람이오."

"아, 뭐, 내가 걱정하는 것은 아니고… 성수의녀님 의원은 이곳에서 하룻길인 낭산 아래 상수리라는 마을에 있소. 그곳에 가면 성수의녀님을 만날 수 있을 거요. 하지만 의녀님을 만나려면 이른 새벽에 가야 할 거요. 의녀님을 뵙기 위해 밤을 새우는 사람이 많다오."

"알겠소이다. 고맙소."

사내가 가볍게 고개를 까딱이고는 신형을 돌려 객잔을 벗어났다.

"원 참, 차림새는 거지꼴인데 생김새나 행동은 대장부일세."

"아이구, 난 조금 겁이 났다네. 혹 낭인이 아닌가 해서."

"음, 그리고 보니 낭인일 수도 있겠군."

"성수의녀라… 왠지 서 매에겐 어울리지 않는 별호인걸?"

객잔을 나선 송추월이 빙긋 미소를 지었다. 객잔에 들러 국밥으로 끼니를 해결한 송추월은 그렇잖아도 궁금하던 서연의 소식을 듣게 되었다. 애초에 사천으로 나오면 가장 먼저 하려던 일이 서연을 찾는 일이었다. 물론 십수 년이 지난 지금까지 서연이 사천에서 자신을 기다리고 있을까 하는 의구심도 있기는 했다. 그러나 다른 사람이라면 몰라도 그녀라면 자신을 기다리고 있을 거란 생각을 갖고 있는 송추월이었다. 그리고 서연은 그의 기대에 어긋나지 않게 그를 기다리고 있었다. 성수 의녀란 의명을 얻은 채로.

"말 좀 삽시다."

어느새 마방 앞에 당도한 송추월이 마방을 지키는 사내에게 말을 걸었다. 그러자 사내가 송추월의 차림새를 한 번 스윽 훑어본 후에 심드렁한 표정으로 물었다.

"뭐, 짐이라도 실으시려오?"

"아니, 내가 타고 갈 거요."

송추월의 대답에 사내가 거지 주제에 말을 탄다는 듯 얼굴을 찌푸리며 턱으로 준마들이 그득한 마구간 뒤쪽을 가리키며 말했다.

"뒤쪽으로 돌아가 보쇼. 그런대로 쓸 만한 말이 있을 거요."

아마도 제값에 팔 수 없는 말들을 뒤쪽에 모아놓은 모양이었다. 그러나 송추월은 사내의 말에 아랑곳없이 손을 들어 마구간에 모아놓은 준마들 중 하나를 가리켰다.

"저것으로 하겠소."

순간 사내의 얼굴에 짜증이 드러났다.

"이보쇼. 저 말이 얼마짜린 줄 아시오?"

순간 송추월이 품속에서 전낭을 꺼내 사내에게 건넸다.

"금자 스무 냥이오. 아마 절반은 남을 거요. 말을 가져오시오."

송추월의 말에 사내가 화들짝 놀라며 재빨리 전낭을 열어보았다. 그리고는 금세 표정을 바꾸며 굽실거렸다.

"아이고, 죄송합니다. 제가 숨은 기인을 몰라뵀었습니다."

"말이나 가져오시오."

"알겠습니다. 즉시 대령하지요."

사내가 재빨리 마구간으로 달려가 송추월이 지목한 말을 끌고 나왔다.

"서역에서 난다는 한혈마입니다. 명마 중의 명마……."

사내가 송추월에게 말에 대한 칭찬을 늘어놓으려는데 송추월이 사내에게서 말고삐를 낚아채더니 훌쩍 몸을 날려 말에 올랐다. 그리고는 작별 인사도 없이 말을 몰고 마방을 벗어났다.

"원 참, 성질도 급하군. 그런데… 거지꼴을 하고 있는 자가 금자 스무 냥이라니… 흐흐, 내가 오늘 재신(財神)을 물었군. 흐흐흐!"

멀어지는 송추월을 보며 사내가 연신 흐뭇한 웃음을 흘려냈다.

*　　*　　*

낭산(囊山)은 아주 작은 산이다. 산 이름이 낭산인 것도 주머니에 넣을 만큼 작다 하여 누군가 장난삼아 붙인 이름, 그러니 그 아래 마을 상수리 역시 작은 마을일 수밖에 없었다. 그래서 적어도 십여 년 전까지는 낭산 자락 상수리 마을을 아는 사람이 근방에서도 드물었다. 그저 지나치는 여행객이 간혹 들르는 조그만 산골 마을이 상수리였다.

그런데 그 낭산 상수리 마을이 십여 년 전부터 서서히 사람들의 입에 회자되기 시작하더니 급기야 사오 년 전부터는 근방에서 가장 큰 마을로 성장했다.

이 작은 산골 마을이 근방에서 가장 큰 마을로 변한 이유는 단 하나, 그곳에 성수의녀로 불리는 한 명의 뛰어난 여의원이 자리를 잡았기 때문이다.

상수리 동쪽의 볕 잘 드는 작은 골짜기, 그곳에 네 채의 초옥이 둥그렇게 원을 그리며 모여 있었다. 초옥 주위로는 흙담이 세워져 있었는데, 담의 높이가 그리 높지 않아 들짐승의 침입을 막을 수는 있어도 사람의 시선을 막을 수는 없는 높이였다.

그 돌담들이 좌우에서 다가와 만나는 곳, 싸리를 억세게 엮어 만든 사립문이 있었다. 그 사립문은 활짝 열려져 있어 누구라도 문을 드나드는 데 어려움이 없어 보였다.

"줄을 서세요."

사립문 안 네 채의 초옥이 둘러선 넓은 마당에서 앳된 소녀의 목소리가 들려왔다.

"이보시오, 소저. 제발 부탁이니 의녀님을 만나게 해주시오."

"줄을 서세요. 기다리시면 분명 의녀님을 만나실 수 있을 거예요."

"하지만 내 안사람은 지금 다 죽어가고 있단 말이오."

"죄송해요. 하지만 이곳에 모인 사람들 중 위급하지 않은 환자는 없어요. 그리고… 부인께서는 그리 쉽게 죽지 않아요."

"소저가 그걸 어찌 아시오?"

"저도 조금은 환자를 볼 줄 안답니다. 그러니… 기다리세요."

조금 냉랭해진 소녀의 목소리를 끝으로 더 이상 사내의 말은 들리지 않았다. 그런데 그때 갑자기 사립문 쪽이 시끄러워지더니 의원에 어울리지 않는 차림새의 사내들이 말을 타고 문 앞에 나타났다.

"성수의녀를 만나러 왔소. 의녀께선 안에 계시오?"

문 앞에 나타난 사내들이 큰 목소리로 안을 보며 소리쳤다. 그러자 앳된 소녀 하나가 문 앞에 나타났다.

"뉘신지는 모르오나 안에는 환자들이 많아요. 그러니 조용히 해주세요. 그리고 의녀님을 만나시려면 줄을 서서 기다리세요."

소녀의 말은 얼음처럼 차가웠다. 목숨이 경각에 달린 환자들이 모인 곳에서 큰 소리를 낸 방문객들이 마땅치 않은 모양이었다.

"넌 누구냐?"

소녀의 차가운 반응에도 아랑곳없이 도리어 말에 탄 사내

중 한 명이 소녀에게 물었다.

"전 목이라고 해요. 그런데 당신들은 왜 의녀님을 찾아오신 거죠? 보아하니 아픈 사람은 없는 것 같은데."

목이라고 이름을 밝힌 소녀가 냉랭하게 물었다.

"어린것이 당돌하구나. 난 당천이라 한다. 혹 내 이름을 들어보았느냐?"

소녀에게 말을 건넨 사내가 도도한 표정으로 물었다. 그러자 소녀의 얼굴에 불현듯 두려운 기색이 어렸다.

"다, 당신이 바로 당문의 당천 대협이시군요. 의녀님을 만나러 오고 있다는 말은 들었어요."

"오냐. 그렇다면 이제 그만 성수의녀를 불러오너라."

"잠깐만 기다리세요."

목이라는 소녀가 재빨리 몸을 돌려 초옥 안으로 사라졌다. 그러자 마당에서 성수의녀를 만나려고 기다리던 환자와 그 가족들이 슬금슬금 자리를 피해 마당을 비웠다. 그들 역시 사천에 사는 사람들, 당문의 이공자 당천의 이름을 모르는 사람은 없었다.

수십 년간 계속되고 있는 강호육패의 시대에서 당문은 사천을 중심으로 하는 죽림의 우두머리 문파 중 하나였고, 당천은 그 당문의 문주 당여립의 둘째 아들로 독공과 암기술에 있어서는 형이자 당문의 후계자인 당산을 능가한다고 알려진 고수였다. 또한 그는 독한 심성으로도 유명했는데, 그 독심의 소문이 강호에 퍼져 강호의 무인이라면 누구나 그를 만나기 꺼려

했다. 그런 그가 나타났으니 비록 죽음의 고비에 선 사람들이라도 몸을 조심하지 않을 수 없었다.

당문 고수들이 성수의녀의 초옥 앞에서 그녀를 찾은 지 일각여가 지났을 때 목이라는 소녀가 다시 모습을 드러냈다.

"그래, 말은 전했느냐?"

소녀 목이가 나오자 당천이 물었다.

"의녀께서는 지금 중한 환자를 보고 계시니 대협께서는 잠시 객방에 들어 기다려 달라십니다."

"중한 환자라……."

목이의 말에 당천의 표정이 살짝 변했다. 그러면서 다시 목이에게 물었다.

"분명 이 당천이 왔다고 전했느냐?"

"그렇습니다."

"그러니까 나 당천을 만나는 일보다 더 급한 환자가 있단 말이지?"

"의원에서는 환자가 가장 우선이지요."

목이가 당돌하게 대답했다.

"하하하! 정말 듣던 대로 대단한 의원이군. 강호의 모든 고수들이 나 당천을 두려워하는데 일개 의원이 날 기다리게 하다니. 하하하!"

당천이 노기를 담은 커다란 웃음을 터뜨렸다. 그러자 목이는 물론 물러난 환자들까지 당천을 두려운 기색으로 바라봤다. 한참 호탕한 웃음을 터뜨리던 당천이 한순간 웃음을 거두고 목이를 보며 달래듯 말했다.

"이것 봐라, 아이야."

"말씀하세요."

목이가 두려움을 참아내며 침착하게 대답했다.

"난 말이다, 무슨 일이든 기다리는 사람이 아니란다. 너 또한 나에 대한 강호의 평판을 잘 알고 있을 게다. 괴팍하고 거친 인사란 말이 돌지. 그런데 그 평판이 잘못된 것이 아니란다. 난 사실 그리 좋은 사람이 못 된다. 아니, 사실은 아주 못된 성질을 가지고 있다고 해야겠지. 그러니 다시 가서 성수의녀에게 전해라, 당장 나오지 않으면 내가 들어가겠다고. 내가 안으로 들어가는 순간 이 의원은 문을 닫아야 할 거라고! 얼른 가서 전하거라."

당천의 위압적인 말에 당돌한 목이조차 대답하지 못하고 겁을 집어먹은 채 다시 초옥 안으로 들어갔다.

"허허, 산골이라 그런가? 나 당천을 그렇게 모르나?"

어린 여자아이에게 협박을 늘어놓은 자신이 멋쩍은지 당천은 실소를 흘리며 중얼거렸다.

당천의 협박은 효과가 있었다. 소녀 목이가 서둘러 초옥으로 들어간 지 채 일각이 지나지 않아 한 명의 여인이 목이를 앞세우고 마당에 모습을 드러냈다.

"아!"

"성수의녀님이다!"

당천의 기세에 밀려난 사람들 사이에서 작은 탄성이 일었다. 당천 역시 목이를 따라 나온 여인에게 시선을 고정시켰다.

나이는 삼십대 전후로 보였으나 그건 겉으로 드러난 모습일 뿐 행동하는 기품은 그보다 훨씬 나이가 많이 든 것 같고, 허름하지만 깨끗한 옷차림은 고고함이 느껴졌다. 방금 환자를 보다 나온 듯 소매를 걷어 올려 드러난 팔은 눈처럼 하얗다.

당천의 눈빛이 살짝 변했다. 누가 보아도 강호일절의 미모, 완숙함과 젊음이 함께 느껴지는 오묘한 미모를 가지고 있는 성수의녀였다.

"찾으셨다고 들었습니다만… 천하에 위명이 쟁쟁하신 당천 대협께서 이 궁박한 산골에 어쩐 일이신지?"

성수의녀가 침착한 표정으로 물었다. 어찌 보면 조금은 도도한 기운이 묻어나기도 했는데 그건 의원이라기보단 무림 여협의 모습에 어울리는 것이었다.

"그대가… 그대가 성수의녀요?"

당천이 조금 흔들리는 음성으로 물었다, 그녀의 당돌함 때문인지 아니면 묘한 성수의녀의 미모 때문인지는 알 수 없었지만.

"사람들이 절 그리 부른다고 하더군요."

성수의녀가 고개를 끄덕였다.

"성함이 어찌 되시오?"

당천이 조금 무례한 질문을 던졌다. 그러나 성수의녀는 개의치 않고 당천의 물음에 답했다.

"서연이라 합니다."

"서연이라… 아름다운 이름이구려."

당천의 말에 서연이 한줄기 미소를 지었다. 한때 강호를 종횡하던 독의 고수 서연이 이렇게 사천의 궁벽한 마을에서 의원으로 살아가고 있었다. 송추월과 그 친구들이 곤륜 신마봉을 찾아들어 간 지 십오 년이 넘었지만 그 긴 세월 동안 서연은 사천을 떠나지 않고 송추월을 기다리고 있었다.

"고마워요."

서연이 대범하게 대답했다. 과거 송추월과 함께 강호를 종횡할 때의 서연은 절대 유한 성정의 여인이 아니었다. 쾌활하고 거침이 없었던 그녀의 성정은 성수의녀라는 성스러운 별호를 얻은 뒤에도 여전히 그 잔재가 남아 있었다.

"나 또한 서 의원을 만나게 되어 무척 영광이오."

평소의 당천이라면 내뱉지 않을 말들이 그의 입에서 흘러나왔다. 아마도 서연의 모습이 여전히 그의 마음을 흔들고 있는 듯 보였다.

"그런데 이 누추한 곳엔 어쩐 일이신지요. 혹 병환이 있으신지… 아니, 설사 몸이 편찮으시더라도 당문의 의술이면 굳이 절 찾아오실 필요는 없을 것 같은데……."

독의 조종 당문은 의술에도 조예가 깊어 강호의 그 누구에게도 의술을 구할 필요가 없는 문파다. 그런 당문에서 의원을 찾아 이곳에 왔을 리는 없었다.

"맞소. 의술이라면 본 가도 부족함이 없소."

"하면?"

"난 사람을 찾아왔소."

"사람이라시면?"

"두어 달 전 본 가에 도둑이 한 놈 들었소. 강호에서 투묘신이라는 제법 거창한 별호로 불리는 자인데 이름이 오봉이란 자요. 등에 큰 부상을 입고 있을 것이고, 키는 오 척 단구, 팔은 허리 아래로 내려오는 용모를 지닌 자요. 혹 성수의녀께서는 그자를 보신 적이 있소?"

서연의 미모에 흔들렸던 마음을 다잡은 것일까. 당천이 제법 날카로운 눈으로 서연을 바라보며 물었다. 한 치의 거짓도 용납하지 않겠다는 듯한 표정이었다.

당천의 물음에 서연이 담담하게 대답했다.

"글쎄요. 비록 궁벽한 산골에 있다고는 하나 저희 의원은 제법 사람이 많이 드나드는 관계로 모든 사람을 다 기억할 수는 없지요."

"하지만 그 투묘신이란 자의 용모는 확실히 특별하고 등에 입은 부상 역시 보통 사람들과는 다르니 그를 보셨다면 분명히 기억하고 계실 것이오. 더군다나 의녀께선 의술이 하늘에 닿았다는 분이니 그 기억력도 무척 뛰어나시리라 생각하오만."

"글쎄요. 기억에 없군요."

서연이 단호하게 대답했다.

"정말 모르시겠소?"

"그래요. 기억에 없어요. 이제 찾아오신 용무는 끝난 것 같으니 그만 돌아가 주시지요. 보셔서 아시겠지만 절 기다리는 환자들이 많습니다."

서연이 마당을 비우고 초옥의 처마 아래로 피해 있는 환자들을 둘러보며 말했다. 그러자 당천이 차가운 눈으로 한동안 서연을 바라보다 고개를 저으며 말했다.

"아무래도 성수의녀님의 말씀은 따를 수 없을 것 같소."

"그게 무슨 말이지요?"

"그자의 도주로는 이곳 낭산으로 향했소. 그러니 그자가 갈 곳은 이곳밖에 없소. 몸에 입은 상처를 치료하기 위해서도 반드시 이곳으로 왔을 거란 게 내 생각이오. 본 가의 암기에 의해 입은 부상을 치유할 수 있는 의원은 그리 많지 않으니 말이오."

"그런 사람을 본 적이 없다고 했지 않나요?"

"사람의 기억이란 간혹 착각을 일으키기도 하오. 해서… 내가 직접 의원을 살펴보았으면 하오만."

당천의 말에 서연의 얼굴에 노기가 드러났다. 의녀 이전에 강호 여협이던 서연이다.

"무례하군요."

서연이 차갑게 말했다.

"알고 있소. 하지만 본 가를 침탈한 그자를 찾는 일은 그 무엇보다도 중하오. 하니 무례를 용서하시오."

당천이 훌쩍 말에서 뛰어내려 성큼 초옥 안으로 걸음을 옮겼다. 그러자 서연이 재빨리 신형을 움직여 당천의 앞을 가로막았다.

"이곳은 나의 거처예요. 누구든 함부로 들어올 수 없어요."

순간 당천의 눈에 이채가 서렸다.

"역시… 단순한 의녀가 아니었구려."

서연의 움직임에서 그녀가 무공을 익히고 있음을 확인한 당천이었다. 당천의 말에 서연 역시 서서히 의원의 모습을 버리고 강호 여협의 모습을 드러내기 시작했다.

"부족하지만 내 집 지킬 무공은 가지고 있지요."

서연의 당당한 대답에 당천이 의외라는 듯 되물었다.

"당문을 상대로도 말이오?"

"누가 되었든!"

서연은 오기가 일어났다. 과거 요동에서 서연은 무척 과감한 성정의 여인이었다.

"대단한 자신감이군."

서연의 대응에 당천의 말투가 변했다. 그리고는 매서운 눈으로 서연을 노려봤다. 곧이라도 손을 쓸 듯한 태도였다.

"목이야, 사람들을 물려라."

서연도 당천의 태도가 심상치 않음을 느끼고 서둘러 소녀 목이에게 말을 건넸다. 그러면서도 그녀의 시선은 여전히 당천을 향해 있었다.

"의녀님!"

"어서!"

두려움 가득한 목이를 서연이 재촉했다. 그러자 목이가 재빨리 사람들을 초옥 뒤쪽으로 이끌기 시작했다.

"어서 뒤로 가세요, 어서요!"

목이의 재촉에 병든 자들이 서둘러 초옥 뒤로 이동하기 시작했다.

"제길, 당문이면 단가?"

"그러게 말이야. 어디 와서 행패야. 이곳이 의원이란 것도 모르는 건가?"

"이래서 누가 당문을 존중할까."

피신을 하는 와중에도 사람들의 입에서 당문에 대한 불평이 쏟아졌다. 사람들의 불평이 당천을 좀 더 흥분시켰다.

"의원이 본 가를 업신여기니 그 환자들까지도 본 가를 무시하는구나. 오늘 당문이 어떤 곳인지 분명히 가르쳐 줘야겠군."

당천이 노기를 드러냈다. 그러자 서연이 냉정한 목소리로 대답했다.

"당문의 이름은 이미 충분히 강호를 위진시키고 있어요. 당금 천하에서 당문을 무시할 사람은 아무도 없을 거예요. 하지만 오늘 당 대협의 행동은 그런 당문의 위명에 큰 손상을 입히는 것이에요."

"강호의 위명이란 덕으로 쌓아지는 것이 아니요, 오직 힘으로 얻어지는 것일 뿐!"

"과연 당문의 문주께서도 그리 생각하실지 의문이군요. 오늘의 행동을 문주께서 칭찬하실까요?"

"아버님이라 해도 마찬가지였을 거요. 투묘신 오봉을 잡는 일은 현재 본 가에 가장 중요한 일이니… 그러니 그만 길을 여시오. 안을 살펴보는 게 무슨 큰 문제가 되겠소, 투묘신 오봉이 안에 없다면!"

"지금 초옥 안은 목숨이 경각에 걸린 중환자들이 모여 있어요. 그런 사람들을 헤집고 다니겠다는 말인가요? 그리고 설혹 투묘신이 안에 있다고 하더라도 일단 의원에 든 환자는 밖으로 내칠 수 없는 것이 의술을 익힌 사람의 본분이지요."

"훙, 지금 그대가 하고 있는 행동은 의녀의 행동이 아니라 무인의 행동이오."

"어쨌든 환자를 내어줄 수는 없지요."

"좋소. 그럼 날 원망치 마시오."

당천이 가볍게 발을 차 서연을 향해 달려들었다.

팡!

당천의 손에서 가벼운 장력이 일어났다. 그러나 속도는 빨라서 단번에 서연의 몸에 이르렀다. 순간 서연이 부드럽게 몸을 틀어 당천의 장력을 비켜냈다.

픽!

당천의 장력이 서연을 지나쳐 마당 깊숙이 자국을 남겼다. 당천은 서연이 자신의 장력을 피해내자 조금 놀란 듯한 표정을 짓다가 급히 서연을 따라붙었다. 그리고는 재빨리 손을 휘저어 서연의 옷자락을 잡아갔다.

본래 당문의 독문무공은 독과 암기지만 아무리 당천이라 해도 강호에서 명성을 얻고 있는 성수의녀를 상대로 독과 암기로 공격할 수는 없었는지 두 손으로 서연을 제압하려 하고 있었다.

그러나 그런 그의 의도는 서연을 모르기에 나온 행동이었다. 서연은 양산종의 후예로 뛰어난 절기를 익히고 있을 뿐 아니라 지난 세월 송추월을 기다리며 수련을 쉬지 않았기에 지금은 강호의 누구도 무시하지 못할 경지에 도달해 있는 고수였다.

팟!

서연이 당천의 손길을 옆으로 흘려내는 동시에 재빨리 수도(手刀)로 당천의 어깨를 내려쳤다.

탁!

당천이 급히 신형을 틀어 서연의 손을 피했다. 그러나 서연의 손은 아슬아슬하게 당천의 어깨를 비껴 맞았다.

"음!"

비록 비껴 맞았다고는 해도 일단 고수의 손에 격중되면 큰 충격을 받게 된다. 당천이 재빨리 십여 장 뒤로 물러나면서 침음성을 흘렸다. 서연은 당천을 따라붙지 않고 애초에 그녀가 섰던 곳에서 다시 길을 막아섰다.

"그만 돌아가세요!"

서연이 차갑게 소리쳤다. 그러자 당천이 노기를 드러내며 말했다.

"겨우 한 수 이득을 보고 이 당천을 돌려보내겠다고? 그렇게는 안 되지!"

"계속 무례를 범하겠다는 건가요?"

"아니, 그리 오래 걸리지는 않을 거요. 쉽고 빠른 방법이 있으니까."

당천이 한줄기 섬뜩한 미소를 지었다. 그리고는 뒤를 돌아보며 그를 수행한 당문의 문도들에게 명을 내렸다.

"모두 준비하라!"

"옛, 공자님!"

당천의 수하 다섯이 재빨리 당천의 주위로 늘어섰다.

"지금 뭘 하자는 거죠?"

"일개 의녀 따위가 감히 당문의 요구를 거절할 수 없다는 것을 강호에 보여주려 하오. 물론 그대의 아름다움이 잠시 내 마음을 흔들었으나 그런 일로 가문의 일을 망칠 수는 없지 않겠소? 어떻소, 지금이라도 내 요구를 받아들이는 것이. 그리만 한다면 그대의 의원을 온전히 보전해 줄뿐더러 우린 좀 더 가까운 인연을 맺을 수도 있소. 사천에서 당문은 곧 하늘이오."

당천이 묘한 미소를 지으며 말했다.

"이미 그 답은 드렸을 텐데요?"

"그렇다면 이곳에 있는 모든 사람은 죽게 될 거요!"

"당신……!"

서연이 노한 눈으로 당천을 노려보며 소리쳤다.

"아아, 물론 그대와 그 쥐새끼 같은 투묘신 오봉은 이곳을 벗어날지도 모르지. 하지만 당신들 두 사람 때문에 이곳에 모인 모든 사람은 죽을 거요. 난 독을 쓸 거요! 준비해!"

다시 당천의 명이 떨어졌다. 그러자 당문의 문도들이 품속에서 검은 독낭들을 꺼내 들었다.

"도망가!"

"어서! 저들이 독을 쓴대!"

갑자기 초옥 안쪽에서 당황한 사람들의 목소리가 들려왔다. 더불어 시끄러운 소음과 함께 초옥에 들어 있던 환자들이 초옥 뒤쪽으로 달아나기 시작했다.

"흠, 더 이상 늦출 수 없군. 이 틈에 투묘신이 도주할 수 있으니까. 시행하라!"

당천의 입에서 차가운 명이 떨어졌다. 그러자 횡으로 늘어선 당문의 문도들이 훌쩍 몸을 날려 독낭을 쥐어 든 채 초옥 안으로 뛰어들었다.

"멈춰!"

서연이 허공으로 떠오르며 달려드는 당문의 문도들을 향해 암기를 던져 냈다.

파아앙!

서연의 손을 떠난 암기들이 당문의 문도들을 향해 번개처럼 날아들었다.

"큭!"

"웃!"

당문의 문도 중 하나가 암기에 맞아 마당에 고꾸라지고 다른 자들도 다급성을 토해내며 뒤로 물러났다. 그러자 서연의 움직임을 지켜보고 있던 당천이 재빨리 서연을 향해 날아들었다.

"이 계집은 내가 맡는다. 한 사람도 이곳을 빠져나가지 못하게 하라!"

"옛, 공자!"

서연에 의해 걸음이 막혔던 당문의 문도들이 다시금 초옥을 향해 뛰어들었다. 그러나 이번에는 서연도 당문 문도들의 길을 막을 수 없었다. 어느새 당천이 그녀를 공격하고 있었기 때문이다.

서연이 당천에게 제지되는 사이 당문의 문도들이 일제히 날아올라 환자들이 들어 있는 초옥을 향해 독낭을 던졌다. 비록 일부가 도주했다고는 해도 초옥 안에는 거동할 수 없는 중한 환자들이 많았기에 당문의 독공은 치명적이라고 할 수 있었다.

푸스스!

허공에 던져진 독낭이 터지며 녹색 독무가 초옥을 향해 밀려들기 시작했다.

"안 돼! 도망쳐, 얼른!"

"아아, 이 악독한!"

초옥 안에서 미처 도주하지 못한 환자들의 절규가 들려왔다. 서서히 밀려드는 죽음의 독무를 보면서도 그들은 자신들의 생명을 구할 방법이 없었다. 죽음은 그들의 눈앞까지 다가와 있었다. 그런데 그때 갑자기 누구도 예상치 못한 일이 벌어졌다.

화르르!

사람들이 당문의 문도들을 피해 몸을 감췄던 초옥의 뒤편으로부터 갑자기 뜨거운 화기가 흘러나오기 시작했다. 뒤이어한 사내가 마치 산보를 나선 듯 유유자적한 모습으로 손을 휘저으며 모습을 드러냈다.

그런데 사내의 손이 휘저어질 때마다 그의 손에서 붉은 화기가 흘러나와 초옥으로 밀려드는 독무를 태워 버리기 시작했다.

화르륵!

사내의 손길이 점점 빨라졌다. 그럴수록 사내의 손에서 일어나는 불길이 거세져 녹색의 독기가 순식간에 자취를 감추었다.

"웬 놈이냐?"

서연을 상대하고 있던 당천이 예상치 못한 사태에 놀라 뒤로 물러나 화기에 휩싸인 사내를 보며 소리쳤다. 어느새 당문의 문도들도 당천의 곁으로 물러나 있었다.

당천의 외침에도 불구하고 사내는 마지막 한 줌의 녹색 기운까지 모두 태워 버린 후에야 움직임을 멈췄다. 그의 손이 멎자 장내를 휩쓸던 염기가 거짓말처럼 사라졌다.

"웬 놈이 감히 당문의 행사를 방해하는 것이냐?"

다시금 당천의 노성이 터져 나왔다. 그러나 사내는 당천에게는 전혀 관심이 없는 듯 의혹 어린 눈으로 자신을 지켜보고 있는 서연 앞으로 다가갔다.

서연이 한 걸음 뒤로 물러났다. 그러자 사내가 얼굴을 반쯤 가리고 있던 머리를 쓸어 올렸다. 순간 서연의 눈이 믿을 수 없다는 듯 커졌다.

"다, 당신!"

"너무 오래 걸렸지? 미안해."

송추월이 서연을 향해 그답지 않게 부드러운 미소를 지어 보였다.

第三章
귀로(歸路)

화마경

"이 연놈들이?"

당천의 얼굴이 붉게 달아올랐다. 사천제일의 당문이다. 그
당문의 문주가 자신의 아버지였다. 아니, 당문주를 논하지 않
더라도 그 스스로 강호에 위명이 쟁쟁한 고수였다. 그런데 눈
앞의 두 인간이 자신을 철저히 무시하고 있었다.

"죽여주마!"

당천의 분노가 폭발했다. 그의 신형이 허공으로 떠오르더니
한순간 두 팔이 활짝 펼쳐졌다.

슈우욱!

당천의 손에서 희미한 녹색 기운이 일렁이더니 한순간 송추
월과 서연을 향해 구름 같은 녹무가 덮쳐 왔다. 당천의 독공은

앞서 서연의 의원을 공격했던 당문 문도들의 독공과 달랐다. 당문 문도들은 독을 던져 내는 것이 전부였지만 당천은 만들어낸 독무를 내공을 이용해 자신의 의도대로 움직이고 있었던 것이다.

마치 거대한 장력처럼 당천의 손을 떠난 독무가 서연과 송추월의 정면으로 파고들었다.

"위험해요!"

서연이 급히 송추월의 소매를 끌었다.

"걱정 마."

송추월이 사랑의 밀어를 속삭이듯 낮게 말하고는 가볍게 손을 흔들었다.

화르르!

순간 송추월의 손에서 다시 붉은 기운이 일렁이더니 한순간에 두 사람을 향해 다가오는 독무를 허공에서 태워 버렸다.

"이놈!"

자신의 독공이 허무하게 흩어지자 당천이 더욱 노기를 끌어올리며 다시 두 팔을 휘둘렀다.

슈우욱!

그러자 소낙비 내리는 소리가 나더니 송추월과 서연의 머리 위로 수십 개의 암기가 떨어져 내렸다. 비록 암기술의 최고봉인 만천화우에 비할 수는 없지만 감히 그 누구도 무시할 수 없는 암기의 빗줄기를 만들어낸 당천이었다.

"더 이상 두고 볼 수가 없구나."

머리 위로 쏟아지는 암기를 응시하며 송추월이 차가운 눈빛을 흘렸다. 그리고 다음 순간 그의 두 손이 떨어져 내리는 암기들을 향해 움직였다.

따따땅!

허공에서 콩 볶는 소리가 터져 나왔다. 영롱한 선홍빛의 진기를 흘려내는 송추월의 손에 의해 비처럼 쏟아지던 암기들이 방향을 잃고 허공으로 비산했다.

팟!

그렇게 암기의 비를 걷어낸 송추월이 마치 허깨비가 사라지듯 허공에서 신형을 감췄다. 그리고 바로 다음 순간 당천의 입에서 다급성이 터져 나왔다.

"헉!"

어느새 송추월의 얼굴이 당천의 눈앞에 나타났던 것이다.

"돌아가 줘야겠다."

팡!

송추월의 손이 당천의 가슴을 때렸다. 당천은 송추월이 자신 앞에 나타나는 순간 몸을 피하려 했지만 송추월의 일장을 피해낼 순 없었다.

"컥!"

당천의 입에서 붉은 피와 함께 숨 막히는 고통의 신음성이 터져 나왔다. 동시에 그의 몸이 일 장 이상 떠오르더니 사오 장 뒤로 날아가 땅 위에 나뒹굴었다.

"의원은 사람을 살리는 곳이라 손에 사정을 둔 줄 알아라.

그러나 난 그렇게 좋은 인간이 못 돼. 다시 한 번 귀찮게 한다
면 죽음을 마주하게 될 게다. 물러가라!"

송추월이 차가운 목소리로 당천에게 경고했다. 그러자 당천
이 분기를 못 참고 반발하려다 문득 송추월의 눈빛을 대하곤
흠칫 놀라 급히 입을 다물었다.

당천을 바라보는 송추월의 눈, 그 눈에서 당천은 자신이 감
당할 수 없는, 아니, 피할 수 없는 파괴의 기운을 보았던 것이
다.

"다, 당신은 누구요?"

당천이 할 수 있는 것은 뒤늦게 송추월의 정체를 묻는 것뿐
이었다.

"그건 알 것 없고, 어서 내 눈앞에서 사라져. 여전히 가끔은
나도 내 자신을 억제하지 못할 때가 있으니까."

이어진 송추월의 경고에 당천이 번개처럼 몸을 일으켰다.
그리고는 바람처럼 말에 올라 뒤도 돌아보지 않고 달리기 시
작했다. 그의 뒤를 이어 당문의 문도들 역시 서둘러 장내를 벗
어났다.

당천의 모습이 보이지 않을 때쯤 멀리서 그의 목소리가 들
려왔다.

"누군지 모르나 당문을 건드린 대가는 톡톡히 치르게 될 것
이다!"

제법 위압적인 경고였지만 송추월은 피식 실소를 흘렸다.

"훗, 실없는 놈!"

"그렇게 가볍게 볼 일이 아니에요. 당문은 무서운 문파예요. 무슨 해코지를 할지도 몰라요."

서연이 걱정스런 표정으로 말했다. 그러자 송추월이 아무렇지도 않은 얼굴로 말했다.

"그렇게 된다면 당문은 강호에서 사라지겠지."

"당신……?"

서연이 놀란 얼굴로 송추월을 바라봤다. 그리고는 한참 후에 다시 물었다.

"그 마공의 저주에서는 벗어났나요?"

"그러니까 살아 있지!"

"그는 만났어요? 어떻게 지냈어요?"

서연의 질문이 이어졌다.

"서 매, 우리가 못 본 지가 십오 년이 지났지?"

"아마도 그럴 거예요."

"그 긴 시간의 이야기를 이렇게 선 채 들을 거야?"

"아! 하하, 그렇군요. 들어가요, 들어가서 이야기해요."

서연이 송추월을 초옥 안으로 이끌었다.

"안에 들어간다고 이야기 나눌 시간은 없을 것 같은데? 사람들이 서 매를 기다리고 있잖아?"

송추월의 말처럼 당천과 당문의 문도들이 도주하자 멀리 물러났던 환자들이 다시 초옥으로 다가오고 있었다.

"휴, 그렇군요. 이 일은… 끝이 없네요. 세상에는 아픈 사람 천지인가 봐요."

"의원으로 사는 이상은 끝없는 일일걸? 하지만 이젠 그 일도 끝내야지."

"요동으로 갈 건가요?"

"아니면 어디로 가겠어."

"알았어요. 빨리 의원 일을 정리할게요. 그런데……."

서연이 살짝 얼굴을 찌푸렸다.

"왜? 무슨 문제라도 있어?"

"도대체 이게 무슨 꼴이에요? 난 어디서 거지가 온 줄 알았어요."

"하하하, 그런가? 산속에서 지내다 보니……."

"가장 먼저 할 일은 당신 옷가지를 구해주는 일이겠네요. 하하!"

서연이 밝은 미소와 함께 여인답지 않은 호탕한 웃음을 흘렸다.

한 세월 사천 변경으로 사람들의 발길을 이끌었던 낭산 상수리 마을 성수의녀의 의원이 하루아침에 문을 닫았다. 소문을 듣지 못한 사람들은 수십, 수백 리를 걸어 성수의녀를 찾아왔지만 그들이 볼 수 있는 것은 문 닫힌 의원과 그 앞에서 망연자실 서 있는 같은 처지의 환자들뿐이었다.

성수의녀가 왜 의원을 닫고 떠났는지 정확한 사정은 알 수 없었다. 단지 소문으로는 당문의 겁박에 못 이겨 상수리를 떠났다는 것이 정설로 전해졌다. 해서 한동안 사천당문은 그들을 향한 세상의 원망을 감수해야 했다. 사천당문의 주축으로 있는 천하육패의 일각 죽림에서도 몇몇 문파는 노골적으로 사천당문이 성수의녀에게 행한 행태를 비난했기에 사천당문은 죽림에서의 명성에 흠집이 나는 것 또한 감수할 수밖에 없었다.

그렇게 사천당문에 예상치 않은 타격을 주고 의원을 폐쇄한 서연은, 그녀의 부재로 인해 일어나는 일을 까맣게 모른 채 어느새 사천의 변경을 벗어나 장안으로 향하고 있었다. 물론 그녀의 곁에는 이젠 말쑥하게 차려입어 일대 영웅의 풍모를 풍기는 송추월과 당돌한 어린 시녀 목이가 함께하고 있었다.

*   *   *

"확인했느냐?"

차가운 음성이 황하의 지류를 앞에 둔 포구에서 흘러나왔다. 깊은 눈동자는 마음을 숨기기 충분했고, 한줄기 안광은 상대의 기세를 단번에 꺾을 만했다.

"그렇습니다."

초로의 노인에게 질문을 받은 중년 사내가 깊숙이 허리를 숙이며 대답했다. 감히 질문을 던진 자의 얼굴도 보지 못하는 사내였다.

"천!"

"예, 숙부!"

노인의 부름에 뒤쪽에서 한 사내가 앞으로 나섰다. 얼마 전 서연의 의원에서 송추월에게 낭패를 당한 당천이었다.

"배를 준비해라."

"알겠습니다."

당천이 서연의 의원에서완 달리 공손한 태도로 대답하고는 신속하게 장내를 벗어났다. 그러자 노인 곁에 있던 또 다른 노인이 신중한 표정으로 입을 열었다.

"형님, 강을 넘으시려오?"

"그냥 보낼 수는 없지."

"하지만… 강을 넘으면 일월맹과 부딪칠 수도 있습니다."

"장안은 육패 어느 곳도 점하지 못하는 곳이야. 일월맹이 시비를 걸 일은 없을 거네."

"하지만 그 때문에 육패의 어느 곳도 주력을 보내지 않은 곳 아닙니까? 우리 당문의 주력이 장안에 들면 필시 일월맹의 고수들도 움직일 겁니다."

"그렇다고 그자들을 그대로 보낼 수는 없는 일일세. 놈도 놈이지만 그자 곁에 투묘신 오봉이 있을 수도 있네. 투묘신 오봉을 잡는 일은 그 무엇보다도 중해. 놈에게서 천독정을 회수하지 못하면 본 문은 수십 년 동안 어려움을 겪을 걸세."

"과연 투묘신 오봉이 그의 곁에 있겠습니까? 저 친구도 그의 곁에서 투묘신을 보지는 못했다지 않습니까?"

노인이 여전히 고개를 숙인 채 감히 자신들을 보지 못하는 중년 사내를 가리켰다.

"투묘신이 어디 얼굴을 내밀고 다닐 놈이던가?"

"그렇긴 하지만……."

"어쨌든 투묘신 그놈도 상처를 입었으니 분명 성수의녀의 곁을 떠나지 않을 걸세. 서둘러 추격하는 것이 좋아."

"알겠습니다. 일단 그들을 잡고 보지요."

노인이 가만히 고개를 숙여 보였다.

갑판에 나서니 시원한 바람이 얼굴을 매만졌다. 곤륜에 비하면 부드럽기 이를 데 없는 바람, 송추월은 바람의 느낌에서 그가 드디어 사람 사는 세상에 나왔음을 새삼스럽게 깨달았다.

"좋군."

송추월이 이른 봄 강변을 수놓기 시작하는 녹음을 보며 말했다.

"곤륜에는 숲이 없어요?"

목이가 물었다.

"왜 없겠느냐?"

"그런데 송 대협께서는 마치 나무에 싹이 돋는 것을 처음 보는 것처럼 말씀하시잖아요."

"후후, 그렇더냐? 하긴 그동안 나무에 싹 돋는 일 따위에는 관심이 없었지."

"장안에선 오래 머무실 건가요?"

목이가 다시 물었다. 그러자 곁에 있던 서연이 송추월 대신 입을 열었다.

"그건 왜 묻는 거니?"

"헤헤, 의녀님도 아시다시피 제가 낭산 상수리를 떠난 것은 태어나서 처음이잖아요. 장안 같은 큰 성읍에 나가는 것도 처음이고… 성도엔 들르지도 않으셨으니까……."

"그러니까, 장안에서 며칠 놀고 싶단 말이구나?"

"꼭 놀겠다는 것은 아니지만 구경은 하고 싶어요."

"하지만 어쩌지? 우린 장안에 오래 머물지 않을 거란다. 바로 떠나야 해."

서연의 대답에 목이가 실망한 표정으로 물었다.

"도대체 어디로 가시는 거죠?"

"말 안 해줬던가? 우린 요동으로 간단다."

"요동이요?"

"그래."

서연의 대답에 목이가 더욱 풀이 죽었다.

"아유, 산골을 떠난다 했더니 다시 산골을 들어가네."

"요동이 산골이라고 누가 그러던?"

"뭐, 꼭 들어야 아나요? 요동이나 사천이나 모두 변경인걸요."

"가서 보면 꼭 그렇지도 않다는 걸 알게 될 거다. 그렇죠?"

서연이 송추월을 돌아봤다. 그런데 그때 송추월이 갑자기 엉뚱한 말을 꺼냈다.

"서 매, 그때 당문 사람들이 사람을 찾아 서 매의 의원에 왔다고 했지?"

"그래요. 그런데 그건 왜 갑자기……?"

"그때 그들이 찾던 사람이 도둑이라고 했었나?"

"그랬죠. 투묘신 오봉이라고, 강호에선 제법 유명한 도둑이
죠."

"그가 당시 의원에 있었나?"

"그건 저도 모르겠어요. 아시겠지만 제 의원에 백 명이 넘는
환자들이 있었는데 그중 스스로를 투묘신이라 밝힌 사람은 없
었어요. 하지만 만약 그가 있었다고 해도 스스로 자신의 정체
를 밝히진 않았겠지요."

"흐흠… 그래, 그렇겠지?"

송추월이 고개를 끄덕였다. 그러자 서연이 의아한 표정으로
물었다.

"그런데 갑자기 그건 왜 물으시는 거죠?"

"보고 싶지 않아?"

"예? 누굴요?"

"투묘신!"

"그게 무슨… 설마 그가?"

송추월이 고개를 끄덕이고는 순식간에 그 자리에서 자취를
감췄다. 그리고 잠시 후!

"아아아! 이, 이것 좀 놓아주게."

갑작스레 흘러나온 비명 소리에 서연과 목이가 시선을 돌렸
다. 그러자 어느새 송추월이 중년 사내의 목덜미를 잡고 두 사

람이 있는 곳으로 걸어오고 있었다.

송추월에게 잡혀온 사내의 키는 오 척 단구, 팔은 허리 아래로 내려간 것이 딱 당천이 찾던 투묘신 오봉의 모습이었다.

"설마… 이 사람이?"

서연이 송추월에게 잡혀온 중년 사내를 보며 놀란 표정을 감추지 못했다.

"당신 입으로 당신 소개를 좀 하지."

송추월이 목덜미를 잡고 있던 손을 놓고는 사내에게 말했다.

"케켁! 아이구, 초면에 이게 무슨 행패요? 하마터면 죽을 뻔했네. 휴우!"

사내가 목을 감싸며 투덜거렸다.

"당신… 당신이 투묘신이었나요?"

서연이 사내를 알아보고 급히 물었다.

"쩝, 그, 그렇소이다."

"하지만… 당신의 모습은……?"

"흐흐, 도둑이 변장술에 능한 거야 당연한 일 아니오. 본래 사람들은 얼굴을 바꾸는 것보다 몸을 바꾸는 것에 더 잘 속아 넘어간다오. 본래는 내 팔은 그리 긴 편이 아니우."

갑자기 투묘신 오봉이 몸을 흔들자 그의 키가 반 자 정도 커졌고 그의 손 역시 허리 위로 올라왔다. 누가 보아도 좀 전에 보았던 그 사람이라고는 믿을 수 없는 변화였다.

"귀신인가 봐요?"

소녀 목이가 오봉의 변화에 놀라 서연의 뒤로 숨으며 말했다.

"흐흐, 꼬마 의녀님, 난 귀신이 아니라오. 본래의 모습을 감추고 있었을 뿐이지."

오봉이 실없는 웃음을 흘리며 목이에게 말했다.

"대단한 환골술(換骨術)이군."

송추월도 오봉의 변신술에 놀란 모양이었다.

"흐흐, 강호에서 이런 환골술을 시전할 수 있는 사람은 오직 이 오봉뿐일 거요."

오봉이 뽐내듯 턱을 들며 말했다.

"그런데… 왜 우릴 따라온 건가?"

"거참, 나보다 나이도 어려 보이는 사람이… 이크!"

오봉이 자신을 몰아붙이는 송추월에게 불평을 늘어놓다 송추월의 눈빛을 대하고는 이내 몸을 움츠렸다.

"왜 우릴 따라온 건가요? 이미 상처는 모두 치료된 것으로 알고 있는데."

송추월 대신 서연이 물었다. 그러자 오봉이 머리를 긁적이며 대답했다.

"그게… 살려다 보니 어쩔 수 없이……."

"무슨 말이죠?"

"에… 알고 있겠지만 당문의 고수들에게 쫓기는 신세라."

"그러니까 우릴 이용해 당문의 추격을 피하려 했다는 말이군요?"

"그게… 뭐 꼭 그렇다기보다는… 여기 이 양반이라면 당문의 고수들을 막아줄 수 있을 것 같아서……."

오봉이 실실거리며 흘깃 송추월을 바라봤다. 그러자 송추월이 차가운 말투로 말했다.

"장안에 닿아 배에서 내리거든 더 이상 날 따라오지 마라."

"아니, 뭐 그렇게 매정하게… 으음!'

송추월의 말에 반발하던 오봉이 입을 닫았다. 잠시 잊었던 송추월의 눈빛을 다시 받은 후였다.

"도대체 당문에서 뭘 훔친 거죠?'

목이가 오봉에게 물었다.

"그건 우리 꼬마 의녀께서 아실 일은 아니네."

"흥, 난 꼬마라도 다른 사람 물건엔 손을 대지 않아요."

"제길, 지금 날 도둑이라고 무시하는 건가?'

"그럼 존경받기를 원했어요?'

목이가 물러서지 않고 쏘아붙였다.

"허, 이 꼬마 의녀께서는 침만 잘 놓으시는 것이 아니라 사람 마음도 잘 쑤시는군."

"그런 말 듣기 싫으면 도둑질을 하지 마세요. 아니면 우릴 따라오지 말든지."

"에구, 꼬마 의녀님, 목숨은 무엇보다 중한 것이라오."

오봉이 정색을 하며 말했다. 그러자 송추월이 다시 입을 열었다.

"날 따라오면 결국 당신은 죽게 될 거다."

"힉! 아니, 그게 무슨 말이오? 설마 날 죽이겠다는 말이오?"

"당문은 예로부터 원한을 잊지 않는 문파지. 그들이 상수리에서 당한 일을 그냥 넘어갈 리 없다. 분명 우리 뒤를 쫓겠지. 그러니 당신이 우리 곁에 있다면 결국 그들의 손에 잡히고 말 거야."

"하지만 대협이라면 충분히 그들을 물리칠 수 있지 않겠소? 이래 봬도 내가 사람 보는 눈은 있다오."

"물론 우린 살 수 있겠지. 하지만 당신 목숨까지 지켜주진 못해. 그러니 차라리 우리와 멀리 떨어져 도망가는 것이 당신의 목숨을 부지하는 데 더 유리하단 말이지."

"으음… 듣고 보니 그도 그렇군. 내 장안에 당도할 때까지 생각해 보겠소."

오봉이 마치 일의 결정권이 자신에게 있다는 듯 말했다. 그러자 송추월이 재차 경고했다.

"당문만이 아니다. 만약 내가 짐작하는 대로 그들이 날 따르고 있다면 당신이 살 가능성은 일 할도 안 된다."

"설마 옥황상제에게라도 쫓기고 있단 말이오?"

오봉이 놀라며 물었다.

"비슷한 사람들이지."

송추월이 어두운 눈빛으로 멀어지는 사천을 응시했다.

"당신들은 누구요?"

당문의 문도를 이끌고 있는 초로의 노인이 물었다. 그러자 길을 막아선 묵빛 사내들 중 역시 머리가 희끗한 사내가 앞으로 나서며 되물었다.

"그대가 당여해인가?"

자못 위압적인 질문, 죽림의 수뇌이자 강호 명문 당문의 고수를 앞에 두고 이렇게 도도할 수 있는 자가 세상에 얼마나 있을까. 더군다나 앞에 나서 질문을 던진 자는 이 무리의 수괴 같지도 않았다. 무리 뒤쪽으로 두 대의 검은색 마차가 서 있었고, 그 마차의 문은 굳게 닫혀 있었다.

당문의 고수들이 송추월을 추격해 강을 거슬러 내려와 장안으로 이어지는 관도에 들어서는 순간 일어난 일이었다.

"그렇다. 내가 당여해다!"

당문의 고수들은 하나같이 독과 암기의 달인이지만 그중에서도 특히 두 명의 고수가 오늘날 당문을 대표하고 있었다. 당문이악(唐門二岳). 현 당문을 든든히 받치고 있는 두 명의 고수를 일컫는 말로 현 당문주 당여립의 두 아우, 당여해와 당여호가 바로 그들이었다.

이들 두 사람은 공히 만천화우를 이뤘다고 평가되는 고수들로서 천하에서 상대를 찾아보기 힘든 사람들이었다.

"제대로 찾았군."

당여해가 자신의 신분을 밝혔는데도 길을 막은 사내는 전혀 두려운 기색이 없었다.

"본 문의 행사인 줄 알고 있는데도 길을 막았다는 말이구나. 감히 당문을 두려워하지 않다니 얼마나 대단한 종자들인지 정체를 밝혀라."

"그대는 당여호군."

당여해의 옆으로 나서 노기를 드러낸 다른 당문의 노고수를 보며 사내가 물었다.

"오냐. 내가 당여호다. 정체를 밝힐 용기도 없는 놈들이더냐?"

"내 이름을 밝히지 못할 것은 아니지만 아주 오래전 강호를 떠났던 사람이라 기억하고 있을지는 모르겠군. 난 종회라는 이름을 쓰는데… 혹 알고 있는 이름인가?"

노인은 태산오룡의 맏이 종회였다. 그의 뒤쪽에 서 있는 자들은 태산오룡의 나머지 사인과 신마계의 사람들이 분명했다.

"종회… 종회라……? 종회! 태산오룡!"

당여해가 놀란 눈으로 종회를 바라봤다.

"후후, 기억하고 있다니 고맙군."

"정말 그대가 태산오룡의 우두머리 종회인가?"

"물론 오직 나만이 태산오룡의 우두머리를 자처할 수 있지."

"놀라운 일이군. 강호엔 기사가 넘친다지만 이미 수십 년 전에 사라진 그대들이 이렇게 건재하다니. 강호엔 그대들이 누군가의 손에 몰살당했을 거란 소문이 한동안 돌았지. 도대체 무슨 일로 수십 년 동안 태산을 비웠는지 궁금하군."

"흐흐흐, 우린 하늘 밖의 세상을 여행하고 있었지."

그런데 그때 문득 마차에서 한마디 차가운 음성이 들려왔다.

"시간이 없다!"

순간 종회의 표정이 변했다.

"알겠습니다, 주인!"

종회가 급히 마차를 향해 고개를 숙여 보인 후 재빨리 당여해를 향해 돌아서며 물었다.

"묻겠다. 그대들은 무슨 일로 황하를 넘어 장안으로 가고 있는 것인가?"

종회의 싸늘한 표정에 당여해가 위압감을 느꼈지만 그는 대당문의 고수였다. 당여해가 종회의 물음에 답하는 대신 고개를 갸웃거리며 중얼거렸다.

"참으로 기이하군. 수십 년 만에 태산오룡이 강호에 나타난 것도 이상한 일이지만 당신들 같은 사람들이 누군가의 수하로 있다니… 도대체 저 마차에 타고 있는 사람은 누구인가?"

순간 종회의 입가에 비릿한 미소가 드리웠다.

"후후, 감히 땅 위의 인간이 하늘의 사정을 궁금해하는 것인가? 화를 부르는 일은 그만두고 내 질문에 답이나 하라."

"종회, 그대가 과거 강호에서 제법 큰 이름을 떨쳤다는 것을 모르는 것은 아니다. 하지만 그렇다고 감히 당문의 행사를 가로막을 정도는 아니지. 강호에서 멀어졌다고 당문의 무서움도 잊은 것인가?"

"후후후, 당문… 대단하지. 예전의 나였다면 감히 길을 막을 생각은 못했을 거야. 하지만 지금은 달라. 당문이 아니라 육패라도 막지 못할 내가 아니다. 그러니 화를 부르고 싶지 않거든 얼른 답을 하라. 무슨 일로 장안을 향해 가는 것인가?'

종회가 다시 물었다. 순간 당여해의 눈빛이 여러 차례 변했다. 종회와 그 무리에 대한 반발심과 한편으로는 은근한 두려움이 묻어나는 표정이었다. 그런데 그런 당여해의 고민을 옆에 있던 당여호가 대신 풀어주었다.

"태산에서 산적질이나 하던 자가 감히 당문을 위압하다니, 결코 용납할 수 없다. 그대를 무릎 꿇리고 그대 주인의 얼굴을 보겠다."

당여해에 비해 괄괄한 성정의 당여호가 당문을 무시하는 종회의 태도에 분기를 참지 못하고 앞으로 나선 것이다.

"후후, 나도 말보단 손으로 일을 처리하는 것이 빠를지 모른다고 생각했었지. 그럼 손으로 해결해 볼까?"

차르릉!

종회가 기다렸다는 듯이 검을 뽑아 들었다.

"태산의 도적 따위 한 수에 끝내주마!"

당여호 역시 두 손을 품속으로 넣으며 앞으로 두어 걸음 나아갔다.

"아우, 조심하시게."

신중한 당여해가 뒤쪽에서 당여호에게 경고했다.

"걱정 마십시오. 내 이자들에게 당문의 무서움을 똑똑히 보여주겠습니다."

당여호가 자신있게 말을 던진 후 종회 앞에 섰다.

"온몸을 벌집으로 만들어주마!"

"후후, 당문의 암기술을 언젠가 한 번 경험하고 싶었지."

"그렇다면 오늘 제대로 날을 잡았구나!"

당여호가 노성을 발하며 허공으로 뛰어올랐다. 동시에 품속으로 들어가 있던 그의 두 손이 번개처럼 빠져나왔다.

파아앙!

한순간에 여섯 개의 암기가 모습을 드러내더니 살아 있는 생물처럼 꿈틀거리며 종회를 향해 닥쳐들었다. 하나하나의 암기에 강력한 진기가 깃들어 있어 마치 절대검수 여섯이 한 번에 공격을 하는 듯한 위력을 지닌 암기술이었다.

"좋구나. 그러나 역시 하늘 아래의 무공일 뿐이다."

종회가 상대의 무공에 찬사를 보내면서도 당여호가 던진 암기 속으로 뛰어들었다. 동시에 그의 검이 허공을 갈랐다.

휘류릉!

종회의 검에서 마치 불꽃이 타오르는 듯한 소리가 일어났다. 그리고 다음 순간 그의 검에서 붉은 기운이 어른거리더니 당여호가 날린 여섯 개의 암기를 단번에 휘감아 허공 저 멀리로 날려 보내는 것이었다.

퍼퍽!

허공을 날아간 암기들이 길 옆의 나무와 땅에 꽂혀드는 소리가 들릴 때쯤 종회는 어느새 당여호 앞에 도달해 그의 가슴에 검을 꽂아 넣고 있었다.

"놈!"

당여호는 회심의 공격을 가볍게 무위로 돌리는 종회의 무공에 놀라면서도 살검을 뿌려대는 종회에게 노기를 드러내며 재빨리 십여 걸음 뒤로 물렀다. 종회는 싸움을 단번에 끝내겠다는 듯 뒤로 물러나는 당여호에게 여유를 주지 않고 따라붙었다. 그러자 당여호가 번개처럼 다시 손을 휘둘렀다. 순간 뿌연 녹색의 연무가 당여호와 종회 사이에 솟아올랐다.

"독이로구나!"

종회의 진중한 목소리가 흘러나왔다. 당여호가 뿌려댄 독에 잠시 멈칫했던 종회가 다음 순간 다시 검을 휘두르며 당여호를 추격했다.

휘류룡!

역시 앞서와 마찬가지로 불꽃이 타오르는 듯한 검음을 일으키며 종회의 검이 회오리를 만들었다. 그러자 당여호가 뿌려댄 독이 종회의 검이 움직이는 방향을 따라 물결처럼 일렁이기 시작했다.

팟!

한순간 종회가 검을 내리긋자 그의 앞을 막았던 녹색 연무가 정확히 반으로 갈리며 길을 열었다. 종회의 신형이 그 틈으로 바람처럼 빠져나가며 재차 당여호를 향해 검을 뻗어냈다.

콰아아!

종회의 검이 공기를 가르는 소리가 시원하게 일어났다. 당여호는 미처 종회의 공격을 피하지 못하고 고스란히 그의 앞에 몸을 드러냈다. 일순간 당여호의 몸이 종회의 검에 반으로 갈리는 듯한 환상이 일어났다. 그런데 종회의 검이 당여호를 반으로 가르려는 찰나!

"멈춰라!"

갑자기 종회의 측면에서 당여해가 노성을 토해내며 종회를 향해 암기를 던져 냈다. 암기는 단 하나였지만, 그 암기가 가지는 위력은 당여호가 던졌던 여섯 개의 암기를 능가했다.

팟!

그리 강렬하지 않은 파공음이었지만 빛처럼 다가서는 암기에서 위급함을 느낀 종회가 훌쩍 몸을 돌려 당여해의 암기를 피했다. 덕분에 당여호는 가까스로 몸을 빼 죽음의 위기에서 벗어났다.

"흐흐, 둘이 나선다는 건가?"

일단 일 장 정도 뒤로 물러난 종회가 투기를 일으키며 말했다.

"잠시… 잠시 진정하시구려."

당여해가 손을 들어 종회를 달랬다.

"칼을 뽑았으니 승부를 봐야지. 더군다나 주인께서 빠른 성과를 원하시니!"

종회는 당여해의 말에도 불구하고 다시 검을 들어 올렸다.

"당신들의 질문에 답을 드리겠소."

당여해가 황급히 뒤로 물러나며 입을 열었다. 순간 종회가 잠시 멈칫하다 고개를 돌려 마차를 보며 물었다.

"어찌 처리하올지……?"

"괜한 분란 만들 것 없다. 답을 들으면 그뿐!"

마차 안에서 차가운 목소리가 흘러나왔다.

"알겠습니다."

종회가 깊이 고개를 숙여 보인 후 당여해를 보며 말했다.

"다행히 주인께서 큰 아량을 베푸셨다. 그러니 주인의 기대를 저버리지 말라."

자못 위압적인 종회의 말에 당여해는 분기가 돌았으나 일단 적의 의도를 따르기로 했기에 노기를 감추며 물었다.

"알고 싶은 것이 뭐요?"

"아까도 물었지만 왜 당문이 사천을 벗어난 것인가?"

"음… 사실은 누굴 쫓고 있는 중이오."

"누굴 말인가?"

"투묘신 오봉이란 자를 아실 거요."

"투묘신… 들은 이름이군. 아직도 도둑질을 하고 다니나?"

"그렇소. 그가 본 문에 들어 귀중한 물건을 훔쳐 갔소이다. 그래서 그를 추격 중이오."

그러자 종회가 고개를 끄덕이다 다시 물었다.

"듣자 하니 낭산 상수리의 성수의녀란 여의원과 소란이 있었다던데?"

종회의 말에 당여해가 의아한 얼굴로 물었다.

"그걸 어찌 아셨소?"

당여해의 물음에도 불구하고 종회는 대답 대신 다시 질문을 던졌다.

"당시 그곳에서 기이한 무공을 쓰는 자가 나타났다고 들었는데?"

"그렇소. 그 일은… 천아, 이리 오너라!"

당여해의 부름에 당천이 재빨리 곁으로 다가왔다. 당천이 다가서자 당여해가 종회를 보며 말했다.

"당시 그곳엔 내 조카가 있었소이다. 그 아이가 그때의 사정을 소상히 말해줄 수 있을 거요."

당여해의 말에 종회가 당천을 바라봤다. 그러자 당천이 흠칫 몸을 떨었다. 종회의 눈빛이 사냥감을 앞에 둔 사냥꾼처럼 날카로웠기 때문이다.

"그는 어떤 자였느냐?"

종회가 거부할 수 없는 음성으로 당천에게 물었다. 그러자 당천이 얼른 대답했다.

"수염과 긴 머리로 얼굴을 가리고 있어 자세히 보지는 못했습니다. 다만 그의 무공만큼은 지금껏 보지 못한 기이한 것이었습니다."

"어떤 무공을 썼지?"

"강력한 양강의 무공을 썼습니다. 본 가의 무사들이 푼 독을 화기로 태워 버렸습니다."

"정확한가?"

"그렇습니다. 맨손으로 불을 일으키는 자였습니다."

당천의 대답에 종회가 고개를 돌려 마차 쪽을 바라봤다. 그러자 마차 안에서 차가운 목소리가 흘러나왔다.

"그자와 성수의녀가 아는 사이로 보이더냐?"

"그건 자세히 모르겠으나 성수의녀가 그자의 등장에 놀라는 표정이었습니다."

"상수리의 의원이 문을 닫은 것은 알고 있지?"

"그렇습니다."

"그들이 어디로 갔는지 알고 있느냐? 당문에서 그들을 살피고 있었을 텐데?"

이번에는 당천이 당여해를 바라봤다. 그러자 당여해가 당천을 대신해 입을 열었다.

"사실대로 말하자면 지금 우리는 성수의녀와 그 괴인을 쫓고 있소이다."

"투묘신 오봉을 쫓는다지 않았나?"

"본 문의 판단으로는 그들은 분명 함께 있을 것이오."

"성수의녀와 투묘신이?"

"그렇소이다. 투묘신은 본 문에 들어왔을 때 중한 부상을 입었소이다. 독에도 당해 그의 몸을 치료할 수 있는 사람은 아마도 근방에 성수의녀밖에 없었을 것이오. 해서 그를 찾으러 상수리에 사람을 보냈던 것인데……."

"좋아. 그럼 어쨌든 이 길이 성수의녀와 그 괴인이 간 길이란 말이군."

"그렇소이다. 그들은 장안으로 향하고 있소이다."

"장안이라. 사부, 일단 그 괴인을 찾는 것이 좋을 것 같습니다."

마차 안에서 흘러나온 목소리에 다른 마차에서 노회한 목소리가 답을 했다.

"그러자꾸나. 맨손으로 불을 일으켰다니 역시 그자일 가능성이 크겠구나."

"그럼 장안으로 가지요. 당문은 그만 돌아들 가시오!"

마차 안에서 차가운 목소리가 흘러나오자 당여해가 당혹한 표정으로 대답했다.

"하지만 본 문은 투묘신을 반드시 잡아야 하오."

"그대들 모두가 죽어도?"

마차 안에서 흘러나온 목소리에 당여해가 일순 답을 하지 못했다.

"내가 죽이겠다는 말은 아니야. 하지만 성수의녀와 함께 있는 그자는 그대들이 감당할 수 없는 자다. 그러니 문도들의 목숨을 걱정한다면 그만 돌아가는 것이 좋을 거야. 더군다나 나와 내 사부께서도 시끄러운 것을 좋아하지 않지. 머지않아 그자는 우리 손에 죽을 터이니 그때 투묘신을 찾으라."

"그를… 잡을 수 있소?"

"후후, 의심이 드나 보군. 그럼 이 자리에서 내 능력을 증명해 보일까?"

순간 당여해가 황급히 고개를 저었다.

"아니오. 그러실 필요는 없소. 충고대로 우린 그만 돌아가겠소."

"형님!"

지나치게 비굴한 당여해의 모습에 당여호가 화가 난 표정으로 당여해를 불렀다. 그러자 당여해가 재빨리 손을 들어 당여호를 제지했다.

"아우는 가만히 있게. 그럼 우린 물러가겠소. 모두 돌아간다!"

당여해가 단호하게 명을 내리고는 자신이 먼저 장내를 벗어나기 시작했다. 당문의 고수들은 불만 가득한 표정을 하면서도 어쩔 수 없다는 듯 당여해를 따라온 길을 되돌아가기 시작했다.

"현명한 자군."

문득 뒤쪽 마차에서 노회한 자의 목소리가 들렸다. 그러자 앞에 있는 마차의 문이 열리며 한 사람이 마차 밖으로 나왔다. 부루였다.

"이리들 와봐!"

부루가 밖으로 나오자마자 태산오룡을 불렀다. 부루의 말에 태산오룡이 재빨리 부루 앞으로 다가왔다.

"앞서 가서 그들의 행방을 알아봐."

"알겠습니다."

"위험한 자일 수도 있으니 행처만 파악해."

"그리하겠습니다."

"그럼 가봐."

부루의 명에 태산오룡이 재빨리 장내를 벗어났다. 그러자 뒤쪽 마차의 문이 열렸다. 그리곤 마효가 고개를 빼꼼히 내밀고 물었다.

"누굴 것 같으냐?"

"성수의녀의 이름이 서연이었다고 했으니 우연이 아니라면 그녀를 아는 사람일 것입니다. 그렇다면 두 명밖에 없지요. 추월 아니면 무극! 그런데 추월 녀석은 죽었으니… 후후후, 네놈들 기대대로 곧 무극을 만날 수 있을 것 같은데?"

부루가 앞뒤 두 대의 마차 마부석에 올라 있는 대일과 곽풍산을 보며 말했다. 그러자 마효의 마차를 끌고 있는 곽풍산이 히죽 웃음을 흘리며 대답했다.

"그러게 말이야. 더군다나 녀석이 인수로를 파괴할 만큼 대단한 고수가 된 모양이니 부루 넌 걱정 좀 해야겠다. 언제 네목에 무극의 칼이 박힐지 모르니까."

곽풍산의 말에 부루의 표정이 싸늘하게 변했다.

"네 녀석이 원하는 그런 일은 절대 일어나지 않아!"

第四章

잠행(潛行)

화마경

목이의 애원으로 송추월과 서연은 예정보다 길게 장안에 머물러 있어야 했다. 장안에 도착한 지 나흘, 예정대로라면 이틀 전에 장안을 떠났어야 했다.

"내일은 떠나야 해."

난생처음 화려한 대성읍의 정취에 취해 있는 목이를 보며 송추월이 말했다.

"그래야죠."

서연이 고개를 끄덕였다.

"어떻게 만나게 된 거지?"

"누구요? 목이요?"

"응."

"당신과 헤어지고 산천 변경에 거처를 정할 때 만났어요. 제가 의원을 열었던 그 자리는 바로 목이의 집이 있던 곳이에요. 때마침 목이의 부모가 중병에 걸려 있었는데 너무 늦어 손을 쓸 수 없었지요. 그분들이 돌아가시면서 목이를 부탁했어요. 그래서 그 자리에 의원을 세웠지요."

"인연이 있었나 보군."

"호호, 당신은 조금 변했군요."

"뭐가?"

"예전의 그 무서운 마성은 사라지고 머리 깎은 스님 같은 소리를 하고 있으니 말이에요."

"겉은 변해도 속은 다르지 않아."

"아직도 마성에서 벗어나지 못했다는 건가요?"

"타인이 심은 마성이 아니라 내가 타고난 본능을 말하는 거야. 알다시피 난 중이 아니니까. 난 산적이야. 후후!"

"호호호, 확실히 변했어요, 농담도 하고. 그런데 그는 정말 떠난 걸까요?"

"누구? 그 투묘신이란 자?"

"네. 이틀 전 모습을 감춘 이후로 전혀 보이지 않네요."

"귀찮은 자야."

"그래도 심성은 선한 사람 같았어요."

"도둑이 선하다니 서 매도 눈이 이상해졌군."

"의원을 열고 환자를 받다 보니 그런 생각이 들었어요. 외양이나 처한 상황만으로는 그 사람의 내면을 알 수 없다고요. 만인을 죽인 살인마도 선인일 수 있다는 뭐, 그런 생각이 들더군요."

"머리를 깎을 사람은 내가 아니라 서 매였군."

"호호호, 전 비구니가 될 생각은 없어요."

"자, 그만 숙소로 돌아가지. 날이 저물고 있어."

"알았어요. 목이를 데려올게요."

서연이 하나둘 불을 밝히기 시작한 상점들을 기웃거리고 있는 목이를 향해 걸음을 옮겼다.

"떠난 게 아니었나요?"

객잔 밖에서 요기를 해결하고 돌아온 송추월 일행 앞에 투묘신 오봉이 모습을 드러낸 것은 확실히 의외였다. 투묘신 오봉은 마치 자신의 객방처럼 거처에 앉아서 세 사람을 맞이했다.

"헤헤, 떠나려고 했는데 마침 빚을 갚을 일이 생겨서."

"빚이라뇨? 누구에게 빚을 갚는 거죠?"

"그야 물론 성수의녀님께 갚을 빚이라오."

"어디서 귀중한 보물이라도 훔친 건가요?"

서연의 말에 오봉이 살짝 얼굴을 찌푸렸다.

"나도 때를 봐가며 도둑질을 한다오. 지금 같은 때 담을 넘을 사람은 아니라오."

"그럼 어떻게 무슨 빚을 갚는단 말인가요?"

그러자 오봉이 성수의녀의 물음에 답하는 대신 송추월을 보며 물었다.

"혹, 태산오룡을 아시오?"

순간 송추월의 눈이 번쩍였다. 태산오룡을 어찌 모를 것인가? 그 인연이 이미 수십 년이었다.

"무슨 일이오?"

송추월이 차갑게 물었다. 그러자 오봉이 움찔하며 재빨리 입을 열었다.

"그들이 이곳에 있소. 송 대협과 서 의녀님을 살피고 있단 말이오."

"확실해요? 그들이 정말 우릴 살피고 있었나요?"

"흐흐, 내가 다른 건 몰라도 눈은 정확하다오. 도둑은 눈이 생명이라… 비록 그들이 수십 년 전에 강호에서 사라졌다고는 해도 태산의 패자로 군림할 때 여러 번 그들의 얼굴을 본 나라오. 절대 잊을 수 없지."

오봉의 대답에 서연이 송추월을 보며 물었다.

"그가 신마봉에서 나온 걸까요?"

이미 서연은 송추월에게서 신마봉에서 일어났던 그 비정한 일들에 대해 모두 들은 후였다.

"아마도."

"그럼 어쩌죠?"

서연이 걱정스레 묻자 송추월이 오봉을 보며 물었다.

"태산오룡 곁에 다른 자들은 없었소?"

"오직 그 다섯만 보이더구려."

"알겠소. 당신은 이제 정말 이곳을 떠나시오. 가장 빠른 시간 안에!"

"아니, 내가 이렇게 귀한 정보를 가져왔는데 다시 날 내쫓는 것이오? 이거 너무 야박한 것 아니오?"

"모두 당신을 위해서요. 태산오룡 뒤에는 그들과 비교할 수 없는 존재들이 도사리고 있소. 태산오룡은 그들의 견마이니 이제 곧 그 주인들이 장안에 당도할 거요. 당신이 우리 곁에 있다가는 필시 그들에게 죽임을 당하게 될 거요. 그래서 당신더러 떠나라고 한 거요. 태산오룡이 나타났다면 시간이 별로 없소."

"흐흐흐, 난 당문이 아니라면 걱정없소. 내가 한땐 황궁도 턴 사람이란 말이오. 내 걱정은 마시구랴."

오봉은 마치 재미있는 구경을 놓칠 수 없다는 듯 고집을 피웠다. 그러자 송추월도 더 이상 오봉의 거취에 대해선 관심을 거뒀다.

"좋소. 그럼 당신 좋을 대로 하시구려. 대신 그대의 목숨은 그대가 지켜야 할 거요."

"글쎄 대협에게 짐이 되지는 않는다니까."

오봉이 짐짓 거드름을 피우며 말했다. 그러자 송추월이 고개를 끄덕이고는 다시 물었다.

"태산오룡은 어디 있소?"

"아마 어디선가 이곳을 지켜보고 있을 거요."

"찾을 수 있소?"

"찾는 거야 쉽지. 내가 당신들과 함께 있다 그들의 눈에 띄게 객잔을 벗어나면 그들은 필시 날 잡아 당신의 소식을 물으려 할 거요."

순간 서연의 눈에 감탄의 기색이 떠올랐다.

"정말 단순하면서도 확실한 방법이군요. 투묘신이란 명성에는 이유가 있었군요."

"흐흐흐, 지키려는 자와 쫓는 자의 심리를 이용하는 게 투도의 근본이라오."

오봉이 다시 거드름을 피웠다.

"그럼 그들을 불러내 주시겠소?"

송추월이 다시 물었다.

"알았소. 그리하리다. 하지만 이 경우에는 대협이 내 목숨을 지켜줘야 하오?"

"그건 걱정 마시오."

송추월이 대답했다.

"그들을 만나시려고요?"

서연이 걱정스레 물었다. 그러자 송추월이 단호하게 말했다.

"꼬리는 잘라야지!"

"놈을 잡아야겠어."

종회가 객잔을 벗어나는 오봉을 보며 말했다. 그는 서연의 얼굴을 기억하고 있었다. 서연과 함께 있는 중년의 사내는 거리가 멀어 그 얼굴을 제대로 확인할 수 없었지만 서연의 화려한 미모는 멀리서도 알아볼 수 있었다. 그런 그녀와 담소를 나누고 헤어지는 사내를 잡는다면 그녀의 곁에 있는 자의 정체도 알 수 있을 터였다.

"하지만 주인께서 그저 지켜보라고만 하지 않았습니까?"

태산오룡의 둘째 등각이 걱정스런 표정으로 물었다.

"정체를 알아낼 수 있다면 큰 소득이라 할 수 있을 걸세. 더군다나 홀로 나왔으니 그를 제압하는 것은 그리 어려운 일이 아닐 거야. 그가 고수로 보이나?"

"그렇게 보이진 않지만……."

"심부름을 하는 자일 수도 있네. 일단 저자를 잡고 보세."

"대형의 뜻이 그렇다면 알겠습니다."

등각이 객잔을 벗어나는 오봉을 단숨에 잡아올 듯 몸을 일으켰다. 그러자 종회가 재빨리 등각의 소매를 잡았다.

"이곳은 사람들의 눈이 너무 많네. 조용한 곳에서 제압하세."

투묘신 오봉이 슬쩍슬쩍 주위를 살피며 장안성을 벗어나 성밖 외곽 마을로 이어지는 한적한 길에 접어들었다. 성안에서 흘러나오는 빛이 있기는 했지만 어둠을 완전히 걷어내지 못해 혼자 걷기에는 왠지 두려운 길이었다.

그리고 마치 그 길의 어둠에 보답이라도 하듯 다섯 명의 사내가 오봉의 앞을 가로막았다.

"잠시 섯거라."

오봉의 앞을 막은 사내 중 가장 나이가 많아 보이는 초로의 사내가 앞으로 나서며 말했다. 오봉은 짐짓 크게 놀란 표정을 짓고는 뒤로 서너 걸음 물러나며 물었다.

"뉘, 뉘시오?"

창!

한순간 사내가 검을 뽑아내더니 번개처럼 오봉의 면전으로 다가와 검을 겨눴다. 워낙 빠른 발검과 움직임이었기에 오봉이 피하려 했다고 해도 피할 수 없는 속도, 오봉은 그제야 진심으로 자신의 앞을 막은 자들에 대해 두려움을 느끼기 시작했다.

"이름이 뭐냐?"

오봉에게 검을 겨눈 사내, 태산오룡의 맏이 종회가 물었다. 오봉은 태산오룡을 알고 있었지만 태산오룡이 도둑의 얼굴을 알 리 없었다.

"봉추라 합니다."

오봉이 서둘러 이름을 둘러댔다.

"봉추? 촉의 봉추가 무척 괴이한 모습을 하고 있었다더니 네가 그의 모습뿐 아니라 이름도 따라 지었구나."

"뭐, 태어난 모습이야 내 탓이 아니지요."

오봉이 자신의 외모를 비웃는 종회의 말에 두려움을 무릅쓰고 불쾌한 기색을 드러냈다. 그러자 종회의 표정이 변했다.

"이놈 봐라? 이제 보니 제법 강단이 있군."

"왜 길을 막으신 겁니까?"

"후후, 용기는 가상하다만 가끔 그런 만용이 죽음을 부르기도 하는 법이다."

"날 죽이겠다는 말입니까?"

"내가 묻는 말에 제대로 답한다면 목숨을 살려주겠다."

"뭘 알고 싶은 겁니까?"

"성수의녀를 아느냐?"

종회가 더 이상 말을 돌리지 않고 물었다. 그러자 오봉이 흠칫한 표정을 짓다가 딴청을 피우며 물었다.

"성수의녀가 누굽니까?"

"후후, 네놈이 정말 죽고 싶은 모양이구나. 오늘 저녁 네가 만나온 그 여인이 바로 성수의녀 아니더냐?"

"아… 하하하, 이거 보고 계셨습니까?"

오봉이 머리를 긁적이며 되물었다.

"네놈의 행동거지를 모두 보았으니 거짓을 말할 생각은 말거라. 묻겠다. 성수의녀를 아느냐?"

"아, 네, 조금 알고 있습지요. 과거 사천에 갔다가 몸에 상처를 입었는데 그때 치료를 받은 적이 있어서……."

"그녀가 이곳에 온 것은 어찌 알았느냐?"

"그분의 의명과 아름다움이야 사방 십 리 밖에서도 알아볼 수 있지요."

오봉의 능수능란한 말에 종회가 오봉을 노려보며 물었다.

"네놈이 보통 놈이 아니구나. 말재주가 혀에 기름을 칠한 듯

번드르르한 것이."

"이 장안에선 제법 이름이 있지요."

"흠, 좋다. 그럼 그녀와 함께 있는 사내의 정체도 잘 알겠구나."

"아… 그 무서운 대협님 말이군요?"

"알고 있구나. 어떤 자냐?"

"솔직히 저도 잘 모르겠습니다. 워낙 과묵한 분이고 또 의녀께서도 그분에 대해선 말씀이 없으시더군요. 이름을 물었다가 죽는 줄 알았습니다. 그 기도가… 아, 다시 생각하니 또 무섭군요."

오봉이 몸을 떨었다.

"그에 대해 아무것도 모른단 말이냐?"

"흘려듣기로는 강호에서 가장 강한 분이라고……."

"감히 그가 스스로 그런 말을 하더냐?"

"그분이 한 말이 아니옵고 의녀께서 그리 말씀하셨지요."

"혹 그가 곤륜에서 왔다고 하지 않더냐?"

"어? 그걸 어찌 아셨습니까?"

오봉이 놀란 눈으로 물었다. 그러나 종회는 놀란 오봉에겐 관심을 두지 않고 혼자 중얼거렸다.

"역시 그인 모양이군. 혹, 그가 원씨 성을 쓰지 않더냐?"

종회의 물음에 오봉이 고개를 저었다.

"글쎄, 이름은 잘……."

"알겠다. 수고했다. 그런데 네게 별로 얻은 것이 없으니 살려주지는 못하겠구나."

"그, 그게 무슨 말씀이십니까?"

오봉이 크게 놀라 뒤로 물러나다 제풀에 넘어졌다.

"불행한 사실은 네가 성수의녀를 알고 또 우리를 보았다는 것이다. 네놈을 살려두면 반드시 성수의녀에게 달려가 우리의 이야기를 할 것 아니더냐?"

"걱정 마십시오. 제 입은 쇠처럼 무겁습니다."

"네 입을 믿느니 내 검을 믿겠다. 오늘이 네가 죽을 날이었다고 생각하거라. 잘 가거라!"

종회가 검을 들어 올렸다. 그의 눈에 붉은 기운이 어렸다. 숨길 수 없는 살기가 그의 눈에서 흘러나왔다. 그러자 오봉이 이젠 정말 살길을 찾아야 하는 순간이란 걸 깨달았다.

"뭐 하시오? 날 이대로 죽게 내버려 둘 거요?"

오봉이 뒤를 돌아보며 소리쳤다.

"걱정 마시오, 아직 그대가 죽을 때는 아니니."

오봉의 외침에 어둠 속에서 묵직한 음성이 흘러나왔다. 순간 종회가 크게 놀라며 허공으로 떠올랐다.

팟!

어느새 다가온 한줄기 빛이 종회의 허벅지를 스치고 지나갔다.

"음!"

종회가 땅에 내려서며 허벅지를 부여잡고 신음성을 흘렸다. 눈 깜짝할 사이에 깊은 부상을 당한 종회의 앞을 가로막으며 태산오룡의 나머지 사 인이 앞으로 나섰다.

"웬 놈이냐?"

태산오룡의 둘째 등각이 종회를 공격한 빛이 뻗어 나온 어둠 속을 보며 소리쳤다. 그러자 갑자기 그들의 머리 위에서 음산한 목소리가 흘러나왔다.

"너희가 찾고자 했던 사람!"

"피햇!"

뒤로 물러나 있던 종회의 입에서 다급한 경고성이 터져 나왔다. 순간 태산오룡의 사 인이 사방으로 흩어졌다. 그러자 그 사이로 한줄기 빛이 내려와 원을 그렸다.

"컥!"

"윽!"

두 마디 비명성이 터져 나왔다. 종회의 경고에 몸을 피했음에도 불구하고 태산오룡 사 인 중 넷째 고원과 다섯째 동위가 피를 흘리며 땅 위에 쓰러졌다.

"이놈!"

한순간에 두 명의 동료를 잃어버린 태산오룡의 나머지 삼 인이 모습을 드러낸 괴인을 향해 달려들었다. 종회는 허벅지에서 흘러나오는 피분수에도 아랑곳하지 않고 붉은 염기를 일으키며 괴인을 향해 검을 휘둘렀다.

"오늘 죽을 운명인 자들은 내 친구가 아니라 바로 너희다!"

괴인이 냉혹한 음성을 흘리더니 자신을 향해 다가드는 태산오룡 삼 인의 검세 속으로 뛰어들었다.

팟!

종회의 검이 괴인의 목을 겨누고 들어갔다. 순간 괴인이 목을 까닥하는 것으로 검을 피해냈다. 그리고는 가볍게 종회의 옆구리를 쳤다.

퍽!

"컥!"

종회의 입에서 참을 수 없는 고통의 신음성이 흘러나왔다. 동시에 그의 신형이 십여 장을 날아가 땅에 고꾸라졌다.

"놈!"

종회가 단 한 수에 패퇴하자 양옆에서 태산오룡의 둘째 등각과 셋째 이정이 노성을 발하며 괴인의 옆구리를 향해 검을 찔러 넣었다. 순간 괴인의 양손이 좌우로 펼쳐지더니 허공에서 가볍게 원을 그렸다. 그러자 등각과 이정이 뻗어낸 검이 순식간에 괴인의 손아귀로 잡혀들었다. 괴인의 손이 쇠로 된 듯 두 고수의 검날을 움켜쥐고는 불쑥 위로 치켜들었다.

쩌정!

날카로운 파열음과 함께 태산오룡의 검이 중간에서 뎅겅 부러졌다. 동시에 괴인이 재빨리 잘린 검날을 돌리더니 두 사람을 향해 던졌다.

"큭!"

"욱!"

잘린 검날이 등각과 이정의 몸 깊숙이 파고들었다. 두 사람이 신음성을 흘리며 그 자리에서 무너져 내렸다. 장내가 한순간에 고요해졌다. 차가운 바람에 비릿한 혈향이 사방으로 번져 갔다. 그 속에서 종회는 움직일 수 없는 고통을 참으며 몇 마디의 말을 들을 수 있었다.

"갑시다."

"어디로 갈 거요?"

"남쪽!"

"남쪽이라면?"

"일단 항주로 가봅시다."

"항주라… 헤헤헤, 미녀도 많고, 미주도 많고, 훔칠 것도 많고… 나 투묘신에겐 천국과 같은 곳이군."

그제야 종회는 자신들의 길을 막았던 자가 봉추라는 이름을 가진 자가 아니라 당문의 고수들이 찾던 투묘신이란 걸 깨달았다. 그즈음 종회의 의식이 가물거리기 시작했다. 괴인과 투묘신 오봉이 몇 마디 더 주고받은 것 같았지만 종회는 더 이상 그들의 말을 들을 수 없었다.

"그가 살아날 수 있겠소?"

성안으로 종종걸음을 치며 투묘신 오봉이 물었다.

"아마도."

송추월이 짧게 대답했다.

"과연 우리의 의도대로 추격자들이 항주로 갈 것 같소?"

"그리되길 바라야 할 거요, 당신 입장에선."

"제길, 이젠 내 목숨을 지켜줘야 하오!"

투묘신 오봉이 빗쟁이처럼 말했다.

"지금이라도 살고 싶으면 날 떠나는 것이 좋을 거요."

"아이구, 그런 말 마시오. 그가 살아난다면 내 정체를 알았을 것이고, 그리되면 그 대단한 추격자들이 날 먼저 찾으려 할 텐데 내가 어디로 도망간단 말이오?"

"당신이 천하에서 가장 잘 숨는 사람이란 걸 알고 있소."

"히히히, 그렇긴 하지만… 그래도 당신들을 따라가는 게 더 재밌을 것 같구려."

"좋을 대로 하구려. 하지만 변한 건 없소. 당신 목숨은 당신이 책임져야 하오."

"이런이런, 난 목숨을 걸고 당신을 도왔는데?"

"혹 그들에게 죽으면 좋은 묏자리는 봐주겠소."

"헐헐, 이건 완전히 밑지는 장사네."

"사실은 당신에게 부탁할 게 하나 더 있소."

"또 뭘 하란 말이오?"

"일단 객잔으로 돌아가서 얘기합시다."

송추월과 오봉이 두런두런 말을 나누면서도 빠르게 성내로 걸음을 옮겼다.

그리고 그날 밤 송추월 일행은 장안에서 잠을 청하는 대신 마차를 빌려 타고 급히 장안성을 빠져나갔다.

"정신이 드나?"

"후욱후욱!"

차가운 목소리에 태산오룡의 맏이 종회가 큰 숨을 쉬며 눈을 떴다. 냉담한 눈초리, 혹은 자신의 수하인 것이 수치스럽다는 듯한 경멸이 느껴지는 눈빛이 그를 바라보고 있었다.

"주인! 욱!"

종회가 급히 몸을 일으키다 가슴에 통증을 느끼고 그 자리에 다시 쓰러졌다.

"일어날 것 없다. 지금 필요한 건 그대의 몸이 아니라 입이니까. 누구냐?"

부루가 차갑게 물었다. 그의 뒤쪽으로 마효를 비롯한 신마계의 고수들이 종회의 입을 주시하고 있었다.

"투묘신……."

"설마 한낱 도둑놈에게 내 수하 다섯이 당했다는 거냐?"

"투묘신이 우리를 유인하고 성수의녀와 함께 있던 자가 기습했습니다."

"기습… 기습이라도 다섯이 한 명에게 당해?"

"그는… 보통 인물이 아니었습니다. 신마계에서도……."

종회가 말꼬리를 흐렸다. 신마계를 경시하는 말투는 그의 주인 부루뿐 아니라 마효도 용납지 않을 언사였다.

"신마계에서도 적수를 찾기 힘들다?"

부루가 종회의 말을 대신했다. 그러자 마효가 뒤에서 입을 열었다.

"역시 그자인 모양이군. 사제를 뚫고 나왔으니 저놈들쯤이야."

마효가 혀를 찼다.

"왜 내 말을 듣지 않았느냐? 그들을 도발하지 말라고 했을 텐데?"

부루가 종회를 보며 냉엄하게 추궁했다.

"설마 함정이라고는……."

"이건… 정말 쓸모가 없군. 소득은 없고 우리의 존재만 저들에게 알려준 꼴이 아닌가?"

"한 가지 소득은 있습니다."

"소득? 그 지경에?"

"그들의 다음 행선지를 얼핏 들었습니다."

"어디냐?"

부루의 눈이 번쩍였다.

"항주라고 했습니다."

"항주? 항주라… 좋은 곳이군요."

부루가 마효를 돌아봤다. 그러자 마효가 미소를 지었다.

"가본 지 오래구나. 미주가효가 있으니 우리 두 사제 간에 즐겨봄도 좋겠지."

마효의 대답에 부루가 고개를 끄덕인 후 다시 종회에게 시선을 돌렸다.

"걸을 수 있겠느냐?"

"옛!"

종회가 비틀거리며 몸을 일으켰다. 그러나 그의 몸은 겨우 두 발을 딛고 땅에 섰으나 끊임없이 흔들리고 있었다. 그 모습을 보고 부루가 인상을 찡그렸다.

"좋지 않구나. 너 때문에 길을 지체할 수는 없다."

"뒤를… 따르겠습니다."

"좋아. 너무 늦어 우리의 행방을 찾을 수 없다면 신마봉으로 돌아가 기다리도록!"

"존명!"

종회가 위태로운 몸으로 고개를 숙여 보였다.

"출발한다. 목적지는 항주다!"

부루가 신마계의 수하들을 보며 명을 내렸다.

"역시 그군요."

송추월과 서연은 이십여 장 떨어진 곳에서 부루 일행을 주시하고 있었다.

"알아보겠어?"

송추월이 물었다.

"그럼요. 그의 모습은 특별하지요. 더군다나 당신과 달리 그는 전혀 변한 것 같지 않아요. 그나저나 저 노인이 마효인가 하는 사람이군요?"

"아, 서 매는 처음 보는 건가?"

"말로만 귀가 따갑게 들었지요."

"그랬군. 그런데……."

갑자기 송추월이 눈을 가늘게 떴다.

"왜요? 무슨 문제라도 있나요?"

"저 두 대의 마차를 모는 마부들 말이야."

"그들이 왜요? 흠, 그러고 보니 좀 이상하긴 하군요. 옷차림이 다른 사람과 다른 것 같기도 하고… 아니, 이제 보니 눈에 익은 듯한데?"

서연이 고개를 갸웃했다. 외양은 변해도 그 사람의 체구는 변할 수 없다. 다른 사람에 비해 눈에 띄게 큰 체구를 가진 곽풍산과 대일의 몸집이 서연의 눈에 익숙했던 것이다.

"풍산과 대일이군."

"설마… 저분들이?"

서연이 믿을 수 없다는 듯 다시 한 번 마차의 마부들을 살폈다. 그리고는 한참 후 고개를 끄덕였다.

"그래요, 그렇군요. 정말 그분들이군요. 그분들이 살아 있었어요. 그런데 왜 저러고 있는 거죠?"

마차를 끌고 있는 것이 문제는 아니었다. 과거에도 대호산의 다섯 친구는 서로가 돌아가며 마차를 끌었으니까. 하지만 문제는 곽풍산과 대일의 모습이었다. 허름한 모습에 소매 깃 속으로 가끔 드러나는 쇠사슬, 비록 멀리 떨어져 있었지만 송추월과 서연은 그 쇠사슬의 존재를 놓치지 않았다.

"스스로 원해서 하는 일 같지는 않아. 아마도 제약을 받고 있는 것 같군."

"정말 그렇다면… 어쩌죠?"

서연이 곤란한 시선으로 송추월을 보며 물었다. 지금 상황에서 송추월이 곽풍산과 대일을 구하러 나서기가 쉽지 않다는 것을 그녀는 알고 있었다.

"지금껏 살려뒀다면 쉽게 죽이지는 않는단 말이지. 지금은 때가 아니야."

"그럼 일단 요동으로 가는 건가요?"

"그래."

"투묘신이 잘해줘야 할 텐데요."

"등잔 밑이 어둡다고, 오히려 저들의 뒤를 따르면 절대 잡히지 않을 거야. 저들은 앞쪽에서만 우리의 흔적을 찾으려고 할 테니까. 그리고 일이 년 뒤엔 결국 저들도 요동으로 오겠지. 그즈음 조화성으로 가야 할 테니까. 그때 친구들을 만나야겠어."

"그래요. 지금은 일단 요동으로 가요."

서연의 말에 송추월이 다시 한 번 마부석에 앉아 있는 대일과 곽풍산에게 시선을 던지고는 이내 신형을 돌렸다. 그러면서 나직이 중얼거렸다.

"무극은… 어디 있는 걸까?"

*　　　*　　　*

육패(六覇)의 시대가 시작된 지 이십여 년이 지나고 있었지만 육패의 힘은 점점 더 강해지고 있었다. 이제 강호 천하에 강호육패에 속하지 않은 문파가 없을 정도였다.

그중에서도 천목맹의 성장은 눈부셨다. 뒤늦게 천하 패자의 자리에 올라선 천목맹은 십오 년 전 당시 뛰어난 활약을 보이던 젊은 총사 부루의 실종 이후 그 세가 잠시 약해지는 듯했으나 이후 또 다른 영웅의 출현으로 오히려 그 이전보다 더욱 강력한 세력으로 부상했던 것이다.

그 천목맹의 중심에 이젠 강호에서 그 누구보다도 앞서 이름이 거론되는 고월산장의 장주 고무룡이 있었다.

십여 년 전 전대 장주 고모수로부터 장주의 지위를 넘겨받은 고무룡은 고월산장을 요동 최고의 강자로 성장시켰을 뿐 아니라 천목맹에서도 오랫동안 비워져 있는, 아니, 처음부터 그 누구도 차지하지 못했던 맹주의 자리를 차지할 인물로 거론되고 있었다.

천목맹에는 여전히 과거 요동삼문으로 불리며 성세를 누렸던 금문과 장백파, 그리고 모용세가가 건재했지만 그들조차도 작금에 이르러서는 고월산장과 고무룡의 위명에 감히 대항할 수 없는 처지였다.

고무룡을 중심으로 한 천목맹의 세력은 북쪽으로는 묵련, 남쪽으론 천추성을 압박해 그 세력이 처음 천목맹이 시작되었을 때보다 배는 더 넓게 퍼져 있었다.

더군다나 그렇게 세력을 확장하면서도 고무룡은 악명보다는 협명을 드높이고 있었는데, 그런 모습은 보통의 강호 패자들에게선 좀체 보기 힘든 현상이었다. 그래서 일부 강호인들은 결국 고무룡이 이끄는 천목맹에 의해 강호가 일통될 거라는 말을 간혹 흘리곤 하는 시절이었다.

"대단하군요."

서연이 산해관 인근의 천목맹 근거지인 이령문을 보며 말했다. 산허리를 깎아 넓힌 길 위로 수시로 마차가 오가고 있었는데, 그 길 끝에 서 있는 이령문은 과거에 비해 서너 배는 커져 있었다.

"이미 연경까지 천목맹의 세력이 들어가 있다지만 그래도 장성 인근의 근거지는 이령문이라고 하더군."

"결국 이령문을 얻은 것이 천목맹에겐 큰 도움이 된 것이군요."

"그렇다고 봐야지. 이령문을 통해 장성 이북과 이남 모두를 통제할 수 있게 되었으니까."

"고 대협을 한 번 만나보는 건 어떨까요?"

"그를?"

송추월이 고개를 갸웃했다. 그러자 서연이 정색을 하며 말했다.

"고 대협이라면 분명히 천부를 얻은 장소를 알고 있을 거예요."

"문제가 있는데……."

"그와 만남이 화마경주에게 알려질까 봐요?"

"부루가 요동으로 들어오면 필시 천목맹에 들르게 될 거야. 그러면 자연히 소식을 듣게 되겠지."

"조화성의 회합까지는 외부에 모습을 숨기지 않을까요?"

"예전 그를 따르던 자들이 있어. 그들이 만약 여전히 부루를 기다리고 있다면 그들의 눈이 고 장주에게 닿아 있을 거야."

"그럴 수도 있겠군요. 하지만 은밀히 그를 만나면 되잖아요, 그들의 눈에 띄지 않게. 마침 고 대협이 산해관에 나와 있다니 가능하지 않을까요? 솔직히 천목맹의 수뇌 중 당신에게 천부에 관한 이야기를 해줄 사람은 없어요, 고 장주 이외에는."

"그렇긴 하군. 독심호리 심온도 있지만 그는 영활한 자라 신뢰하기가 힘들고… 역시 그뿐인가?"

"만나봐요. 그래야 고 소저 소식도 듣죠."

서연이 송추월을 보며 농을 던졌다.

"후후, 비구니 소식은 들어 뭐하게."

송추월이 실소를 흘리며 걸음을 옮기기 시작했다.

고무룡은 느리게 이령문 뒤쪽으로 펼쳐진 숲을 걷고 있었다. 수염이 자란 얼굴은 그를 한결 더 강인한 인물로 보이게 했고, 단단한 체구에서 흘러나오는 기도는 그가 더 이상 젊은 협사가 아닌 강호를 움직이는 거인임을 드러내고 있었다.

천목맹에서 가장 중요한 인물 중 하나인 그가 수하 한 명 대동하지 않고 산책을 한다는 것은 또한 그 스스로 무공에 자신을 가지고 있다는 말이기도 할 터였다.

고무룡은 뭔가를 깊이 생각하는 듯 고개를 약간 숙이고 신중하게 걸음을 옮기고 있었다. 그러다 문득 그의 눈빛이 번쩍였다. 이후 그의 두 발이 움직임을 멈췄다. 그리곤 천천히 얼굴을 들었다.

"누구신가?"

고무룡의 입에서 진중하면서도 거역할 수 없는 무게를 지닌 목소리가 흘러나왔다.

"사형, 절 모르시겠어요?"

송추월을 제쳐 두고 서연이 앞으로 나섰다.

"누구……? 아니, 서 매?"

비록 수십 년이 흘렀지만 고무룡은 이내 서연을 알아봤다. 두 사람은 양산종이라는 뿌리로 얽혀 있었으므로 어찌 보면 각별한 인연이라고도 할 수 있었다.

"잊지 않으셨군요."

"서 매, 정말 서 매군. 도대체 그동안 어디 있었어? 사숙께서도 무척 걱정을 하셨는데."

고무룡의 말에 한순간 서연의 표정이 어두워졌다.

"사부님을 뵈었나요?"

"지난번 양산종 회합 때 나오셨지. 서 매의 소식을 몰라 무척 걱정하셨다."

"지금 어디 계신지 아시나요?"

"마침 고월산장에 머물고 계시니 얼른 찾아가 뵈어라."

"그것이……."

서연이 말꼬리를 흐렸다. 그러자 고무룡이 서연 뒤에 있는 송추월을 보며 말했다.

"무슨 사정이라도 있는 거냐? 이렇게 날 찾아온 것을 보니 심상치 않은 것 같은데……."

그러자 서연이 차분한 목소리로 말했다.

"이 사람을 모르시겠어요?"

서연이 송추월을 가리켰다. 그러자 고무룡이 깊은 눈으로 송추월을 살피다 한순간 눈에 이채가 서렸다.

"혹시… 설마? 자넨……?"

"기억하시는군요. 오랜만에 뵙습니다. 송추월입니다."

송추월이 담담한 모습으로 포권을 해 보였다. 그러자 고무룡이 얼른 다가와 송추월의 눈앞에 섰다.

"역시… 역시 추월, 자네였군. 아, 이렇게 자넬 보다니. 부총사가 사라진 이후 자네들 소식마저 끊겨 강호에선 자네들이 모두 죽은 것으로 알려졌다네. 그런데 살아 있었군. 그동안 사매와 함께 지낸 것인가?"

"그건 아니에요. 송 가가를 만난 건 얼마 전이에요."

서연의 말에 고무룡이 다시 눈빛을 반짝였다. 서연이 송추월을 대하는 태도가 예사롭지 않았기 때문이다.

"만난 지 얼마 되지 않은 사람들 같지가 않은데?"

고무룡의 말에 서연이 살짝 얼굴을 붉혔다.

"오래전 헤어질 때 이미 송 가가와 전 부부의 연을 맺었어요."

"아, 그렇게 되었는가? 그런데 도대체 두 사람은 왜 헤어지게 된 것이지? 그리고 왜 그동안 강호엔 나오지 않은 거야? 아, 이럴 게 아니라 내 처소로 가지."

"아뇨. 사형, 지금은 사람들 앞에 나서기가 어려워요."

순간 고무룡의 표정이 어두워졌다.

"그게 무슨 말이지? 혹 누군가에게 쫓기는 건가? 그렇다면 걱정 마라. 이곳은 천목맹의 근거지야. 감히 천하의 그 누구도 이곳에서 두 사람을 위협할 수는 없다."

"사형, 그게 그렇게 간단한 문제가 아니에요."

서연이 고개를 저으며 말했다. 그러자 고무룡의 표정이 다시 변했다.

"도대체 두 사람에게 무슨 일이 있었던 건가?"

고무룡이 정색을 하며 물었다. 그러자 서연이 침착한 목소리로 대답했다.

"우리에게 일어난 일을 지금 모두 설명드릴 수는 없어요. 그리고 사부님을 뵈러 고월산장에 갈 수도 없고요. 우린 가야 할 곳이 있어요."

"어딜 가야 한단 말이냐?"

고무룡이 여전히 어두운 얼굴로 물었다.

"그곳을 알기 위해 사형을 찾아왔어요."

"너희가 갈 장소를 내가 알고 있다는 말이냐?"

"어쩌면요."

서연이 고개를 끄덕였다.

"도대체 그 장소가 어디기에……?"

"우린 천부가 발견된 장소로 가려 해요."

"천부(天斧)?"

"그래요. 혹 사형께서는 알고 계시나요? 과거 천리표국의 국주인 황부인과 그 표두들이 천부를 받아온 곳이 어딘지, 아니, 천부가 발견된 곳이 어딘지 알고 계시나요? 혹은 천부를 발견한 사람의 행적이라도……."

"음, 천부가 발견된 경위야 나도 나중에 대략 듣기는 했다. 그런데… 천부가 발견된 곳은 왜 가려 하는 거냐?"

"그곳에서… 뭘 좀 찾아보려고요."

"신인 도명 조사의 유적을 찾는 거냐? 하지만 그곳엔 오직 천부만 존재했다고 하더라만."

"어쨌든 한번 찾아가 봐야 할 것 같아요."

"도대체 무슨 일인지 모르겠구나. 두 사람 지금 위험한 상태냐?"

"아뇨, 그렇게 급박한 것은 아니에요. 단지 우리도 준비를 좀 해야 해서요."

"도대체 너희를 추격하는 자들이 누구냐?"

고무룡이 정색을 하며 물었다. 그러자 서연이 송추월을 바라봤다.

"우리 뒤에 올 사람은 부루입니다."

송추월이 서연 대신 대답했다.

"부루? 부 총사?"

"그렇습니다."

"그가… 그도 살아 있었나?"

"혹시라도 그를 만나거든 절대 그와 싸울 생각은 마십시오."

송추월이 경고를 했다. 그러자 고무룡의 눈썹이 꿈틀거렸다. 당금 천하에서 누가 감히 고무룡에게 이런 말을 할 것인가. 그는 천하의 패자가 될 사람으로 추앙받는 인물이었다. 그러나 고무룡은 신중한 사람이었다. 이 사내, 송추월을 어린 시절부터 보아왔기에 그가 허언할 사람이 아니라는 것을 익히 알고 있었다.

"도대체 자네들 사이에 무슨 일이 있었던 건가?"

"그건 훗날 말씀드리지요. 어쨌든 난 천부가 발견된 장소를 찾아야 하고, 부루는 날 찾으려 할 겁니다. 물론 부루는 자신이 쫓는 사람이 나 송추월이란 걸 모르겠지만, 서 매의 존재는 알고 있겠지요. 그래서 녀석이 요동으로 오면 고 장주를 찾아올 가능성이 많습니다. 녀석도 양산종에 대해선 대충 알고 있으니 말입니다."

"정말 내가 그를 상대할 수 없다고 생각하나?"

"그렇습니다. 그건 분명한 사실입니다. 녀석을 상대하려다 간 고월산장은 그날로 문을 닫아야 할 겁니다."

"허허, 이 고무룡이 그렇게 나약한 존재란 건 오늘 처음 알았군."

고무룡이 짐짓 반발하듯 말했으나 송추월은 더 이상 말하지 않았다. 고무룡의 반발에도 불구하고 부루가 고월산장을 일순간에 멸문시킬 힘을 지니고 있다는 말을 거둬들일 생각이 없었던 것이다. 그런 송추월의 모습에서 고무룡은 생각보다 이 일이 심상치 않다는 걸 깨달았다.

"그가 천하를 노리는 건가?"

"그가 승자가 된다면 그렇겠지요."

"승자? 누구와 하는 싸움에서? 자네와 겨루는 싸움인가?"

"저도 그중 하나지요. 어쨌든 지금은 천부가 발견된 장소를 알아야 합니다."

송추월이 재차 천부가 발견된 곳을 물었다. 그러자 고무룡이 송추월을 가만히 바라보다 한숨을 쉬며 말했다.

"홍안령 기린산 동쪽에 있는 동굴이라 들었네. 천부를 발견한 자는… 죽었네. 듣기로는 동굴 중앙 옥석에 꽂혀 있었다고 하더군. 옥동(玉洞)을 찾으면 될 걸세."

강호에서 보물을 지닌 자가 살아 있는 경우는 거의 없다.

"알겠습니다. 고맙습니다."

"바로 갈 건가?"

"제겐 시간이 그리 많지 않습니다."

"사매도 갈 텐가?"

고무룡이 서연에게 물었다.

"다시 올게요. 사부께는… 따로 말씀드리지 말아주세요."

"두 사람의 존재는 나만 알아야겠지?"

"그게 좋아요."

"알겠다. 사매를 잘 부탁하네."

고무룡이 송추월을 보며 말하자 송추월이 고개를 끄덕이고는 짧게 작별을 고했다.

"다음에 뵙지요."

송추월은 가볍게 포권을 해 보이고는 신형을 돌려 급히 장내를 벗어났다. 서연 역시 그런 송추월을 따라 금세 고무룡의 눈앞에서 사라졌다.

"한 가지 사실은 분명하군. 추월 저 친구, 무섭게 강해졌다는 사실! 나를 훨씬 능가하는 것 같아. 아! 과연 무림에 천외천은 있는 것인가?"

고무룡이 살짝 입술을 깨물었다.

第五章
무동(武洞)

화마경

깊은 산준령이 끝없이 이어져 있었다. 송추월과 서연은 그 산줄기를 따라 여러 날 여행했다. 더 이상 부루와 마효의 추격을 받을 일이 없으니 여유가 생겨 지나치는 풍경에 마음을 줄 수 있었다.

"아름다워요."

초록이 우거진 숲을 보며 서연이 문득 입을 열었다.

"여름이라 그렇지 겨울이면 황량하기 이를 데 없는 곳이지."

송추월이 무뚝뚝하게 말했다.

"요동이 다 그렇지요. 하지만 겨울은 그 나름대로 맛이 있잖아요. 설경도 좋고. 그리고 보니 우리도 어느새 여름은 지났네요."

"무슨 말이지?"

"우리 젊은 시절도 어느새 지났다는 말이에요."

서연의 얼굴에 쓸쓸한 기운이 감돌았다. 생의 빛이 가장 강렬한 시절에 두 사람은 헤어져 있었다. 송추월은 지하 깊은 곳 패배자들의 무덤에서, 서연은 사천의 변경에서 그렇게 홀로 삶을 이어왔다. 그리고 두 사람이 다시 만났을 때는 이미 삶의 초록빛이 바래지는 시절에 들어서 있었던 것이다.

"미안해."

송추월이 서연을 보며 말했다.

"아뇨. 미안하단 말을 들으려고 한 말은 아니에요. 어느새 돌이켜 보니 세월이 흘렀다는 것을 느낀 거죠. 뭐… 나쁘지만은 않았어요. 부처님 말씀대로라며 선업을 쌓은 것이니 나쁠 것은 없죠."

"그렇게 따지면 나야말로 허망한 세월을 보냈군. 선업을 쌓은 것도 아니요, 그저 살기 위해 살았을 뿐이니까."

"무상의 무공을 얻었잖아요?"

"무공이라……."

"당신이 태산오룡을 상대하는 것을 봤을 때 전 정말 놀랐어요. 당신의 무공이 대단할 거라고는 생각했지만 그런 무공은 내 평생 본 적이 없어요. 그런 무공이란 건… 아, 정말 화마경주와 부 총사가 당신보다 뛰어난 무공을 가지고 있을까요? 전 상상이 되지 않아요."

"확실한 것은 아니야. 내가 말했지만 화마경에 조화선인이 남긴 다섯 번째 구결이 있다면 그럴 것이고 그 구결이 없다면 상대할 수 있겠지."

"당신은 신공의 네 단계를 모두 완성했다고 했지요?"

"내 판단으론 그래."

"설혹 화마경에 다섯 구절이 모두 들어 있다고 해도 그들이 그걸 완성하지 못했을 수도 있잖아요."

"그 말도 맞아. 하지만 그건 가능성에 불과해. 난 운에 기대를 걸고 그들을 만나고 싶지 않아. 확신을 가지고 그들을 상대하고 싶어. 나만의 문제가 아니니까."

"기린산에서 그 확신을 얻을 수 있을까요?"

"가봐야지. 거의 다 온 것 같군."

송추월이 숲의 건너편을 바라봤다. 서연이 송추월을 따라 시선을 돌리자 높지는 않으나 깊이를 알 수 없는 숲이 두 사람 눈앞에 모습을 드러냈다.

물처럼 깊은 초록빛 속에 언뜻언뜻 어둠을 간직한 산, 높이보다는 그 규모의 웅장함이 사람의 기를 죽게 만드는 산이었다.

"저곳인가요?"

"그런 것 같아."

"동쪽에 있는 동굴이라면⋯ 휴, 너무 넓군요. 천부를 발견한 사람이 살아 있었으면 좋았을 텐데요."

"어쩔 수 없지, 발품을 파는 수밖에."

"그나마 옥동이라니 다행이에요. 옥동은 그리 흔치 않으니. 그나저나 목이가 잘 있을지 걱정이네요. 데려올 걸 그랬나?"

서연이 고개를 갸웃했다.

"자기가 남겠다고 했으니 잘 지내겠지."

"아이는 아인가 봐요. 산속보다는 성읍을 좋아하니."

"강단이 있는 녀석이니 잘 지낼 거야. 의술을 아니 그 의원 부부에게도 도움이 될 테고……."

"그렇다면 다행이지만… 휴, 걱정해 봐야 이젠 소용없죠. 가요."

서연이 앞서서 걸음을 옮겼다.

멀리서 보는 것보다 기린산은 훨씬 깊었다. 사람의 발길을 허용하지 않겠다는 듯 우거진 숲은 길을 내기 힘들었고, 수백 년 혹은 수천 년 쌓였을 낙엽은 사람의 발목을 잡았다.

"휴, 오늘은 이제 좀 쉬어야겠어요."

서연이 앞이 보이지 않는 산 중턱에서 이마에 맺힌 땀을 닦으며 말했다.

"힘들어?"

"완전히 지쳤어요. 뭐 이런 산이 다 있어요?"

"그래, 기이하군. 산이 높지 않은 탓인지 숲이 너무 무성해. 북방에서 이런 산을 보기는 힘든데… 어디서 쉬지?"

"물소리가 들려요."

"그렇군. 그리로 가지."

두 사람이 아련하게 들리는 물소리를 따라 발걸음을 옮겼다.

삼십여 장을 이동하자 두 사람의 눈에 작은 실개울이 들어왔다. 개울 주변으로는 약간의 초지가 형성되어 있었고 중간중간에 바위와 돌로 둘러싸인 빈터도 보였다.

"저곳으로 가요."

서연이 바위가 숲을 대신하는 곳을 가리키고는 대답도 듣지 않고 개울을 따라 걸어 올라갔다.

"괜찮지요?"

공터에 도착한 서연이 뒤따라오던 송추월에게 물었다. 송추월이 고개를 끄덕이며 주변을 돌아봤다. 대략 십여 장의 공간. 다른 곳과 달리 하늘이 숲에 가리지 않아 송추월의 가슴을 시원하게 만들었다. 더군다나 큰 바위들이 계곡을 중심으로 둘러서 있어 밤의 한기를 피하기도 좋을 것 같았다.

"짐을 내려봐요."

서연이 명령하듯 말했다. 아마도 천하에서 송추월에게 이런 식으로 말할 수 있는 사람은 서연이 유일할 터였다.

서연의 말에 송추월이 등에 지고 온 짐을 내렸다. 그러자 서연이 얇은 양가죽을 이어 붙여 만든 천막을 바위 위에 걸쳤다. 그러자 그 아래로 제법 아늑한 공간이 만들어졌다.

"불을 피워야겠지요?"

다시 서연이 송추월을 보며 물었다.

"내가 준비하지."

송추월이 훌쩍 걸음을 옮겨 숲으로 들어갔다.

"흠… 저렇게 착한 사람인데 말이야."

서연이 자신의 말에 군소리없이 움직이는 송추월을 보며 고개를 갸웃했다. 다시 만난 이후 과거처럼 마성을 흘리는 일이 없는 송추월이었다. 그러나 간혹 드러내는 송추월의 눈빛에서 서연은 그의 마성이 완전히 사라진 것이 아니라 잘 정제되어 순수한, 그래서 더욱 위험한 상태로 그에게 남아 있다고 느끼고 있었다. 물론 그 무서운 기운이 드러날 일은 없을 테지만.

"이 정도면 되겠지?"

잠깐 만에 송추월이 한 팔에는 마른 나뭇가지를, 다른 한 팔에는 굵직한 마른 통나무를 가지고 돌아왔다.

"충분해요."

서연이 얼른 마른 나뭇가지를 받아 들어 바닥에 내려놓은 후 불을 피우기 시작했다.

천막 앞에 금세 불길이 타올랐다. 때를 맞춰 서서히 해가 지기 시작했다. 깊은 숲으로 둘러싸인 곳이라 다른 곳보다 일찍 저녁이 찾아온 것이다.

송추월과 서연은 준비해 온 건량으로 요기를 대신했다. 그리고 별빛을 축복처럼 내려받으며 기린산 깊은 숲에서 잠이 들었다.

한순간 송추월이 눈을 떴다. 사위는 아직 어두웠다. 별빛은 여전히 두 사람이 머무는 공터에 내려앉고 있었다. 웬일인지 송추월은 그 별들에게 눈이 갔다.

은하수가 한쪽으로 흐르듯 이동하고 있었고, 이름을 알 수 없는 별들이 서로의 빛을 뿜내고 있었다. 송추월이 자리에서 일어났다. 별들을 좀 더 가까이서 보고 싶은 생각이 불쑥 들었기 때문이다.

송추월이 훌쩍 몸을 날려 천막이 걸쳐진 바위 위로 올라섰다. 짐승도 잠든 깊은 밤, 찬란한 야공과 깊은 숲이 기이한 조화를 이루며 신비로운 기운을 만들어내고 있었다. 그러던 한순간 송추월의 눈이 반짝였다.

기린산 정상에서 동쪽으로 삼십여 장 내려온 곳에서 희미한 청색 광이 은은하게 빛나고 있었다.

"저곳인가?"

송추월이 나직하게 중얼거렸다. 밝은 낮이면 드러나지 않았을 빛, 조화선인의 천부가 있었다던 옥동에서 나오는 빛일 수 있었다. 한밤의 어둠을 은은히 밝히는 옥빛이 동굴 밖까지 흘러나온다면 동굴은 완전히 옥으로 이루어져 있을 것이다.

"저리로 가봐야겠군."

송추월이 다시 중얼거리며 바위 위에 가부좌를 틀고 앉았다. 어둠이 극에 달했으니 이제 곧 새벽이 올 터였다. 송추월이 서서히 깊은 명상에 들어갔다. 그의 몸이 화신밀공의 기운 속으로 잠겨들었다.

"언제부터 그러고 있었어요?"

송추월이 운기에서 깨어났을 때 바위 아래서 서연의 목소리가 들려왔다.

"새벽부터."

"무슨 청승이에요?"

"마침 잠이 깨서 그랬어. 덕분에 행운도 따랐지."

"행운이요?"

"옥동을 발견한 것 같아."

"어? 그래요? 어디죠?"

서연은 호기심이 동하는지 훌쩍 바위 위로 날아올랐다. 그러자 송추월이 간밤 옥빛이 흘러나오던 지점을 손으로 가리켰다.

"저쪽……."

"어떻게 알아요?"

"어둠 속에서 옥빛이 흘러나오더군."

"오, 그렇다면 정말 옥동이 있겠군요. 가요."

"요기는 해야지."

"아, 참, 그러네. 내려가요."

건량으로 급히 요기를 마친 송추월과 서연은 서둘러 천막을 걷고 간밤에 발견한 옥동을 향해 움직였다. 숙영지에서 보았을 때는 그리 먼 곳이 아니었는데 우거진 숲을 헤치고 나가자니 적지 않게 시간이 걸리는 거리였다.

노숙한 곳을 떠난 지 근 두 시진이 지나서야 두 사람은 절벽

위에 위치한 작은 동굴을 발견했다. 동굴 주변은 절벽을 땅 삼아 뿌리를 박고 자란 소나무들이 가득했는데, 만약 밤에 빛을 보지 못했다면 그 동굴을 발견하는 것이 쉽지 않았을 듯싶었다.

그러나 그렇다고 사람의 흔적이 없는 것은 아니었다. 옥동에 이르는 곳까지 몇 개의 쇠가 절벽에 박혀 있었는데, 아마도 누군가 옥동에 오르기 위해 박아놓은 것인 듯싶었다.

"천부를 발견한 사람이 죽었다고 했죠?"

"고월산장주가 그리 말했지."

"그가 아닌 다른 사람이 이곳을 다녀갔을까요?"

"적어도 요동삼문의 고수들은 다녀가지 않았을까? 천부가 있었던 곳이니 신인 도명의 다른 유물을 발견할 수도 있다고 생각했을 거야."

"그들이 아무것도 얻지 못했다면 저곳엔 당신이 기대하는 것이 없을 가능성이 많아요."

"일단 올라가 보자고. 인연이란 게 이상해서 발밑에 차이는 금덩이도 모르고 지나가는 수가 많으니까."

송추월이 말을 마치고는 훌쩍 날아올라 절벽에 박힌 쇠 하나를 밟은 후 재차 도약해 옥동 안으로 사라졌다. 서연 역시 송추월의 뒤를 이어 어렵지 않게 옥동으로 향했다.

"와! 대단한데요?"

옥동에 들어선 서연이 탄성을 자아냈다. 예상대로 동굴은 온통 옥으로 가득 차 있었다. 신비한 옥빛이 동굴을 가득 메우고 있어서 마치 신선이 사는 세계에 들어온 듯 보였다.

"이상하군요. 왜 이곳을 그대로 놓아두었을까요? 이 옥들을 캐낸다면 엄청난 부를 이룰 수 있을 텐데……."

서연이 고개를 갸웃하며 중얼거렸다.

"이곳은 신인 도명의 유물이 발견된 곳이야. 누구라도 이곳을 훼손하는 자는 천목맹의 공적이 될 테니 누가 감히 이곳에서 옥돌을 캐내겠어."

"그렇군요. 그럼 이곳을 발견한 사람이 죽은 것도 역시……."

"모르지. 그가 천수를 다 누린 건지 아니면 신인 도명의 성지를 지키기 위해 천목맹에서 손을 쓴 건지."

"비정한 무림이죠?"

"후후, 세상이 본래 화마의 세계인 거라더군."

"누가요?"

"마효 그 노인네가."

"그가 그런 말도 했어요? 마치 도인 같네."

"그는 결코 보통 사람이 아니지. 강호에 나돌아다니는 보통의 마인도 아니고. 어쩌면 탈마의 경지에 이르렀는지도 모르지."

"그만큼 강하다는 건가요?"

"무공의 문제가 아니라 마음의 문제를 말하자면 그렇다는 거지, 노인이니까."

"노인이 더 욕심이 많은 법이라구요."

"그는 곱게 늙기로 했나 보지. 아니면 욕심을 아주 잘 숨기고 있던지."

"호호호, 천하제일의 마인이 곱게 늙고 싶다라… 농담도 잘하셔. 그나저나 뭐 아무것도 없는 것 같은데요?"

서연이 옥동을 돌아보며 말했다. 과연 서연의 말처럼 옥동에는 가운데 놓인 반듯한 옥석 말고는 사람의 손길이 닿은 곳이 없어 보였다. 옥석은 그 정중앙에 깊은 흠이 나 있었는데 아마도 신인 '도명, 즉 조화선인이 천부를 꽂아 넣은 자리인 모양이었다.

"조화선인이란 양반은 자신의 흔적을 숨기길 좋아하더라고."

송추월이 성큼성큼 안으로 걸어 들어가더니 검집째 검을 들어 옥동의 석벽을 두드리기 시작했다.

쿵쿵쿵!

제법 강한 힘으로 두드려서인지 옥동이 울음을 토해내며 그 부스러기들을 떨어뜨렸다.

"뭘 하는 거예요?"

서연이 송추월 곁으로 다가서며 물었다.

"잠시 기다려 봐."

송추월이 대답을 하면서도 계속 옥으로 된 벽면을 두들겨 나갔다. 그러다 한순간 송추월이 움직임을 멈췄다.

통통통!

"다르지?"

걸음을 멈춘 송추월이 다시 한 번 벽면을 두드리며 서연에게 물었다.

"정말 다르네요. 미세하지만… 안이 빈 것 같아요."

"역시 사람의 버릇이란 건 쉽게 변하지 않는 거야."

우웅!

한순간 송추월의 손에 붉은 기운이 어렸다. 그리고 다음 순간 그 붉은 기운이 다른 소리를 낸 옥벽을 향해 쏟아졌다.

콰콰쾅!

천지가 무너지는 소리가 동굴을 가득 메웠다. 더불어 동굴이 지진이라도 난 듯 흔들렸다.

쿠르릉!

뒤이어 송추월의 강력한 공력에 옥벽이 허물어져 내리기 시작했다. 송추월과 서연의 발밑에 금세 한 무더기의 옥돌이 쌓였다. 서연의 말대로라면 강호에 가져가면 제법 큰 재물을 모을 수 있는 양의 옥돌이었다.

그러나 두 사람은 그 귀한 옥돌에는 관심을 두지 않았다. 그들의 시선은 무너진 옥벽 안쪽, 텅 빈 모습으로 두 사람을 맞이하는 또 다른 동굴에 머물러 있었다.

"이곳이 진짜군요."

서연이 긴장한 목소리로 말했다. 그러자 송추월이 훌쩍 무너진 옥벽을 뛰어넘어 동굴 안쪽으로 들어서며 말했다.

"진짜가 가짜보다 볼품없군."

송추월의 말처럼 옥동 안쪽의 석동은 옥동에 비하면 초라해 보였다. 벽이 옥으로 된 것도 아니었고, 화려한 장식이 새겨진 것도 아니었다. 그저 평범한 보통의 동굴일 뿐이었다.

"왜 이곳을 감춰놨을까요? 별것없어 보이는데."

서연이 동굴 안으로 들어서며 고개를 갸웃했다.

"그의 말이 남아 있지."

송추월이 어둠 속에서도 맞닿은 옥동을 통해 들어오는 옥빛에 의지해 석동의 벽면에 새겨진 글들을 찾아냈다.

"정말 글이 있군요. 뭐라고 써놓은 거예요?"

서연의 질문에 이번에는 송추월이 답을 하지 않았다. 그는 이미 벽면에 새겨진 조화선인의 글에 정신을 쏟고 있었던 것이다.

이곳은 내가 처음 무공을 수련한 곳이다. 난 이곳을 무동(武洞)이라 이름 지었다. 사부께서 이곳에서 나에게 하나의 도끼를 만들라고 말씀하셨다. 그리고 그 도끼를 완성하는 날 강호에 나오라 하셨다. 난 이곳에서 장장 스물일곱 해를 보냈다. 화려한 옥동 뒤쪽에 존재하는 천하에서 가장 단단한 물체인 흑철(黑鐵)을 내공만을 이용해 도끼로 제련하는 일은 결코 쉬운 일이 아니었다. 천하에 적수가 없다는 나의 오만함을 사부께선 흑철을 다뤄 한 자루 도끼로 만드는 일로 꺾으려 하셨던 듯싶다.

그렇게 스물일곱 해가 지나고 난 드디어 한 자루의 도끼를 완성했다. 천부라 이름 붙인 그 도끼로 난 천하를 손에 넣었다. 사람들은 날

신인이라 부르며 강호를 내게 바쳤다. 그러나 천하가 내 손에 들어오는 날 난 오히려 깊은 공허감에 빠졌다. 사부께서 흑철을 연마해 도끼를 만들라 하신 것은 무공을 수련하라는 의미가 아닌 마음을 수련하라는 의미였던 바를 그제야 깨달은 것이다.

말로 깨달음을 전할 수 없으니 마음으로 얻으라신 것을 이 미련한 제자는 사부가 적멸하시고도 수십 년이 지나서야 깨달은 것이다.

이후 난 오행지처를 찾아다니며 수행을 계속했다. 그럼에도 불구하고 내 손에는 여전히 천부가 있었다. 내 마음속에는 천하에 대한 욕심이 남아 있었던 것이리라.

"후욱!"

송추월이 가볍게 한숨을 쉬었다. 신인 도명 같은 사람도 천하에 대한 욕심을 쉽게 버리지 못한 것에 답답함이 느껴졌다. 그의 마음속에 깊숙이 각인된 마기, 혹은 파괴의 본능이 두렵게 느껴지기도 했다. 서연은 그런 송추월을 흘끔 보다가 다시 석벽의 글로 시선을 돌렸다.

오행지처의 수련을 지속하던 나는 드디어 신마봉의 그 뜨거운 화기 속에서 내 욕망의 찌꺼기를 온전히 태울 수 있다는 자신감을 얻었다. 그리하여 깨달은 것은 내 손에서 천부를 놓는 것이 곧 나를 자유롭게 한다는 사실이었다. 그래서 난 다시 내가 무인으로 태어난 곳, 무동으로 돌아왔다. 그리고 옥석에 천부를 내려놓았다. 그 순간 난 무한한 자유를 느꼈다. 그러나 그 자유의 기쁨은 그리 오래가지 않았다. 불현듯

한 가닥 후회가 밀려들었던 것이다.

오행지처에 남겨진 다섯 개의 무공, 감히 신경이란 이름을 붙인 그 무공들을 남긴 것 또한 나의 오만이었음을 어찌 모를 것인가. 그 무공들을 익힌 후예들이 과연 천하에 이득이 되겠는가. 그 무공들은 결코 완성된 것이 아니다. 오경에 남긴 신공들은 공히 미완성의 무공들이다. 그것으로 나의 후예들은 결코 욕망에서 자유로울 수 없을 것이다. 천하를 어지럽히고 만인의 피를 요구할 것이다.

그러나 나에겐 오경의 후예들을 묶어둘 책임이 있다. 그들을 영원히 강호에서 멀어지게 할 의무, 난 그들의 욕망을 이용할 것이고, 그들은 결코 그 욕망의 덫에서 헤어나지 못할 것이다.

조화성은 문이 없으니 영원히 열리지 않을 것이다. 물론 세상 모든 존재가 가지는 생멸의 운명은 결국 조화성에도 미치리라. 그러나 그때는 나의 업이 모두 사라질 만한 세월이 흐른 후일 것이니 세상의 운명은 세상이 결정할 것이다.

천부를 남기는 것은 천부 역시 그 자신의 업을 타고 태어났기 때문이다. 조화성의 명이 다하는 날 천부가 조화성에 이르는 길을 말하리라.

글은 거기에서 조금 더 이어졌지만 서연은 읽기를 멈추고 송추월에게 물었다.

"이게 도대체 무슨 말이죠?"

서연의 질문에 송추월이 담담한 기색으로 말했다.

"조화성이 사실은 조화선인이 후인들에게 남긴 덫이라는

말이지."

"후인들이 강호에 나서지 못하고 조화성을 여는 데 몰두하게 했다는 건가요?"

"맞아. 사람의 욕망을 교묘하게 이용한 완벽한 덫인 거지. 아무튼 다행이야."

"조화선인의 의도대로 여전히 그 후인들이 덫에 걸려 있어서요?"

"아니."

송추월이 고개를 저었다.

"그럼 뭐가요?"

"이 글대로라면 화마경엔 화신밀공의 제오결이 없을 테니까."

"아! 그렇군요."

서연이 환호성을 질렀다. 송추월이 지금까지 두려워했던 점은 마효와 부루가 소유한 화마경에 화신밀공의 오결이 들어 있는 것이었다. 그러나 조화선인이 최후까지 제오결을 후세에 전하지 않았다면 화마경에 그 비결이 있을 리 없었다. 제오결이 아닌 이상 송추월이 두려워할 무공은 없었다.

"이젠 돌아가서 그들을 만나야겠군요."

"그래야지. 하지만 그전에 해야 할 일이 있어."

"여기서요?"

"그래."

"무슨 일을……?"

"내 무공을 가다듬고 시험하는 일."

"무슨 말을 하는지 모르겠군요."

"검을 하나 만들어보려고."

송추월이 석실 안쪽 깊은 곳을 바라봤다. 세상에서 가장 검은빛을 띠는 쇳덩어리가 그곳에 존재했다.

"설마 흑철로 검을 만들겠다는 건가요?"

"신인 도명이 자신의 무공을 증명한 일이야. 내가 검을 만들 수 있다면 난 천하에서 그 누구도 두려워하지 않아도 되지."

"하지만 그건 시간이……."

"그리 오래 걸리지 않을 거야. 조화선인은 무공을 완성하기 전부터 흑철을 다뤘지만 난 무공을 완성했으니까. 그리고 화마경주와 부루가 요동으로 오려면 시간이 좀 걸리겠지."

"알았어요. 그럼 전 약초나 독충들을 얻어볼게요."

"있을 것 같아?"

"이렇게 숲이 깊은 곳엔 언제나 귀한 약재들이 즐비하지요."

서연이 빙긋 미소를 지었다.

캉캉캉!

언제부터인가 기린산 깊은 곳에서 쇠 종 울리는 소리가 들려오기 시작했다. 기린산은 워낙 숲이 깊어 찾는 사람이 거의 없었지만 간혹 그 언저리까지 접근한 산꾼들은 기린산으로부터 들려오는 소리에 놀라 그 안쪽으로 접근하지 못하곤 했다.

또한 산꾼들 사이에선 기린산에 화적 떼가 자리를 잡았다는 소문도 돌았다. 그러나 그 누구도 화적 떼를 눈으로 본 사람은 없었다.

쇠 종 소리는 여섯 달 정도 이어지더니 더 이상 들려오지 않았다. 그리고 기린산은 다시 태초의 침묵 속으로 잠겨들었다. 그 침묵 속에 또다시 여섯 달이 지났다.

스르릉!

한 자루 검날이 투명한 햇살 아래 모습을 드러냈다. 그런데 햇살과 마주한 검날이 기이했다. 보통의 검이라면 햇살을 반사해 휘황한 빛을 흘려내겠지만 지금 모습을 드러낸 검날은 검은 기운이 가득한 몸으로 오히려 햇살을 흡수하고 있었다.

"좋군."

햇살을 흡수하는 흑철 검을 보며 송추월이 중얼거렸다.

"다 된 거예요?"

뒤에서 약초를 다듬고 있던 서연이 물었다.

"응, 끝났어."

"어디 봐요."

서연이 다가오자 송추월이 스스럼없이 검을 건넸다.

"신기하네요. 이렇게 날을 잘 벼렸는데 어떻게 빛이 나지 않을까요?"

"그래서 흑철인 게지. 내 무흔검에 더없이 어울리는 검이지. 좋은 인연이야."

송추월의 말에 서연이 검을 들어 이리저리 휘둘러 보았다.

스스스!

파공음 또한 검 안으로 스며드는지 그리 큰 소리가 일어나지도 않았다.

"살수의 검 같아요."

"후후, 무극 녀석이 있다면 좋아하겠군."

"이제… 친구 분들을 만나러 갈 시간인가요?"

"그렇지. 이젠 그들을 만날 시간이지."

"알았어요. 그럼 저도 떠날 준비를 해야겠네요."

서연이 검을 송추월에게 건네고 부지런히 동굴 안쪽으로 들어갔다.

다음날 송추월과 서연은 일 년 만에 기린산 옥동을 벗어났다.

*   *   *

"어쩌면… 속은 걸지도 모르겠군요."

부루가 차가운 바닷바람을 맞으며 말했다. 해안을 끼고 늘어선 화려한 건물들, 기방과 주루, 그리고 객잔이 줄지어 이어진 항주의 포구, 그중 한 객잔에 부루와 마효가 여장을 풀고 있었다.

"속다니?"

"놈이 이곳으로 오지 않았을 수도 있다는 겁니다."

"하지만 종가가 그들의 말을 들었다… 아! 일부러 종가를 살려뒀다는 거냐?"

"지금으로선… 항주를 완전히 장악하고 있다는 칠룡파가 찾지 못했다면 애초에 그들이 이곳에 오지 않았다는 말이지요. 설혹 항주에서 다른 곳으로 떠났다고 해도 그 흔적이 남아 있어야 하는데…….."

"듣고 보니 그렇구나. 헛걸음을 했군."

"요동으로 가죠."

"그러자꾸나. 조화성의 회합이 얼마 남지 않았으니 이젠 요동으로 갈 시간이다. 어차피 요동에서 한동안 머물 곳을 구해야 하고."

마효가 고개를 끄덕였다.

"내일 바로 떠나도록 하겠습니다."

"배가 준비될까?"

"칠룡파라면 가능할 겁니다."

"그나저나 칠룡파는 어쩔 것이냐? 요동으로 데려갈 것이냐?"

"사람을 찾는 일 말고는 쓸모가 없는 자들이지요. 그런 자들을 데리고 다닐 수는 없지 않습니까?"

"후후, 그렇긴 하지. 대화마경주가 한낱 혹도의 무리를 거둘 수는 없는 일이지."

마효가 미소를 지었다.

칠룡파는 수년 전부터 항주를 장악한 흑도의 무리였다. 비록 흑도라고는 해도 스스로 강호 대협을 자처하는 칠룡파의 수장들은 강호에서 일류 고수 소리를 듣기에 충분한 무공을 지니고 있었다. 그런 자들이 수개월 전부터 모든 일을 제쳐 두고 사람을 찾는 일에 매달려 있었다. 그러나 그들은 좀체 그들이 원하는 사람을 찾을 수 없었다. 수색의 범위를 항주 너머 강소 전체로 넓혀도 그들이 찾는 사람의 흔적은 없었다.

그래서 최근 들어 칠룡파의 수뇌들은 무척 불안해하고 있었다. 이유는 그들에게 사람 찾기를 명한 자들의 채근이 더욱 심해지고 있었고, 자칫하면 자신들의 목이 날아갈 수도 있기 때문이었다.

갑자기 나타나 칠룡파의 수뇌들을 단번에 제압한 그들의 무공은 그야말로 마신과 같아서 무공엔 제법 자신있던 칠룡파의 수뇌들도 감히 그 눈빛조차 마주칠 수 없는 고수들이었다.

그래서 그들은 한때 잠시 항주를 벗어나 도주할 생각도 했었으나 그조차도 후환이 두려워 감히 실행에 옮기지 못하는 처지였다.

그런데 그렇게 궁지에 몰려 있던 칠룡파의 수뇌들에게 한줄기 구원의 소식이 들려왔다. 그 무섭던 청부자들이 드디어 항주를 떠난다는 것이었다.

단지 그들이 떠난다는 사실 하나로 칠룡파는 그들이 그동안 모아온 모든 재물을 털어 청부자들이 요구한 배를 하루 만에 구해냈다.

"무척 튼튼한 배입니다. 바다로 나가 요동으로 가시기에 불편함이 없으실 겁니다. 배 안에 석,달 치의 양식을 실어놓았습니다. 물론 요동에 가서 쓰실 재물도 약간 준비해 놓았습니다."

칠룡파의 수장 길상이 포구로 나온 부루와 마효에게 연신 허리를 굽신거리며 자신이 구해온 배가 얼마나 좋은 배인지, 그리고 그가 두 사람을 위해 배 안에 어떤 준비를 해놓았는지를 줄줄이 풀어냈다.

"튼튼해 보이는군."

마효가 흘깃 배를 보며 말했다. 배는 칠룡파의 우두머리 길상의 설명이 아니더라도 무척 단단해 보였다. 크기는 대선에 미치지 못하지만 다부지게 만들어진 선체는 어떤 파도도 능히 견뎌낼 만했다.

"좋군."

"만족하신다니 다행입니다."

부루의 말에 길상이 안도의 한숨을 내쉬며 고개를 숙였다.

"그동안 수고했어."

부루는 건성으로 말했지만 길상은 감격에 겨운지 더욱 고개를 깊이 숙였다.

"많은 가르침을 주셨는데 이리 떠나신다니 아쉽습니다."

"그래? 그럼 기회를 봐서 다시 오지."

순간 숙이고 있던 길상의 얼굴이 구겨졌다. 그러나 그의 입에선 감로주보다 부드러운 목소리가 흘러나왔다.

"물론 다시 찾아주신다면 더없는 영광입니다."

"후후, 아마 그렇게 될 거야. 그때는 천하제일인으로 돌아올 거니까. 사부, 가시죠."

"그래, 가자."

마효가 구부정한 노구를 지팡이에 의지해 배에 걸쳐 놓은 다리로 향했다. 그 뒤를 따라 신마계의 고수들이 차가운 안광을 뿌리며 배에 올랐다. 신마계의 사람들이 모두 배에 오르자 길상이 재빨리 그의 수하들에게 눈짓을 했다. 그러자 칠룡파의 문도들이 번개처럼 배와 포구를 연결해 놓았던 줄을 풀었다.

배 위에선 신마계의 고수 하나가 닻을 끌어 올리고 다른 두 명은 돛을 세웠다. 그러자 부루와 마효를 실은 배가 순풍을 타고 미끄러지듯 포구를 벗어나기 시작했다.

길상은 신마계 고수들을 태운 배가 완전히 포구에서 멀어질 때까지 그대로 고개를 숙이고 있었다.

"갔느냐?"

고개를 숙인 채 길상이 옆에 있는 수하에게 물었다.

"예, 대형!"

옆에서 함께 고개를 숙이고 있다가 흘깃 멀어진 배를 바라본 칠룡파의 이두목 상달이 얼른 대답했다. 그제야 길상이 허리를 펴고 고개를 들었다.

"퉤! 망할 놈들!"

길상이 포구에 침을 뱉으며 욕설을 흘려냈다.

"그래도 다행입니다. 전 아주 항주에 눌러앉을까 걱정했습니다."

"으음, 그렇지. 그나마 불행 중 다행이지. 다시는 보지 않았으면 좋겠어."

"돌아온다고 했으니 언젠가 다시 오지 않을까요?"

"그럴지도 모르지. 음… 한 몇 년 바짝 긁어모아서 항주를 떠나야겠어. 저 인간들을 다시 만나고 싶지 않으니."

"그간의 손실이 만만치 않습니다."

"얼마나 썼지?"

"금고에 남은 금자가 겨우 일백 냥밖에……."

"젠장, 거덜이 났군. 바쁘게 움직여야겠어, 금고를 다시 채우려면. 모두 준비시켜. 남황로부터 돈다."

"지금 바로 가시겠습니까?"

"응, 일단 초선루에 가서 술 한잔하고."

"알겠습니다. 준비하겠습니다. 이리들 모여라."

상달이 얼른 흩어져 있던 수하들을 불러 모았다.

부루와 마효를 실은 배가 떠나고 우두머리 길상을 따라 칠룡파의 무리들도 떠난 포구 위에 한순간 늙은 노인 하나가 지팡이를 들고 나타났다. 그는 이제 배의 돛 끝만 아스라이 보이는 부루가 탄 배를 바라보며 중얼거렸다.

"히히, 감히 나 투묘신을 찾으려고? 그건 불가능한 일이지. 그나저나 그 사람 참 기특하네. 앞서지 말고 뒤쫓으라더니 그 말대로 하니 전혀 걱정할 일이 생기지 않았잖아? 자, 그럼 나도 요동으로 가볼까? 요동에서 뭔가 재밌는 일이 벌어질 것 같아."

나이보다 이십 년은 더 늙어 보이는 모습으로 변신한 투묘신 오봉이 빙그레 미소를 지어 보였다.

*　　　*　　　*

궁산 남쪽에 한 채의 장원이 들어선 것은 지금으로부터 십수 년 전의 일이다. 요동의 각지로 이어지는 길이 교차하는 지점인 궁산에 자리 잡은 장원의 주인은 우차라는 인물이었다. 풍문으로 그가 한때는 천목맹의 은패고수의 지위까지 올랐다는 말이 돌기는 했지만 그의 진정한 정체를 아는 사람은 많지 않았다.

장원이 궁산에 자리 잡은 지 십수 년이 지나서도 장주인 우차와 그의 식솔들이 어떤 일을 하는지는 여전히 비밀에 싸여 있었다. 그래서인지 인근 사람들은 언제부턴가 그 장원에 접근하는 것을 꺼리게 되었고, 그것이 더욱 장원을 세간에서 멀어지게 만들고 있었다.

이 비밀스런 장원의 장주인 우차가 한 장의 서찰을 앞에 놓고 묘한 표정을 짓고 있었다.

"정말일까?"

우차가 고개를 갸웃했다. 그의 앞에 놓인 서찰에는 그와 떼려야 뗄 수 없는 한 사람의 이름이 적혀 있었다.

부루.

한때 그가 목숨을 걸고 따랐던 주군, 그리고 십수 년 전 불현듯 곤륜의 깊은 산속으로 사라진 그의 이름이었다.

우차는 부루가 곤륜으로 들어간 후 삼 년간은 사천에서 머물렀다. 부루의 명대로 사천에서 천하의 정세를 살피며 부루가 곤륜에서 나오기를 기다렸던 것이다. 그러나 삼 년간의 기다림에도 부루의 소식이 없자 우차는 그의 고향인 요동으로 돌아왔다. 언젠가 부루가 강호에 나온다면 그도 역시 요동으로 돌아올 거란 생각 때문이었다.

요동으로 돌아온 우차는 영광스런 천목맹 은패고수의 자리를 포기했다. 동패로 시작한 천목맹의 무사 생활은 부루를 주군으로 모시면서 은패고수로까지 성장했었다. 천목맹 은패고수라면 요동뿐 아니라 강호무림에서도 중한 대접을 받을 지위였지만 우차는 그 은패고수 자리를 포기했다.

대신 그는 궁산에 장원을 마련하고 부루를 기다리기 시작했다.

비록 천목맹을 떠났다고는 해도 그를 따르는 사람은 적지 않았다. 과거 그와 함께 부루를 따랐던 천목맹의 고수들은 그에게 든든한 힘이 되어주었기에 그는 사람들의 눈을 피해 제법 강력한 힘을 키울 수 있었다.

그 모든 것은 언젠가는 돌아올 그의 주군 부루를 위한 것이었다. 아니, 적어도 처음에는 그랬다. 그런데 세월은 그의 마음을 조금씩 변화시켰다. 그 자신도 모르는 사이에 장원, 그와 그의 수족들이 잠룡원이라 부르는 장원은 그의 옛 주인 부루가 아닌 그 자신을 위한 곳이 되어갔다.

그리하여 근자에 들어서 그는 다시 천목맹으로 눈을 돌리고 있었다. 당금 천하에서 권력을 얻기 위해선 육패의 그늘이 아니면 힘들다. 더군다나 천목맹 내에는 여전히 과거 그와 함께했던 고수들이 존재했다.

잠룡원이라는 세력을 만들었고, 과거의 은패고수라는 존재감이 있으니 천목맹에 복귀하면 과거 그의 주군 부루가 이뤘던 업적을 재현할 수 있을 것이란 자신감이 우차에겐 있었다. 그래서 다른 사람이 아닌 자기 자신의 야망을 위해 한 발을 내디디려는 바로 그때, 한 장의 서찰이 날아들었던 것이다. 과거 그의 주군이었던 사람의 이름으로.

"누군가 총사의 이름을 거짓으로 이용하지는 않을 것이다, 이미 오래전의 이름이니까. 그렇다면 정말 총사가 요동으로 돌아왔다는 말인데……."

우차가 천천히 자리에서 일어났다. 부루라는 이름이 가지는 의미는 그에게 있어서 대단했다. 한때 그의 목숨을 내놓을 수 있었던 사람이 아니던가. 그러나 세월은 그 충성심을 옅게 만들었다. 그에 대한 충성심과 스스로의 야망이 그의 가슴속에서 충돌했다.

"어찌해야 하나?"

우차가 한 손으로 서탁을 짚고 다른 한 손으로는 턱을 쓸며 고민에 잠겼다. 결코 쉽게 결정할 수 있는 일이 아니었다. 지금에 와서 부루가 과거와 같은 충성을 요구할 경우 스스로 어떤 결정을 내려야 할지 그 자신조차도 확신이 서지 않았다.

"일단 만나는 봐야겠지. 총사가 그저 잠시 요동에 들른 것일 수도 있고, 지난 세월 모습을 드러내지 않은 것을 보면 강호에 더 이상 야망이 없을 수도… 일단 만나본다. 총사가 어찌 변했는지를 보면 답이 나오겠지."

우차가 결심이 선 얼굴로 빠르게 걸음을 옮겨 집무실의 문을 열었다.

"준비하라. 출행한다!"

우차의 명이 잠룡원을 뒤흔들었다.

第六章
인연의 사슬

화마경

"후욱! 좋군."

마효가 굽은 허리를 폈다. 그러나 이미 백 줄을 바라보는 그의 몸은 쉽게 말을 듣지 않았다.

"크크, 이곳이 내 무덤인가?"

"왜 그런 말씀을 하십니까?"

부루가 의아한 얼굴로 물었다. 그러자 마효가 다시 킬킬거리며 대답했다.

"넌 대대로 화마경주의 무덤이 어디였는지 아느냐?"

"그야 당연히 곤륜의 신마봉 아니겠습니까?"

"그렇지. 보통은 다 그렇게 생각하겠지. 그러나 사실은 그렇지가 않다. 역대의 화마경주 중 곤륜에 묻힌 사람은 단 두 사람에 지나지 않는다. 나머지는 모두 이 요동에 뼈를 묻었지."

마효의 말에 부루가 의혹 어린 시선으로 마효를 보며 물었다.

"이유가 무엇입니까?"

"이유는 간단하다. 이 요동이 조화선인이 태어난 곳이니까. 특히 백두에는 조화성이 있다. 역대의 화마경주들은 조화성의 회합이 열리는 시기가 아니더라도 죽을 때가 되면 이 요동을 찾아왔다. 그리고 조화성이 바라보이는 곳에서 숨을 거뒀다. 뭐, 죽으면서도 조화성에 대한 욕망을 버리지 못한 것일 수도 있고, 또 평생을 바쳐 추구한 욕망이 얼마나 허망했는지를 깨달아서일 수도 있지만 난 전자라고 생각한다. 사람이란 말이야 죽어가면서도 손아귀에 움켜쥔 금덩어리를 놓지 않는 존재거든!"

"사부께선 다음 조화성의 회합 때까지도 살아 계실 겁니다."

"흐흐, 악담을 하는구나. 그리되면 내 나이가 몇인 줄 아느냐? 설마 내가 백사오십까지 살기를 바라는 것은 아니겠지."

"못 사실 것도 없지요."

"수련을 양생의 수단으로 이용하는 자들 중 백오십을 넘긴 자가 없지는 않지만, 사실 내 나이쯤 되면 사는 건 그리 중요한 문제가 아니거든. 어떻게 죽느냐가 중요한 거지. 그래서 말인데, 난 다음 회합 따위 보고 싶지 않다. 이번에… 결정을 내다오."

마효의 눈에서 한줄기 염광이 흘러나왔다. 그의 말대로 죽을 때가 되어서조차 그는 조화성에 대한 욕망을 버리지 못하고 있었던 것이다.

"최선을 다하겠습니다."

"화정멸세는?"

"글쎄요……."

"아주 바닥은 아닌 모양이구나."

"뭔가 잡힐 듯하면서도 잡히지 않습니다."

"서두르지 마라. 아직 시간은 있다. 깨달음은 한순간이야."

"화정멸세를 이루지 못하고도 조화성을 열 수 있겠습니까?"

부루가 걱정스런 표정으로 물었다. 그러자 마효가 천천히 고개를 저었다.

"그건 어려운 일이다. 화정멸세를 이루어도 오경주의 경합에서 승리하기 어려울 텐데 하물며 화기만주로 승리를 바라겠느냐? 화기만주로는 그저 죽지 않을 정도겠지."

"그럼… 이번엔 정말 어려울 수도 있겠군요."

"그래도 실망하진 말거라. 적어도 네겐 또 한 번의 기회가 있을 테니까."

"너무 먼 시간이지요, 다시 삼십 년을 기다리며 곤륜에 머문다는 건."

"흐흐흐. 네놈은 항상 그랬지. 조화성 자체보단 천하에 욕심이 있었지."

"조화성을 얻는 것이 곧 천하를 얻는 것이겠지요."

"하하하. 그도 그렇지. 그런데 이놈은 정말 오겠느냐?"

마효가 북쪽으로 열린 창을 내다보며 말했다. 그들이 머물고 있는 곳은 포구에서 가장 큰 객잔으로, 삼 층까지 객잔이 들어차 있었다. 또한 북쪽으로 이어진 관도가 훤히 들어와 포구로 들어오는 사람들을 한눈에 알아볼 수 있었다.

"오늘까지 오지 않으면 찾아가야겠지요."

"흐흐, 대화마경주가 일개 수하 놈을 찾아가? 사람을 보내 데려오면 족해."

"알겠습니다. 그리하지요."

부루가 고개를 숙여 보였다. 그런데 그때 문득 다섯 명의 사내가 관도의 저쪽 끝에서 나타나더니 바람처럼 말을 몰아 객잔 앞에 당도했다.

"사람을 보낼 필요는 없을 것 같습니다."

"저놈들이냐?"

마효가 객잔 아래 말을 세운 자들을 흘깃 보며 물었다.

"그렇습니다."

"제법 쓸 만하군."

우차가 천천히 말에서 내렸다. 그의 눈앞에 여래객잔이란 현판이 들어왔다. 주인이 불도를 믿는 자로구나 하고 생각하며 객잔 안으로 걸음을 들여놓으려는 순간 그의 앞을 한 초로의 인물이 가로막았다.

"어디서 온 자냐?"

순간 우차가 드러나지 않게 몸을 떨었다. 앞을 막아선 노인에게서 느껴지는 기세는 이젠 무공에 관한 한 어느 정도 자신이 있는 그조차도 감히 대항할 수 없을 만큼 강력한 것이었다.

"부름을… 받고 왔소."

우차가 애써 침착함을 유지하며 말했다.

"그대가 우차인가?"

다시 노인이 물었다.

"그렇소."

"기다리고 있었다. 날 따라오라."

노인이 앞장서 우차를 이끌고 객잔 안으로 들어갔다.

우차는 이 객잔에 자신의 주인이었던 자, 부루 일행 말고 다른 손님은 한 명도 존재하지 않는다는 것을 깨달았다. 더불어 객잔 곳곳에 제멋대로 서 있는 자들 모두가 앞서 자신의 앞을 막아섰던 노인에 못지않은 고수들임을 알아챘다.

'후우!'

우차가 내심 한숨을 내쉬었다. 그는 자신이 복마전에 들어왔다는 것을 실감했다. 한때 그가 부루의 부름에 대해 고민했던 것이 사치스럽게 느껴졌다. 이런 자들을 이끌고 있는 부루의 부름을 거절했다면 그의 목숨은 아마도 한순간에 사라졌을 터였다. 더군다나 그가 알고 있는 부루는 절대 배신을 용납할 사람이 아니었다.

안도와 긴장의 한숨을 안으로 삼키며 노인이 이끄는 대로 객잔의 삼층으로 올라간 우차가 제법 화려한 방문 앞에서 걸음을 멈췄다.

"경주님! 소인 문웅입니다."

문웅이라면 과거 마효의 대제자 마혼 고부의 수하였던 자다.

"데리고 왔느냐?"

마효의 목소리가 방문 안에서 들렸다.

"옛, 경주!"

"들어와라."

다시 마효의 목소리가 들리자 문웅이 조심스럽게 방문을 열었다. 우차가 슬쩍 고개를 들어 객방 안을 살폈다. 그러자 죽을 나이가 다 되어 보이는 노인 한 명과 천하를 한 발로 밟고 설 기세를 흘려내는 중년 사내 한 명이 그의 눈에 들어왔다. 순간 우차는 중년 사내가 누군지를 금세 깨달았다.

"총사!"

우차가 그 자리에서 부복했다. 과거 그가 부루를 따를 때에도 이런 절대적인 복종심을 드러낸 적은 없었다. 그러나 수십 년 만에 다시 만난 부루에겐 저절로 무릎이 꿇려지는 우차였다.

부루는 그런 우차의 모습에 만족스러운 미소를 지었다. 그의 수하는 수십 년이 지난 지금 오히려 과거보다도 더 충성스러워 보였다. 그것이 그 스스로가 지니게 된 힘의 결과라고 생각하니 더욱 기꺼운 부루였다.

"이 사람! 뭘 이렇게까지. 일어나게, 우리 사이에."

부루가 우차에게 다가와 그를 일으켰다.

"총사, 살아 계셨군요."

우차가 짐짓 감격스런 표정으로 말했다.

"다행히 운이 좋았네. 우차, 자네 사정은 어떤가?"

"총사의 명대로 은인자중 힘을 기르며 총사께서 귀환하기를 기다렸습니다."

"음. 자네의 잠룡원에 대한 소문은 들었네."

순간 우차의 등에 다시 한 번 식은땀이 흘러내렸다. 이 총명한 총사는 이미 잠룡원에 대한 모든 것을 알고 있는 눈치였다.

"썩 만족스럽진 않으시겠지만 그런대로 쓸모가 있을 겁니다."

"아니아니, 들은 바로는 제법 쓸 만하다더군."

"감사합니다. 무슨 일이든 하명만 하십시오."

"아, 뭐, 급히 할 일은 없어. 일단 우리가 머물 곳이 필요한데……."

"하면 잠룡원으로 모시겠습니다."

"그래도 되겠나?"

"잠룡원은 총사를 위해 준비해 둔 것입니다."

"고맙네. 자네의 마음 잊지 않겠네."

"그런 말씀 마십시오. 저야 총사께 목숨을 빚진 사람 아닙니까."

"하하하, 그야 이미 수십 년 전의 일이고."

부루가 호탕한 웃음을 터뜨렸다. 그런 부루의 모습에 우차는 자신의 주인이 과거와 완전히 다른 사람이 되었다는 것을 새삼스럽게 느꼈다. 본래 부루는 호탕함과는 거리가 먼 사람이 아니었던가.

"언제 갈까요?"

부루가 웃음을 멈추고 마효에게 물었다.

"급히 가자. 바다 냄새가 이젠 싫구나."

"알겠습니다. 바로 가도 되겠나?"

부루가 우차에게 물었다.

"걱정 마십시오. 언제든 머무실 수 있도록 준비를 해두고 왔습니다."

"역시! 예전부터 자넨 현명한 수하였지."

부루가 만족한 듯 고개를 끄덕였다.

따닥따닥!

두 대의 마차와 이십여 필의 말이 관도를 따라 북쪽으로 이동하고 있었다. 부루와 마효를 각기 태운 마차로 곤륜에서부터 끌고 온 바로 그 마차였다. 그리고 두 마차의 마부석에는 언제나처럼 곽풍산과 대일이 앉아 있었다.

우차가 곽풍산과 대일을 알아본 것은 일행이 객잔을 떠나고도 한참이 지난 후였다. 너무 많이 변한 모습에 자칫 그들을 알아보지 못할 뻔했다가 두 사람의 체구가 눈에 익어 자세히 살펴본 후에야 두 사람의 정체를 알아챘다.

마차를 모는 두 사람이 과거 천목맹의 은패고수이자 자신의 주군인 부루의 친구들이었던 사람들이란 사실을 아는 순간 우차는 다시 한 번 부루에 대한 두려움에 몸을 떨었다.

친구를 마부로 쓰는 자, 더군다나 마차를 모는 두 사람의 옷 속에선 쇠사슬 쩔그렁거리는 소리가 계속해서 흘러나오고 있었다. 더불어 두 사람의 몰골을 보건대 절대 귀한 대접을 받고 있는 모습이 아니었다. 친구조차도 그렇게 다루는 부루라면 우차 자신의 목숨 따위는 안중에도 없을 터였다.

우차는 이 무서운 주인을 잠룡원으로 이끌며 내심 한숨을 흘렸다. 과거 임황 벽산에서 그로부터 목숨을 구함받은 이후 줄곧 부루의 수족으로 살아왔지만 지금에 와서야 그는 어쩌면 주인을 잘못 선택했는지도 모른다는 생각을 하고 있었다.

그의 밑에서 천하를 호령할 수 있다고 믿었던 때도 있었다. 물론 지금도 그 생각에는 변함이 없었다. 아니, 오히려 과거보다 지금이 더 천하를 손에 쥘 가능성이 높았다. 그러나 반면 그 삶은 한순간 부루에게 목숨을 내줘야 하는 위험을 동반하고 살아야 하는 시간들일 터였다. 잠룡원이라는 만만찮은 세력의 주인이 된 지금의 우차에겐 결코 만족스런 상황이 아니었던 것이다.

"장주!"

어두운 얼굴로 말을 몰고 있는 우차 곁으로 그의 수하 한 명이 은밀히 다가서며 나직하게 우차를 불렀다.

"무슨 일인가?"

과거에 우차가 부루에게 그랬듯이 우차에게도 심복이 서넛 있었다. 우차 곁으로 다가선 사내는 그중 한 명인 구덕이란 인물이었다.

"표정이 밝지 않으십니다."

"음… 그렇게 보았는가?"

"무슨 걱정이라도……?"

오랜 세월 함께한 사이기에 구덕은 우차의 표정만 보고도 그의 내심을 읽을 수 있었다.

"예상했던 것보다도 너무 무서운 사람이 됐어."

우차가 나직하게 말했다.

"총사 말씀이십니까?"

구덕의 되물음에 우차가 말없이 고개를 끄덕였다.

"좋은 일 아닙니까? 어차피 총사를 따라 천하를 호령할 요량이라면……."

"그렇게 볼 일만이 아니네."

"다른 문제가 있습니까?"

구덕이 묻자 우차가 턱으로 마차를 모는 곽풍산과 대일을 가리키며 물었다.

"저 두 사람은 과거 총사와 절친한 친구였던 사람들이네."

"아니, 그런데 왜……?"

"이유야 나도 잘 모르지만, 바로 저 모습이 문제네. 저들조차 저런 취급을 당한다면 나는 총사에게 더욱 가치가 없는 사람이지. 언제든 버릴 수 있는 존재란 걸세. 더군다나 총사의 심성은 과거에 비해 훨씬 무서워진 것 같네. 난 감히 총사의 얼굴도 바로 보지 못했네. 이렇게 평생을 살아야 한다면… 제길, 이러려고 지난 세월 잠룡원을 키운 게 아닌데……."

그러자 구덕이 심각한 표정으로 잠시 침묵을 지키더니 모깃소리로 물었다.

"총사를 떠나면 되지 않습니까?"

"떠나? 과연 그게 가능하다고 보는가? 단 하루도 지나지 않아 내 목이 떨어질 걸세."

우차의 대답에 구덕이 더더욱 작은 소리로 말했다.

"다른 방도가 하나 있기는 한데……."

"뭔가?"

우차가 급히 물었다.

"혹 흑천이라고 들어보셨는지요?"

"흑천… 살수들?"

"그렇습니다."

"설마 살수를 쓰자는 말인가?"

"일 처리가 완벽하다는 자들 아닙니까. 강호이대살문 중 하나고. 아니, 이젠 일대살문이라고 해야지요. 오 년 전 지살문의 살수들이 대부분 흑천칠객에게 죽임을 당했다고 하더군요."

"과연 살수들이 총사를 상대할 수 있을까? 자네도 그들을 따르는 자들을 봤지?"

"물론이지요. 정말 대단하더군요. 하지만… 살수는 살습니다. 천하제일인도 살수의 칼에는 숱하게 죽임을 당했지요. 이쪽을 철저히 숨긴다면 해볼 만한 일 아닐까요? 흑천 같은 살수들이 청부자를 입에 올릴 리도 없을 것이고."

"흑천을 움직이려면 잠룡원의 재물 절반 이상이 소요될 것인데……."

"어차피 이대로라면 장주의 것이 아니지 않겠습니까?"

구덕이 계속 우차를 충동질했다. 그러자 우차가 한동안 생각에 잠겼다가 고개를 끄덕였다.

"좋아. 그럼 그 일은 자네가 맡게. 평생을 불안 속에 살 수는 없지."

"알겠습니다. 그럼 제가 흑천에 선을 대어보지요."

"조심해야 하네."

"저 같은 건 관심도 두지 않을 겁니다."

"알겠네. 자네만 믿겠네."

우차가 가볍게 구덕의 어깨를 두드렸다.

*　　　*　　　*

흔들리는 불꽃 아래 마른 손이 붉은색 첩지를 붙들고 부르르 몸을 떨었다. 그렇게 얼마의 시간이 흘렀을까. 마른 손이 첩지를 들어 촛불 위로 가져갔다.

화르륵!

첩지가 한순간에 재로 변했다. 그렇게 첩지를 태운 마른 손의 주인이 음울한 목소리로 중얼거렸다.

"부루… 네가 왔구나."

마른 손의 주인이 다른 손으로 무릎 옆에 놓인 검을 집어 들었다. 그리고는 방문 밖을 향해 나직하게 말했다.

"노형들께 기별을 넣어라. 살문을 열어야겠다."

"옛!"

문밖에서 짧은 답이 들려왔다.

"부루, 기다려라. 나 무극이 간다."

*　　　　*　　　　*

"헤헤헤. 오랜만이우?"

심양 외곽의 허름한 객잔에 투묘신 오봉이 제법 번지르르한 귀인의 모습으로 송추월과 서연 앞에 나타났다.

송추월과 서연은 늦은 점심을 먹고 있다가 불현듯 다가온 오봉을 바로 알아보지 못하고 한동안 오봉의 얼굴을 살핀 후에야 그의 정체를 알아챘다.

"정말 오 대협이시군요?"

서연이 반색을 했다.

"호호호, 이거 세월이 지나니 이제 성수의녀께 대협 소리를 듣는구려, 도둑놈 주제에."

"앉으세요."

서연이 얼른 자리를 권했다. 그러자 오봉이 주저하지 않고 털썩 의자에 엉덩이를 붙이고 앉았다.

"요동엔 언제 오셨어요?"

"한 석 달쯤 됐소이다."

"그럼 많이 기다리셨겠네요?"

"좀 지루하던 참이오. 그런데 두 분께선 어딜 다녀오셨기에 이제야 오신 겁니까?"

"흥안령에요."

"흥안령? 그 먼 곳엔 무슨 일로……?"

오봉이 오랜 지기처럼 스스럼없이 송추월과 서연의 행보를 묻다가 무표정한 송추월의 표정을 보고는 흠칫하며 입을 닫았다. 여전히 송추월은 오봉으로 하여금 두려움을 느끼게 하는 존재였다.

"그럴 일이 있었어요. 그런데 투묘신께서 오셨으면 그들도 왔겠네요?"

"그렇소이다. 항주에서 칠룡파란 놈들을 틀어쥐고 한동안 두 분을 찾다가 서너 달 전에 요동으로 들어왔다오. 하, 그놈들, 상선을 타지 않고 아예 배를 통째로 구해오는 바람에 요동에서 놈들의 흔적을 찾느라 내가 고생 좀 했다오."

오봉이 짐짓 자신의 수고를 알아달라는 듯 송추월을 바라봤다.

"그들은 어디 있소?"

기대했던 칭찬 대신 차가운 질문이 송추월의 입에서 흘러나왔다. 그러자 오봉이 실망한 기색으로 입을 열었다.

"여기서 보름 정도 서쪽으로 가면 궁산이란 산이 있소이다. 그곳에 잠룡원이란 장원이 있는데, 그 장원에 들어 있더이다."

"잠룡원이라면 처음 듣는 이름이네요?"

서연이 고개를 갸웃했다.

"뭐, 생긴 지 한 십오 년쯤 된 것 같더이다. 이 근처에 전혀 그 실체가 알려지지 않은 장원이더구려."

"장주의 정체는 알고 있소?"

송추월이 물었다.

"음… 듣기로는 우차라는 자라던데 과거 천목맹에서 은패 고수까지 했던 사람이라더이다. 요동의 숨은 고수로 그 무공이 천목맹 수뇌에 버금간다고… 아시오?"

오봉이 신나게 말을 이어가다 송추월이 고개를 끄덕이는 것을 보고는 물었다.

"우차, 녀석의 심복이었던 자군."

"녀석이라면 누구……?"

오봉이 송추월과 서연을 번갈아 보며 물었다.

"당신을 쫓던, 아니, 당신이 쫓던 사람이오."

송추월이 오봉의 궁금증을 풀어줬다.

"흐흐, 그 무시무시한 사내 말이구려."

오봉이 고개를 끄덕였다.

"다른 움직임은 없었소?"

송추월이 다시 물었다.

"없었소이다. 안에서 뭘 하는지 지난 서너 달 동안 코빼기도 보이지 않더구려. 이젠 어찌하시려오?"

"그래요. 이젠 어쩔 거죠?"

오봉의 질문에 서연도 궁금한지 송추월을 바라봤다. 그러자
송추월이 아무렇지도 않게 대답했다.

"한 번 볼 때가 된 것 같군."

순간 서연이 긴장했다.

"자신있어요?"

"자신? 글쎄… 적어도 죽지 않을 자신은 있지."

"위험해요, 하나라면 모를까 그 둘을 모두 상대하려면."

"풍산과 대일이 있으니까."

"두 사람이 당신을 도와줄까요?"

"그들의 모습을 보건대 부루에게 온전히 복종한 것 같지는
않으니까."

"알았어요. 저도 도울게요."

"아니, 서 매는 뒤에 남아 있어."

송추월이 단호하게 말했다.

"방해가 되지는 않을 거예요."

서연이 다부지게 말했다. 그러자 송추월이 미소를 지으며
대답했다.

"그래서가 아니고 서 매까지 나서게 하는 못난 사내가 되고
싶지는 않기 때문이지. 후방을 도모해 줘."

"호, 그렇다면 뭐, 좋아요."

서연이 얼른 고개를 끄덕였다.

"그들을 좀 면밀히 살펴주시겠소?"

송추월이 이번엔 오봉을 보며 말했다. 평소와 달리 제법 정중한 말투였다.

"좋소. 흐흐, 그런 일이라면 이 투묘신이 전문이지. 걱정 마시구려."

오봉이 한순간에 다시 두 사람 앞에서 사라졌다.

*　　　　*　　　　*

"어찌할 생각이더냐?"

마효가 호기심이 동한 표정으로 물었다.

"글쎄요, 고민이 좀 되는군요. 고무룡… 그자를 만나보고 싶기도 한데 그리되면 자칫 우리의 존재가 강호에 알려져 귀찮아질 것도 같아서."

"조화성의 회합이 있기 전에 사람들의 이목을 끄는 것은 좋은 일이 아니다. 오경주의 경합은 물론 조화성에서 이루어지지만 사실 그 전후로 암암리에 서로를 노리기도 한다. 그러니 먼저 존재를 드러내는 것은 좋은 일이 아니지. 아마 지금쯤이면 다른 오경주도 요동에 들어와 있을 게다."

"조금 빠르군요."

"보통은 사오 년 전부터 안전하게 조화성에 이르기 위한 준비를 하지. 그래서 대부분의 경우 오경주 모두 특별한 문제 없이 조화성에 도달하는 것이다."

"그렇군요. 그럼 우리도 역시 은인자중해야겠군요."

"그렇지. 단 한 가지 사실은 빼고."

"성수의녀와 그 괴인을 추적하는 일 말인가요?"

"그래, 이상하게도 계속 그 문제가 내 마음에 걸리는구나, 인수로를 파괴한 그자의 무공이. 그런데 또 성수의녀와 함께 사라졌다는 사실이 더욱 그렇다. 정말 무극 그 녀석일까?"

"만약 그 녀석이라면 걱정할 필요 없습니다."

"살수다. 살수는 한낱 어린아이조차도 위험한 법이다."

"그래도 전 그 녀석을 알지요. 독심이 부족해 언제나 최후의 순간 틈을 보이지요. 그래서 녀석을 걱정하진 않습니다, 다른 자라면 모를까."

"다른 인물이 있을 수는 없는데… 다른 오경주 중 하나라면 성수의녀와 동행할 이유가 없지 않느냐?"

"그렇긴 합니다만… 일단 이 잠룡원의 사람들을 최대한 이용해 보지요. 요동을 샅샅이 뒤져 성수의녀든 오경주든 찾아보지요."

"그래, 그러자꾸나."

마효가 고개를 끄덕였다.

*   *   *

"막내, 너무 걱정하지 말거라. 너에겐 우리가 있지 않느냐?"

적어도 칠십은 넘어 보이는 노인이 중년의 원무극을 보며 달래듯 말했다.

"노형들께서 계시기에 더 걱정이 됩니다."

"그게 무슨 말이더냐? 설마 우리가 짐이 된다는 말이냐?"

"그것이 아니라 이 일이 너무 위험하기 때문입니다."

"으음, 알 수가 없구나. 대체 얼마나 대단한 자들이기에 혹천 사상 가장 강한 살수라는 아우가 그리 걱정하는 것인지……."

"그들은 천외천의 인물들이지요. 그들을 상대할 수 있는 고수는 강호에 없습니다. 그들은 그들끼리의 상쟁으로 강호에 나오지 못하는 것이지 일단 강호에 나온다면 천하를 단숨에 손에 움켜쥘 겁니다."

"그 정도로 강한 자들이더냐?"

"그렇습니다. 그러니… 노형들께선 뒤에 머무십시오. 이 일은 기실 저의 개인적인 일이니 혹천이 위험을 감수할 필요는 없습니다."

"어허, 어찌 그런 말을 하느냐? 혹천이 어디 보통의 살수문이더냐. 우린 형제와 가족을 위해 검을 든 살수들이다. 아우를 혼자 보낼 수는 없다. 적이 강하면 강할수록 우린 함께한다."

노인이 단호하게 말했다.

"알겠습니다. 대형의 말씀을 따르지요. 하지만 그들을 직접 상대하는 일은 제가 맡겠습니다. 노형들께선 주변을 지켜주시기 바랍니다."

"아우가 그리하겠다면 알겠다. 일단 저들의 동정을 면밀하게 살피는 일부터 시작하지. 위험한 자들이라면 완벽한 기회를 찾아야 할 테니."

"알겠습니다."

"허허, 이런 일도 처음일 거야. 하나의 청부에 우리 흑천칠객 모두가 동원되는 일이 있을 줄이야."

*　　　*　　　*

"정말 기이한 일이군. 살수들이 우글거릴 줄이야."

오봉이 커다란 나무 위에 올라앉아 밤새처럼 눈을 밝히고 잠룡원을 살피며 중얼거렸다. 도둑의 눈은 살수의 눈보다도 밝아서 잠룡원 주변에 은신해 있는 살수들의 흔적을 놓치지 않은 오봉이었다.

"이거 일이 어떻게 돌아가는 거야? 도대체 누가 살수를 부른 거지? 설마 내분이 일어난 건가?"

오봉이 고개를 갸웃했다. 그러나 잠룡원 안의 사정을 자세히 알 수는 없었다. 살수까지 진을 치고 있으니 잠룡원 안으로 침입하는 것은 거의 불가능했다. 살수야 자신의 목숨을 걸고 표적을 암살하지만 도둑이야 일단 살길을 찾아둔 후에 움직이는 법이었다.

"일단 돌아가서 상의를 해봐야겠군."

오봉의 신형이 스며들듯 나무 그림자 속으로 사라졌다.

"살수요?"

잠룡원으로부터 반나절 거리의 객잔에서 오봉을 만난 서연이 놀란 얼굴로 되물었다.

"그렇다오. 살수도 보통 살수들이 아니더이다. 이 오봉의 눈이 아니면 절대 발견할 수 없는 대단한 살수들이었소. 그것도 한둘이 아니던데……."

"도대체 누가 청부를 넣은 거죠?"

서연이 의아한 얼굴로 송추월을 보며 물었다. 그러자 송추월이 고개를 저었다.

"지금으로선 알 수 없는 일이군. 흠… 어쩌면 다른 오경주 쪽에서 먼저 손을 쓴 것일지도."

"하지만 오경주의 경쟁은 오직 조화성에서만 가능하잖아요?"

"살수는 오경주가 아니니까."

"재물을 가지고 사람을 부리는 것은 괜찮다는 말인가요?"

"증거가 남지 않는 이상은."

"우린 어쩌죠?"

"나쁜 것만은 아니야. 혼란은 기회를 만들지. 살수들이 움직일 때까지 기다린다. 후후, 생각지 않은 원군을 얻은 셈이군. 적어도 두 사람을 따르는 자들은 어느 정도 막아주겠지."

송추월이 담담한 미소를 지으며 말했다.

*   *   *

잠룡원에서 부루의 생활은 단조로웠다. 그는 대부분의 시간을 잠룡원 북쪽 궁산 기슭으로 이어지는 곳에 위치한 연무관에서 보냈다. 조화성의 회합을 얼마 남겨두지 않은 상태였으므로 그는 화신밀공의 네 번째 단계인 화정멸세의 비결을 성취하는 데 온 힘을 기울이고 있었다.

　화정멸세가 깨달음으로 성취되는 단계일지라도 그 깨달음은 수련 중에 온다는 사실을 익히 알고 있는 부루였다. 부루는 화신밀공으로 공력을 단련하고 쇄금수를 펼쳐 무학의 원리를 추구하는 수련을 멈추지 않았다. 그의 독심은 곁에 있는 사람들에겐 두려움의 대상이었지만 그 스스로에게는 무공을 향해 질주하는 그 자신을 채찍질하기에 가장 좋은 도구였다.

　휘류룽!

　그의 손에서 펼쳐지는 쇄금수는 불을 몰고 다녔다. 손을 검처럼 사용하는 쇄금수, 그렇기에 모든 공력은 손으로 몰렸다. 그래서 그의 손은 언제나 잘 달궈진 쇠처럼 붉었다.

　그의 움직임이 그리 빠르지는 않았다. 그는 빠르지도 느리지도 않게 쇄금수를 펼쳤지만 그 움직임 속 어디에서도 빈틈을 찾기 어려웠다.

　"망할 놈!"

　연무관엔 부루 혼자만 있는 것이 아니었다. 그로부터 십여 장 떨어진 곳에선 마효가 부루의 수련을 지켜보고 있었고, 다시 그 뒤쪽 오 장여 뒤엔 여전히 온몸에 쇠사슬을 걸친 곽풍산과 대일이 서 있었다.

기이하게도 부루는 무공을 수련할 때 항상 곽풍산과 대일을 참관시켰다. 이유는 알 수 없었다. 자신의 무공을 과시해 두 사람에게서 복종심을 이끌어내려는 것일 수도 있었고, 혹은 필요할 때 두 사람을 불러 비무하려는 것일 수도 있었다. 아니면 그 두 사람을 자신의 눈앞에 둬야 안심할 수 있는 것인지도 몰랐다. 이유야 어쨌든 부루는 항상 수련할 때마다 두 사람을 연무관으로 불렀다.

욕설을 흘려낸 것은 곽풍산이었다. 부루의 무공은 날이 갈수록 발전해 이젠 더 이상 두 사람이 상대할 수 없는 수준까지 멀어져 있었다. 그런 부루의 모습을 볼 때마다 곽풍산과 대일은 절망감에 휩싸였다. 만약 부루가 두 사람의 기를 꺾기 위해 수련 모습을 보여주는 것이라면 그의 의도는 충분히 달성되고도 남음이 있었다.

"너무 멀어졌어."

대일도 풀이 죽은 표정으로 중얼거렸다.

"이러다 영원히 저놈 손아귀에서 벗어나지 못하는 거 아닐까?"

"나도 그런 불안감이 드는군."

"휴, 우리도 놀고 있지만은 않았는데……."

"무공이 그렇지 뭐. 애초에 강한 놈이 수련을 계속하면 점점 거리가 벌어지는 게 무공이지."

"도대체 끝이 어딜까?"

"모르지. 저 상태에서 조화성까지 차지한다면… 무섭다."

"제길!"

다시 곽풍산이 욕설을 흘려냈다. 그런데 그때 문득 두 사람의 귓가로 한 가닥 전음이 들려왔다.

[나다.]

전음을 듣는 순간 곽풍산과 대일이 대화를 멈추고 눈을 크게 떴다. 그렇다고 시선을 돌려 전음을 보낸 사람을 찾는 멍청한 짓은 하지 않았다. 이미 두 사람은 전음을 보낸 자의 정체를 알고 있었기 때문이다.

[듣기만 해.]

다시 전음이 이어졌다. 원무극이었다.

"흐흐, 살아 있었네."

듣기만 하라는 원무극의 경고에도 곽풍산이 나직하게 중얼거렸다.

"그러게 말이야. 명도 길지. 흐흐흐."

대일 역시 음침한 실소를 흘렸다.

[망할 놈들아, 조용히 하라니까? 듣겠다.]

그러자 곽풍산이 고개를 저었다.

"들을 리 없지, 수련에 열중해 있는데. 늙은이는 가는귀가 먹었고. 흐흐흐. 그래, 왜 왔어?"

위치를 확인할 수 없으니 전음을 보낼 수는 없었다. 그래서 곽풍산은 여전히 입을 열어 나직하게 중얼거리고 있었다.

[네놈들 구하러.]

"구할 수 있을까?"

[흑천이 모두 왔다. 오늘… 놈을 죽인다. 가능하면 늙은이도!]

"쉽지 않아."

곽풍산이 어두운 낯빛으로 짧게 말했다.

[쉽지 않은 건 나도 알아. 그래서 네놈들 도움이 필요해. 일단 노인네가 이 싸움에 관여하는 걸 막아야 해. 누가 할래?]

원무극의 전음에 곽풍산과 대일이 서로를 바라봤다. 그리고는 곽풍산이 입을 열었다.

"네가 해. 난 부루 놈의 머리를 쪼개봐야겠어, 뭐가 들었나."

"알았다."

대일이 짧게 대답했다.

[좋아. 그럼 결정됐군. 얼마나 접근할 수 있을까?]

"우리가 먼저 흔들겠다."

[가능하겠어?]

"걱정 마. 가자!"

곽풍산이 짧게 말하고는 일부러 쇠사슬을 더 크게 쩔렁거리며 마효를 향해 걸음을 옮겼다.

"무슨 일이냐?"

한참 부루의 수련에 집중해 있던 마효는 곽풍산이 삼 장 안으로 다가서자 그제야 그에게 시선을 주었다.

"저 녀석 무공이 어느 정돕니까?"

곽풍산이 뜬금없는 질문을 던졌다.

"보면 모르느냐? 마차를 끌더니 머리도 바보가 된 거냐?"

"흐흐흐, 놈의 무공이 너무 높아져서 이젠 우리 같은 놈들은 그 수준을 가늠하기도 어렵기에 물어보는 겁니다."

곽풍산의 말에 마효가 가볍게 고개를 끄덕였다.

"하긴 그럴 수도 있겠군. 이젠 절대 네놈들이 저 아이를 따라잡을 순 없다. 그러니 네놈들도 쓸데없는 오기는 버리고 이제 저 아이에게 순종하도록 하거라. 아무리 녀석이 독해도 네놈들을 특별하게 생각하는 놈이 아니더냐?"

"흐흐흐, 구원이 워낙 많아서……."

"구원? 구원은 무슨… 사내놈들이 한번 털면 그만이지."

"어쨌든 녀석의 무공은 어느 경지입니까?"

"녀석은 결국 화정멸세를 이룰 거다."

"화정멸세라… 그럼 조화성의 회합에서 승리할 수 있습니까?"

"운이 좋다면."

"그러고도 운이 좋아야 한다니, 오경주는 사람이 아니랍니까?"

곽풍산이 농으로 던진 질문을 마효는 정색하며 받았다.

"그렇다. 오경주는 사람이랄 수 없다. 사람이되 신의 경지를 넘보는 자들이지."

"흐흐흐, 그렇다면 어르신도 신의 경지에 있는 사람이겠군요?"

곽풍산이 느물거리며 물었다. 조롱기가 담겨 있는 듯도 했으나 마효는 코웃음으로 곽풍산의 말을 받아넘겼다.

"신이라고는 하지 않았다. 그 경지를 넘보는 사람들이라고 했지. 그러니 결국 사람은 사람. 인간이란 늙으면 쇠약해지는 것이 자연의 이치이다. 난 늙었다, 이젠 더 이상 조화성의 회합에 참여할 수 없을 만큼!"

마효의 얼굴에 그답지 않은 쓸쓸함이 스치고 지나갔다. 그러자 곽풍산이 살짝 시선을 돌려 대일에게 고개를 끄덕였다. 그리고는 재빨리 마효에게 말했다.

"그래서 한 말씀 드리고 싶은데 말입니다."

"뭐냐?"

"어르신의 춘추가 이미 백여 세가 아닙니까?"

"그렇지."

"그럼… 그만 죽으시지요?"

"뭐? 이놈이?!"

마효는 곽풍산이 자신의 늙음을 비꼬는 정도로 생각한 모양이었다. 그의 눈초리가 치켜 올라갔다. 그 순간 곽풍산의 신형이 갑자기 그에게서 멀어졌다. 그런데 곽풍산이 향한 방향이 기이했다. 뒤로 물러난 것이 아니라 수련 중인 부루를 향해 날아갔던 것이다.

"이놈! 수련을 방해치 마라!"

마효가 노성을 발하며 곽풍산을 따라나서려는 순간 광풍처럼 한 자루 도가 그의 옆구리를 파고들었다.

"풍산 말이 맞수. 어르신은 죽을 때가 되었소!"

콰아아!

폭풍처럼 밀려드는 도기에 곽풍산을 제지하려던 마효가 훌쩍 몸을 날려 도기를 피해내며 소리쳤다.

"네놈들이! 감히!"

한순간 마효의 다리 아래의 공간을 베고 지난 대일이 마효의 앞을 막으며 소리쳤다.

"늙은이! 오늘 결판을 내자, 누가 죽고 누가 사는지!"

대일의 노성이 터져 나오는 순간 어느새 날아간 곽풍산은 부루의 머리 위에서 도끼를 떨쳐 내고 있었다.

第七章
결전(決戰)

화마경

쿠우웅!

곽풍산의 무지막지한 도끼가 붉은 진기를 떨쳐 냈다. 그러
자 한 덩어리 염기가 도끼에 앞서 수련 중이던 부루의 머리 위
로 떨어져 내렸다.

"또다시 이 짓이냐?"

이미 여러 번 곽풍산과 대일의 기습을 경험했던 부루가 침
착한 표정으로 신형을 회전했다.

콰쾅!

곽풍산의 도끼에서 나온 진기가 부루의 몸을 살짝 비껴 연
무관의 바닥을 박살 냈다.

"좋아졌구나."

강력한 일격을 피해낸 부루가 한줄기 미소와 함께 곽풍산의 무공을 칭찬했다. 그러나 그것이 강한 자의 여유일 뿐이라는 것은 곽풍산이 더 잘 알고 있었다.

"놈!"

곽풍산이 손을 살짝 비틀었다. 그러자 앞으로 나아가던 도끼가 번개처럼 방향을 틀어 횡으로 부루를 찍어갔다. 그의 도끼에 실린 힘을 생각하자면 놀랄 만한 방향의 전환. 이 한 수는 부루도 감히 경시하지 못하고 훌쩍 허공으로 몸을 솟구쳤다.

부앙!

곽풍산의 도끼가 아슬아슬하게 부루의 발아래를 스치고 지나갔다.

"여전히 너희는 내 상대가 아니다."

허공으로 떠오른 부루가 한마디 경고와 함께 곽풍산을 향해 가볍게 손을 휘저었다. 그러자 그의 손을 따라 투명한 붉은빛이 생겨나더니 한순간에 곽풍산의 가슴을 쳐왔다. 속도와 소리 모두 부드럽기 이를 데 없는 붉은 수영이 얼마나 무서운 것인지는 곽풍산이 오히려 잘 알았기에 그가 급히 옆으로 몸을 굴렸다.

퍽!

그리 강하지 않은 파열음이 일어나며 부루의 수영이 곽풍산을 스치고 지나 연무관 바닥을 가격했다. 돌로 만들어진 연무관 바닥이 한 자 깊이의 손 모양으로 패었다.

"이상하군. 역부족인 걸 알면서 왜 힘을 분산했지? 설마 오늘 모두 죽기로 결심한 거냐?"

땅을 굴러 자신의 공격을 피한 곽풍산을 향해 날아들며 부루가 소리쳤다. 평소라면 곽풍산과 대일 두 사람이 모두 자신을 향해 달려들었을 텐데 오늘은 대일이 마효를 상대하고 있는 것을 두고 하는 말이었다.

"오냐. 오늘 우린 모두 죽는다!"

곽풍산이 이를 갈며 부루를 향해 도끼를 휘둘렀다.

"그게 안 된다는 것은 네가 더 잘 알고 있잖아?"

부루가 거칠게 다가오는 곽풍산의 도끼를 응시하며 빙글 미소를 지었다.

"네놈도 사람이다."

곽풍산이 도끼에 좀 더 강한 힘을 실었다.

"글쎄… 과연 사람일까?"

부루의 입에서 오만한 목소리가 흘러나왔다. 그리고 거침없이 다가오는 곽풍산의 도끼를 향해 손을 내밀었다. 곽풍산과 같은 고수의 도끼를 맨손으로 잡아내는 것은 상상할 수 없는 일이다. 그런데 부루는 지금 곽풍산의 시퍼런 도끼를 맨손으로 잡아내려 하고 있었다.

"이놈!"

곽풍산이 모든 진기를 도끼에 실었다, 부루의 손을 두 조각으로 잘라 버릴 것처럼.

턱!

한순간 부루의 손이 곽풍산의 도끼를 잡았다. 오신경의 고수들을 제외하곤 천하에 그 상대가 없는 곽풍산이었다. 그런 곽풍산의 혼신을 다한 공격이 부루의 손에 어이없이 저지됐다.

"이젠 너희도 결정을 해야 할 때인 것 같다, 죽든지 복종하든지."

도끼를 잡아챈 부루가 곽풍산의 눈앞에 얼굴을 들이대며 말했다. 그러자 곽풍산이 히죽 미소를 지으며 대답했다.

"다른 수도 있지."

"다른 수?"

"후후후. 그래, 네가 죽는 것!"

곽풍산의 말이 채 끝나지도 않았을 때 문득 부루의 뒤쪽에 검은 그림자가 드리워졌다. 그리고 그 그림자로부터 섬뜩한 한줄기 빛이 부루의 등을 향해 뻗어 나왔다.

"놈!"

부루가 일갈하며 잡고 있던 곽풍산의 도끼를 놓고 재빨리 몸을 회전시켰다.

팟!

한순간 부루의 옆구리 쪽 옷깃이 길게 베어져 허공에 날렸다. 순간 부루의 손이 번개처럼 휘둘러지며 자신을 향해 검을 뻗어낸 그림자를 내려쳤다.

우웅!

부루의 손에서 일어난 붉은 기운이 연무관을 온통 염기로 휘감았다. 마치 연무관 안에 작은 태양이 뜬 듯 부루는 붉은 광채를 흘려내며 자신을 공격한 자에게 반격을 가했다.

콰앙!

부루의 손을 떠난 붉은 기운이 검은 그림자를 통과했다. 순간 검은 그림자가 연기처럼 흩어지더니 부루의 오른쪽에서 다시 모였다. 그리고 서서히 그 형체가 드러났다.

"무극?"

부루의 눈에 놀람의 빛이 떠올랐다.

"알아보는구나. 천하에서 가장 고귀한 자가 되어 옛 친구쯤은 기억에서 지워 버렸는 줄 알았는데."

홀연히 모습을 나타낸 원무극이 차가운 목소리로 대답했다.

"하하하, 정말 무극 너였구나. 살아 있었어?"

"미안하구나, 살아 있어서."

"아니, 반가운 일이지. 우리 대호산의 친구들 중 가장 쓸모 있는 놈은 너다. 그런 네가 살아 있으니 얼마나 기쁜 일이냐? 사실 널 찾아 그동안 무척 헤맸거든. 그런데 네 스스로 찾아오다니… 역시 넌 나에게 좋은 수하가 될 거야."

"미안하지만 널 위해 살 일은 없을 거다, 오늘 넌 죽을 테니까."

"후후후. 무극, 기습으로도 날 어쩌지 못했는데 하물며 모습을 드러내놓고 날 이길 수 있겠느냐?"

"오늘은… 다를 게다, 목숨을 걸 테니까."

원무극이 다부진 표정을 지어 보이는데, 문득 연무관에서 장원 내부로 이어지는 길을 따라 일단의 무리가 달려오기 시작했다. 신마계와 잠룡원의 고수들이 뒤섞인 무리였다.

"후후, 이래저래 불가능하겠는데?"

달려오는 수하들을 보며 부루가 빙긋 미소를 지었다.

"나 역시 혼자 온 건 아니다! 형님들!"

원무극의 외침에 연무관 지붕 위에서 여섯 명의 인영이 나타났다. 그들은 나타나자마자 주저하지 않고 달려오는 신마계와 잠룡원 고수들을 향해 암기를 뿌려댔다.

쐐애액!

암기가 공기를 가르며 무서운 속도로 달려오는 자들을 향해 날아갔다.

"조심해. 암기닷!"

부루의 수하들이 저마다 경고성을 터뜨리며 도검을 휘둘렀다.

"악!"

"큭!"

원무극의 노형들, 강호엔 흑천칠객으로 알려진 자들의 살수는 무서웠다. 신마계의 고수들은 어렵게나마 이들 살수들의 암기를 막아냈지만 잠룡원 고수들은 한순간에 일곱이 목숨을 잃었다.

"모두 쓸어버려!"

뒤에서 따라오던 우차가 수하들이 죽은 것을 보고는 노성을 터뜨렸다. 그러자 살아남은 잠룡원의 고수들과 신마계의 고수

일부가 연무관 지붕을 향해 날아올랐다. 그런데 기이하게도 우차 자신과 그의 충복들은 지붕으로 날아오르는 대신 검을 들어 주위를 경계하는 것이었다. 마치 다른 적이 있을까 걱정하는 사람들처럼. 그러나 그들의 행동을 눈여겨본 사람은 아무도 없었다.

"아무래도 어렵겠지?"

비록 몇 명이 죽기는 했으나 부루는 그에 개의치 않고 원무극을 보며 말했다.

"그래도 시간은 얻었지. 풍산!"

"오냐. 오늘 모두 죽자!"

곽풍산이 원무극의 부름에 주저없이 몸을 날려 재차 부루를 향해 날아들었다.

"너희가 원한다면 오늘 우리의 관계를 모두 정리해 주마!"

부루도 한순간 얼굴에서 웃음기를 거두더니 달려드는 원무극과 곽풍산을 차가운 눈으로 노려봤다.

"이 녀석아, 왜 되지도 않는 일에 힘을 빼누?"

마효가 마치 고집부리는 손자를 놀리듯 대일에게 말했다. 마효는 구부정한 자세로 여전히 지팡이를 짚고 있었지만 노구에도 불구하고 대일의 공세를 너끈히 받아낼 뿐만 아니라 오히려 대일을 위기에 몰아넣고 있었다. 그러나 대일 역시 아쉬울 것은 없었다. 애초에 대일의 목적은 마효를 제압하는 것이 아니었다. 원무극과 곽풍산이 부루를 상대하는 동안 마효의 움직임을 제지하는 것이 목적이었으므로 마효가 자신과 싸움에 온 힘을 기울이지 않는 것이 고마울 따름이었다.

"늙은 생강이 맵다더니 옛말이 맞군요."

대일이 능청스럽게 마효의 말을 받았다.

"이런 버르장머리없는 놈을 보았나. 그래도 내가 네 사부가 아니더냐?"

"흐흐흐, 제자를 쇠사슬로 묶어 마부로 쓰는 사부도 있답니까?"

"하하. 녀석아, 그럼 어쩌겠느냐? 성질이 못된 제자 놈들인 걸. 그렇게라도 가르쳐야지."

"그런다고 길들여질 우리가 아니란 걸 아시지 않습니까?"

"물론 그런 네놈들의 반골 기질에 마음이 끌렸었지. 길들여지지 않아도 상관없다. 그런 놈들 데리고 노는 것도 재미있으니."

"하지만 그 재미도 오늘 끝날 겁니다."

"네놈들이 이길 것 같으냐?"

"우리가 죽든 당신들이 죽든 오늘 결판을 낼 겁니다."

"하하하, 아닐 수도 있다. 우린 오히려 더 충성스런 노복을 얻을 수도 있지."

"이젠 당신들 노복 노릇 따위는 하지 않을 겁니다."

"그러냐? 하지만 세상사가 어디 네놈 마음먹은 대로 된다더냐?"

마효가 노구를 훌쩍 날렸다. 그러자 그가 백여 세에 이른 노인답지 않은 속도로 대일을 향해 다가섰다.

웅!

대일이 날아오는 마효를 향해 일도를 휘둘렀다. 청룡도가 토해낸 도기가 마효를 반으로 갈랐다.

"무식한 놈! 힘만 세서!"

마효가 무지막지한 힘으로 다가오는 대일의 도기를 빙글 몸을 회전시켜 피해냈다. 그리고는 번개처럼 지팡이를 대일의 가슴에 찔러 넣었다.

"엇!"

힘들이지 않은 마효의 절초에 대일이 깜짝 놀라며 뒤로 물러났다.

"이놈아, 아직도 힘으로 모든 걸 해결하려 드느냐? 그래서는 더 이상 발전이 없을 게다."

마효가 스승이 제자를 가르치듯 말했다.

"제길, 사부 노릇은 그만두시구려."

웅!

대일이 허공에서 몸을 틀어 다시금 마효를 향해 도를 휘둘렀다. 그러자 강력한 도풍과 함께 불그스름한 도기가 마효를 향해 닥쳐들었다.

"화산범해는 제법 이뤘구나."

마효가 기특한지 고개를 끄덕였다. 그러면서 들고 있던 지팡이를 가볍게 휘둘렀다.

땅!

대일의 도기는 마효가 힘없이 휘두른 지팡이에 막혀 허공으로 튕겨 나갔다. 그 틈을 이용해 마효가 서너 걸음 전진하더니 대일을 향해 가볍게 일수를 뻗어냈다.

팡!

마효의 손에서 흘러나온 장력이 가볍게 대일의 옆구리에 꽂혔다.

"윽!"

가벼운 손길이었지만 대일은 벼락을 맞은 듯 신음성을 흘리며 재빨리 뒤로 물러났다. 그러자 마효가 더 이상 대일을 쫓지 않고 다시 지팡이를 짚고 서서 말했다.

"네놈이 하는 모양새를 보니 애초부터 날 이길 생각이 없었구나. 네놈은 단지 날 묶어두고 싶었던 게야. 그렇지?"

"역시 노련하십니다."

"에구, 그럼 더 이상 힘 뺄 필요 없겠다."

"그게 무슨 말입니까?"

대일이 마효에게 당한 일장의 충격에서 벗어나지 못해 옆구리를 부여잡고 물었다.

"난 네놈들 싸움에 관여치 않는다. 알고 있지 않느냐?"

"부루 놈이 죽어도 말입니까?"

"하하하. 녀석아, 저놈이 죽을 놈으로 보이느냐?"

마효가 너털웃음을 터뜨리며 턱으로 부루를 가리켰다. 대일이 고개를 돌려보니 과연 세 사람의 싸움은 어느새 부루에게 무척 유리하게 진행되고 있었다.

"네놈들은 실수를 한 거야. 부루는 이제 나조차도 감당할 수 없는 녀석이 되었다. 이젠 녀석이 화마경주다. 녀석이 화마경을 들고 조화성에 갈 것이다. 그런 놈이 겨우 네 녀석들에게 당하겠느냐? 무극 저놈이 어디 숨어 있다 나온 것인지 모르지만 살수는 살수일 뿐, 살수의 검으로 부루를 죽일 수는 없다. 오히려 죽지 않으면 다행이지."

마효의 말은 틀리지 않았다. 어느새 싸움의 승기를 잡은 부루는 좌우로 움직이며 원무극과 곽풍산을 연신 위기에 몰아넣었다. 연무관은 이미 세 사람의 격돌로 인해 거의 대부분이 파괴되어 있었다.

덕분에 연무관의 지붕 위에서 벌어지던 흑천칠객과 신마계 고수들 간의 싸움은 장소를 옮겨 궁산 기슭에서 이어지고 있었다.

"지루하다. 그만 끝내자!"

부루가 곽풍산에게 일장을 떨쳐 내며 소리쳤다.

"날 죽여야 끝날 거다!"

곽풍산이 악을 쓰며 소리쳤다.

"정말 죽어야겠느냐?"

"흐흐, 날 살리고 싶으면 네가 죽어라."

곽풍산이 실소를 흘렸다. 부루가 딱딱한 표정으로 고개를 저었다.

"아니, 그럴 수는 없다. 이제 세상이 내 손에 거의 들어왔는데 여기서 널 위해 죽어줄 수는 없지."

"그럼 날 죽여야 할 거다."

순간 부루의 눈빛이 붉게 물들었다.

"정 같이 갈 수 없다면… 보내주겠다, 추월의 곁으로!"

"흐흐, 죽어서라도 네놈보다는 추월의 곁이 낫겠지."

곽풍산의 대답에 부루의 눈에는 분노의 빛이 감돌았다.

"오냐. 네놈이 그렇게 좋아하는 추월 곁으로 보내주마. 더 이상 인정은 없다."

곽풍산을 향해 노성을 토해낸 부루가 오히려 등을 돌려 원무극을 공격해 들어갔다.

파파팟!

부루의 손에서 일어난 여덟 갈래의 수영이 원무극의 전신을 파고들었다. 원무극이 급히 검을 들어 밀려드는 수영을 베어냈으나 그중 둘이 몸을 스치고 지나갔다.

"으음!"

원무극이 신음성을 흘려내며 대여섯 걸음 뒤로 물러났다.

"이놈!"

순간 부루의 등 뒤에서 곽풍산이 도끼를 휘두르며 날아들었다.

"기다리고 있었다."

부루가 원무극을 공격하던 손을 거두고 기다렸다는 듯 곽풍산을 향해 돌아섰다. 애초부터 곽풍산을 제압하기 위해 원무극을 멀리 물러서게 한 부루였다. 원무극에게 뒤를 내주고 곽풍산을 공격하는 것은 부루에게도 적지 않게 부담되는 일이기 때문이다.

부루가 허공으로 떠오르며 마치 한 마리 불새처럼 두 팔을 좌우로 크게 벌렸다.

화르르!

그의 전신에서 영롱한 붉은빛의 불꽃이 타올랐다. 그는 완전히 화인(火人)으로 변해 있었다. 그 모습에 곽풍산이 자신도 모르게 달려들던 기세를 꺾고 뒤로 물러났다.

"그만 가거라."

부루가 물러나는 곽풍산을 향해 두 손을 휘저었다. 그러자 그의 손에서 마치 화산이 폭발하듯 뜨거운 열기가 일어나 곽풍산을 덮쳐 갔다.

"앗!"

"풍산!"

멀리서 대일과 원무극이 동시에 다급성을 토해냈다. 그리곤 누가 먼저랄 것도 없이 부루와 곽풍산을 향해 몸을 날렸다. 그러나 두 사람의 움직임은 부루의 손에서 곽풍산을 구하기에는 너무 느렸다. 이미 부루가 만들어낸 극양의 기운이 붉은 회오리를 휘몰아치며 곽풍산의 전신을 휘감아가고 있었다.

"으아아!"

곽풍산이 거부할 수 없는 기세로 밀려드는 부루의 수영을 향해 최후의 일격을 가하려는 듯 커다란 고함과 함께 도끼를 휘둘렀다. 그의 도끼에서도 강렬한 진기가 솟구쳤다. 그러나 곽풍산이 만들어낸 진기는 부루의 그것에 비하면 초라할 정도였다.

부루가 만든 정순한 극양의 진기가 여지없이 곽풍산의 진기를 뚫고 들어갔다. 곽풍산은 죽음을 각오한 사람처럼 자신의 몸을 때려오는 수영에 아랑곳하지 않고 부루의 심장을 향해 도끼를 쳐냈다.

쿠아앙!

곽풍산의 도끼가 최후의 힘을 발휘했다. 거대한 파공음이 장내를 압도했다. 부루의 눈이 자신이 만든 뜨거움과는 반대로 차갑게 식어갔다. 그 차가운 눈에 얼핏 살기가 어렸다. 수십 년 함께 살아온 대호산의 친구 중 두 번째 희생자가 그의 손에 의해 나오려는 순간이었다.

콰아아!

죽음을 무릅쓴 곽풍산의 공격이 부루의 면전에 다다랐다. 순간 부루가 살짝 몸을 틀었다. 곽풍산의 공세가 허무하게 허공을 갈랐다. 순간 부루가 살짝 손을 비틀었다.

"잘 가거라, 풍산!"

나직한 작별 인사와 함께 부루의 수영이 잘 달궈진 쇠꼬챙이로 변해 곽풍산의 심장을 파고들었다.

"흐……!"

자신의 심장을 찔러오는 붉은 수영을 보며 곽풍산이 실없는 웃음을 흘렸다.

"안 돼!"

멀리서 대일의 목소리가 들려왔다. 그러나 부루는 여지없이 곽풍산의 심장을 찔렀다. 그런데!

깡!

분명 곽풍산의 심장을 파고들어야 할 부루의 수영에서 기이한 충돌음이 일어났다. 동시에 그 무엇으로도 막을 수 없을 것 같았던 부루의 수영이 곽풍산의 몸을 스치고 지나 허공으로 비켜 나갔다.

"웬 놈이냐?"

부루의 입에서 노성이 터져 나왔다. 그러나 부루는 갑자기 싸움에 끼어든 불청객보다 그의 등 뒤에서 달려드는 대일과 원무극의 도검을 먼저 상대해야 했다.

"이놈! 죽어라!"

대일이 노성을 터뜨리며 부루를 향해 청룡도를 떨쳐 냈다. 원무극 역시 망설임없이 부루의 급소를 향해 검을 찔러 넣었다. 두 사람에게 망설임이란 없었다. 자신들의 눈앞에서 곽풍산을 향해 미련없이 살수를 전개한 부루는 더 이상 그들의 친구가 아니었다. 이미 오래전에 끝났어야 할, 그러면서도 질기게 이어온 비참한 우정의 끈이 드디어 완전히 끊어진 것이다.

"오냐, 모두 죽여주마!"

부루의 마성이 폭발했다. 화신밀공의 삼단계 화기만주를 넘어 화정멸세를 추구하는 그의 무공은 그동안 그의 마성을 안으로 갈무리할 수 있게 만들었다. 그러나 의도와 달리 곽풍산이 살아나고 나머지 친구들이 늑대처럼 자신의 목숨을 노리고 달려들자 드디어 갈무리했던 그의 마성이 잠에서 깬 것이다.

화르르!

그의 몸이 적염에 휩싸였다. 일단 내재된 마성이 모두 드러나자 그 위력은 감히 측량할 수 없을 정도로 강력했다.

쇄애액!

부루의 마성이 폭발한 와중에도 대일과 원무극의 도검은 여전히 부루를 향해 떨어져 내리고 있었다. 화인으로 변한 부루가 두 사람의 도검을 향해 양손을 내밀었다.

우웅!

은은한 파공음과 함께 부루의 두 손에 붉은 덩어리가 만들어졌다. 화기의 정수인 화정이 마치 그의 손에 들어온 것 같았다. 그리고 다음 순간 그의 손에 담긴 진기 덩어리가 대일과 원무극의 도검에 닿았다.

쩌저정!

한순간 무쇠가 갈라지는 듯한 소리가 일어났다. 동시에 대일의 청룡도와 원무극의 검이 얼음 쪼개지듯 갈라졌다.

"엇!"

"음!"

원무극과 대일이 크게 놀라며 뒤로 물러났다. 부루의 무공이 대단한 건 알았지만 자신들의 진기가 모두 담긴 병기를 부술 정도라고는 상상도 하지 못했던 일이다.

"모두 죽여주마!"

부루의 분노가 한껏 치솟았다. 분기는 마성을 더욱 자극해 연무관이 그의 마기로 가득 찼다. 궁산 자락에서 치열한 싸움을 벌이고 있던 흑천 살수들과 신마계의 고수들도 싸움을 멈추고 인간의 경지를 넘어선 부루의 모습을 지켜보고 있었다.

"화기가 천하를 덮는구나."

멀리서 마효가 감탄과 우려, 그리고 뿌듯함이 동시에 느껴지는 목소리로 중얼거렸다. 부루가 보여주는 모습, 그건 화기만주의 최고봉이었다. 천하를 화기로 덮는 것, 그리하여 살아 있는 모든 것을 태워 버리는 무공이 곧 화기만주였다.

부루는 그 화기만주의 최고봉을 보여주고 있었다. 그렇다면 마효가 아는 한 이곳에서 부루를 당해낼 자는 아무도 없었다. 마효 그 자신조차도 이젠 부루를 막을 수 없었다. 그 역시 화기만주의 경지를 넘어서지 않은 것은 아니나 두 번의 조화성 회합과 필연적으로 찾아오는 노화로 인해 그의 무공은 예전과 같지 않았다.

"좋아. 모든 것을 보여봐라. 나에게… 내가 모르는 경지를 보여다오. 그래서 네가 진정한 화마경주라는 것을 증명해 다오, 이 늙은이의 노욕을 없앨 수 있게. 아! 화마경이라……."

마효가 이젠 자신을 떠나야 할 신물, 화마경에 대한 미련 때문인지 아니면 부루가 보여주는 무공에 대한 감탄 때문인지 연신 화마경을 뇌까렸다. 그러나 모든 상황이 마효의 생각대로 진행되지는 않았다. 마효는 부루의 변한 모습에 한 가지 사실을 잊고 있었다. 바로 부루의 일수를 막은 자, 이 싸움에 새로운 인물이 등장했다는 사실이었다.

"죽기를 원하니 모두 죽여주마. 대호산의 우정도 오늘 모두 끝내리라. 그리고 온전히 화마경주로서 세상을 지배하리라."

부루가 마치 실성한 사람처럼 뇌까렸다. 그리고는 두 팔을 하늘로 들어 올린 채 반쯤 잘려 나간 병기를 들고 있는 원무극과 대일을 향해 달려들었다.

"위험해. 물러나!"

곽풍산이 뒤쪽에서 부루를 향해 도끼를 휘두르며 소리쳤다. 대일과 원무극은 곽풍산의 경고가 터져 나오기 전에 이미 뒤로 물러나고 있었다. 그리고 반이 잘린 병기를 휘둘러 다가오는 부루의 가공할 기세에 대항하고 있었다.

쿠우우!

대일과 원무극, 그리고 곽풍산의 공세가 일제히 부루를 향했다. 순간 부루가 어지럽게 손을 흔들었다.

쿠쿠쿵!

한순간 부루를 휘감은 붉은 기운이 세 사람의 공세를 완벽하게 막아냈다. 그리고 그 기운에 밀려 세 사람이 다시 대여섯 걸음씩 뒷걸음을 쳤다.

"그 누구도 날 막을 수 없다!"

부루가 도도한 기운을 흘리며 소리쳤다. 그때 문득 그의 머리 위에서 담담한 목소리가 들려왔다.

"글쎄, 과연 그럴까?"

순간 부루가 잊고 있던 불청객의 존재를 깨달았다.

"네놈부터 죽여주마!"

부루가 두 손을 번개처럼 하늘로 치켜들었다. 그러자 그의 두 손에서 열여섯 개의 붉은 수영이 떠올랐다. 하나같이 영롱한 빛을 흘려내는 그 수영들은 모두 부루의 팔에 붙어 있는 듯 제각기 다른 방위로 움직이며 괴인을 향해 달려들었다. 마치 사방에서 괴인을 산산조각 낼 것처럼.

순간 괴인의 몸이 미끄러지듯 아래로 떨어져 내렸다. 그리고는 물살을 가르는 연어처럼 부루가 만들어낸 수영 사이를 비집고 들어갔다. 동시에 그의 검이 가볍게 사방으로 휘날렸다.

퍼퍼펑!

괴인의 검이 부루의 수영 사이에서 어지럽게 움직이는 순간, 열여섯 개의 파괴될 것 같지 않던 부루의 수영이 산산조각 나기 시작했다. 열여섯 개의 수영이 거짓말처럼 한순간에 흩어졌다. 동시에 수영들을 없앤 검이 번개처럼 부루의 이마를 향해 떨어져 내렸다.

"네… 놈!"

부루가 괴인의 무공에 당황스런 음성을 흘려내며 재빨리 뒤로 물러났다.

팟!

그 어떤 기운도 내포되어 있지 않은 듯한 괴인의 검이 아슬아슬하게 부루를 스치며 연무관 바닥에 내리꽂혔다.

부루의 가슴 어림과 허벅지 인근에 숨길 수 없는 검상이 드러났다. 비록 깊은 상처는 아니지만 천하에서 가장 강한 자임을 자부했던 부루에게, 그런 부루의 무공을 알고 있는 장내의 고수들에겐 충격적인 장면이 아닐 수 없었다.

투툭!

부루가 재차 오 장여를 물러나 괴인을 응시했다. 어느새 그의 몸을 휘감고 있던 붉은 기운이 구름 걷히듯 걷히고 있었다. 붉은 기운이 사라졌어도 여전히 단단해 보이는 기세를 드러내며 부루가 가는 눈으로 괴인을 노려봤다.

"정체가 뭐냐?"

부루가 차가운 목소리로 물었다.

"설마… 날 몰라보는 거냐?"

괴인이 실망한 듯 되물었다.

"아는 자였던가?"

부루가 고개를 갸웃했다. 그의 기억 속에 괴인처럼 강한 자는 존재하지 않았다. 그 대단한 자신의 사부 마효조차도 괴인만큼 강하지는 않았다.

"이런, 실망이군. 이렇게 쉽게 날 잊다니……. 하긴 자신의 잘못은 빨리 잊고 싶어하는 것이 사람의 본성이긴 하지."

"나와 원한이 있더냐?"

부루가 다시 물었다.

"목숨의 빚이 있지. 물론 그 악연이 나에겐 복을 주었지만 말이야."

알 수 없는 괴인의 말에 부루의 의혹이 점점 깊어졌다. 괴인의 말대로라면 두 사람의 인연은 절대 가볍지 않을 터였다.

"누구냐?"

"부루, 넌 정말 날 몰라보는 거냐?"

괴인이 앞으로 내려뜨려 얼굴을 반쯤 가렸던 머리카락을 쓸어 올렸다. 순간 장내가 화신밀공을 익힌 자들이 들어차 있다는 것을 믿을 수 없을 정도로 차갑게 식어 내렸다.

"너, 넌?"

부루의 얼굴에 놀람과 당혹, 그리고 두려움이 동시에 나타났다.

"야! 너?"

"이놈… 추월이냐?"

"허허, 정말 추월일세?"

원무극과 대일, 그리고 곽풍산도 믿을 수 없다는 듯 화등잔처럼 눈을 크게 뜨고 소리쳤다.

"오냐, 나다. 잘들 있었냐?"

추월이 미소를 지으며 세 친구를 돌아봤다.

"이 망할 놈아! 죽은 거 아니었냐?"

곽풍산이 얼굴 가득 미소를 담은 채 소리쳤다.

"죽긴 죽었지. 하지만 다시 살아났다. 죽은 자들의 무덤 속에서 다시 살아났지."

"이런 제길, 염라대왕이 다시 보내줬다는 말이냐?"

곽풍산이 미소를 지으면서도 송추월의 말이 이해되지 않는다는 듯 되물었다.

"그래, 염라대왕이 다시 보내줬다."

"망할 놈아! 제대로 얘기해 봐!"

이번엔 대일이 소리쳤다. 그러자 송추월이 고개를 저으며 말했다.

"지금은 그보다 먼저 해야 할 일이 있을 것 같은데?"

그의 시선이 부루에게로 향했다. 부루는 여전히 송추월이 살아 있다는 충격에서 헤어나지 못하고 있다가 송추월의 시선을 받자 퍼뜩 정신을 차렸다.

"네가… 살아 있을 줄은 몰랐군."

"나도 내가 다시 널 볼 줄은 몰랐다."

"어떻게 된 일이지?"

"말 그대로야. 난 무덤에서 살아 나왔다."

"후후, 무슨 기연을 만난 모양이군."

"기연이라면 기연이지. 나에겐 기연, 너에겐 악연이 될 게다."

"신마봉 인수로를 파괴한 것도 너겠군."

"그래, 나다."

"살아 있다면 왜 바로 날 찾아오지 않았지?"

"후후, 나도 조심은 해야지. 두 번 죽을 수는 없잖아? 너와 저 노인네를 상대할 수 있을지 자신이 없었거든."

"그럼 이젠 자신있다는 말이냐? 그래서 내 눈앞에 나타난 것이냐?"

"후후후, 겪어서 알잖아? 넌 이제 내 상대가 아니다. 그래도 친구니 목숨은 살려줄 수 있다. 대신 무공을 내놔야 한다. 아니면… 죽을 거야."

송추월이 담담하게 부루의 죽음을 입에 담았다. 그건 어떤 분노에 찬 말보다도 섬뜩해서 부루의 눈이 한순간 흔들렸다. 그러나 부루는 이내 본색을 회복하며 고개를 저었다.

"아니, 넌 날 죽일 수 없다. 난 이미 화마경주가 되었어. 화마경의 무공은 그 누구에게도 패할 수 없다."

"하지만 넌 이미 내 검에 베였다."

송추월이 부루의 가슴과 허벅지에 난 상처를 보며 말했다. 그러자 부루가 피식 실소를 흘렸다.

"이따위 상처… 잠시의 방심이 가져온 경고일 뿐이지. 두 번 다시 같은 실수는 하지 않아."

"실수? 네가 실수를 하는 놈이었나? 그건 실수가 아니라 현실이다. 부루, 넌 날 이길 수 없어. 설혹! 저 노인네라 해도 날 이길 순 없다. 잘 계셨소?"

송추월이 무심한 듯, 아니면 허망한 듯 자신을 바라보고 있는 마효에게 뒤늦게 인사를 건넸다.

"네놈… 살아 있었구나. 처음부터 명줄이 짧은 상은 아니었지."

"흐흐흐, 그러게 말이오. 내가 생각해도 난 명줄이 참 긴 것 같소."

"기연을 만난 게냐?"

"그런 것 같소."

"화신밀공… 화신밀공을 수련한 거냐?"

"어떻게 알았소?"

"네게서 화기만주를 넘어선 화정멸세에 든 자의 기운이 느껴진다. 맞느냐?"

"하하하! 이거 정말 노인네는 다르군. 역시 화마경주야. 맞소. 난 화정멸세를 얻었소. 그런데… 당신들 두 사람은 여전히 화정멸세에 이르지 못한 것 같군."

송추월이 호탕한 웃음을 터뜨렸다. 그러자 부루와 마효의 얼굴이 당혹감으로 물들었다. 자신들이 그토록 이루고자 했던 화정멸세를 이룬 자가 지금 그들 눈앞에 있었다. 그렇다면 화마경주는 누가 되어야 하는가?

"화마경주가 되고 싶으냐?"

마효가 물었다. 그의 물음에는 일종의 기대감이 서려 있었는데, 마치 송추월이 화마경주가 되겠다면 당장에라도 그에게 화마경을 내줄 태세였다.

"물론, 난 화마경주가 될 거요."

송추월이 고개를 끄덕였다. 그러자 마효가 만족스런 웃음을 흘렸다.

"좋다. 그렇다면 난 이 싸움에서 빠지겠다. 나로선 좀 더 강한 놈이 화마경주가 되는 것이 좋으니까."

"사부!"

부루가 노한 시선으로 마효를 쏘아봤다.

"너무 흥분하지 말거라. 알다시피 본래 화마경주는 강한 자의 몫이 아니더냐. 더군다나 지난 세월 넌 화마경주의 후계자로서 모든 것을 누렸다. 그럼에도 불구하고 추월 저 녀석을 능가하지 못했으니 내가 누굴 선택할지는 명확한 것 아니냐? 그나마 내가 너의 적이 되지 않고 이 싸움에서 빠지겠다는 것은 지난날의 정 때문임을 알거라."

그러자 부루가 한줄기 차가운 미소를 지으며 말했다.

"사부, 과연 이 아이들이 사부를 살려둘 것 같소?"

부루의 말에 마효의 표정이 살짝 변했다.

"이 아이들이 날 적대시할 이유가 없지 않느냐?"

"하하하, 왜 이유가 없겠소. 우리가 서로를 죽이게 된 이 일은 모두 사부가 만든 것이고, 추월을 제외한 세 명은 사부 당신과 나에 의해 짐승처럼 살아왔소. 더군다나 이놈들의 마기는 하늘을 찌르오. 그럼에도 사부, 날 죽이고 살 것 같소?"

부루의 말에 마효가 언뜻 답을 하지 못했다. 그러다가 고개를 저으며 말했다.

"아니다. 그건 네가 잘못 생각한 것이다. 비록 나에 의해 고난을 겪기는 했으나 그로 인해 너희는 무림의 그 누구보다 강한 자가 되었다. 무림에 발을 들여놓은 이상 고수가 되는 길에 목숨을 내놓지 않을 자가 누가 있더냐? 내 은덕으로 고수가 되었으니 작은 원한을 갚으려 들 이유가 없지. 더군다나 난 이미 백여 세가 되었으니 너희가 아니더라도 곧 죽을 목숨, 왜 늙은 이 목줄을 끊는 데 힘을 쓰겠느냐? 위험을 감수하면서 말이야. 아니냐?"

마효가 말을 끝내며 송추월을 바라봤다. 그러자 송추월이 무심하게 입을 열었다.

"신경은 어디 있소?"

"그야 당연히 내가 지니고 있지."

"신경을 건네시오. 대신 당신은 천수를 누릴 거요."

"아니아니… 그렇게는 안 되지. 네가 약속을 지킬 거라고 누가 장담할 수 있겠느냐?"

"좀 전에 본인 입으로 말하지 않았소? 우리가 당신을 죽일 이유가 없다고."

"흐흐흐, 그건 내 생각이고. 네 생각은 또 어떻게 다를지 모르니 일단 화마경은 내가 가지고 있겠다."

"좋은 결정이 아니구려."

"무슨 뜻이냐?"

"이런 뜻이오!"

한순간 부루 앞에 서 있던 송추월이 사라졌다. 그와 거의 동시에 마효 앞에 불쑥 송추월이 모습을 드러냈다. 그리곤 불문곡직하고 마효를 향해 일검을 찔러 넣었다.

"놈!"

마효가 재빨리 몸을 회전하며 검을 피해냈다. 그러나 다음 순간 송추월의 검이 중간에서 검로를 바꿔 횡으로 움직였다. 무혼검의 기괴한 초식이 펼쳐진 것이다.

팟!

마효가 허공으로 몸을 띄웠다. 무혼검은 마효로부터 전해진 것. 그가 송추월의 검이 어떻게 움직일지 모를 리 없었다. 그러나 그가 예상하는 것은 송추월의 검로뿐.

팡!

한순간 송추월이 번개처럼 왼손으로 일장을 쳐냈다. 그러자 그의 손에서 일어난 투명한 장력이 바람처럼 마효의 발을 휘감았다.

팟!

마효가 재빨리 허공에서 몸을 틀었지만 발에 걸리는 송추월의 장력을 모두 피해낼 수는 없었다.

"음!"

마효가 신음성을 흘려내면서도 장력에 깃든 힘을 이용해 홀쩍 뒤로 날아가 송추월과 거리를 오 장여로 벌렸다.

"굳이 날 공격할 이유가 없거늘……!"

마효가 다리에 받은 충격에 얼굴을 찌푸리며 노기를 드러냈다.

"후후후. 늙은이, 당신의 속셈을 모를 줄 알고?"

"속셈?"

"당신, 이번에도 스스로 조화성에 갈 생각이었지?"

송추월의 갑작스런 질문에 마효의 얼굴이 굳었다.

"그게 무슨 소리냐? 난 이미 후계자를 정했거늘!"

마효가 노기를 드러내며 말했다.

"그런데 왜 아직 신경이 당신 품에 있지? 그리고 조화싱에 갈 생각이 아니라면 당신은 굳이 신마봉을 떠날 이유가 없었다. 부루에게 신경을 주어 보내면 그뿐!"

송추월의 추궁에 마효가 잠시 침묵을 지키다 단호한 어조로
말했다.

"이놈! 네가 지금 이간계를 쓰는 것이냐? 어쭙잖게!"

"흐흐흐! 이간계? 그딴 걸 쓸 이유가 뭔가? 이미 당신과 부
루는 내 상대가 아닌 것을!"

송추월이 다시금 검을 들어 마효를 겨눴다. 그러자 마효가
신중한 모습으로 두 손을 들어 올려 송추월의 공격에 대비했
다. 그런데 마효의 모습이 이전과는 조금 달랐다. 이전의 마효
는 곧 쓰러져 죽어도 이상할 것 없는 노구의 늙은이였으나 지
금은 다시 수십 년은 젊어진 사람처럼 꼿꼿하게 허리를 펴고
있었다.

"역시… 늙은이가 본신의 힘을 숨기고 있었어!"

송추월이 일갈하며 마효를 향해 검을 찔러 넣었다. 그러자
송추월의 검이 순식간에 팔방을 모두 점하고 마효를 향해 폭
사했다.

"너 따위 애송이에게 당할 나 마효가 아니다!"

마효가 송추월을 향해 일갈하며 마주 손을 휘저었다.

우웅!

마효의 손에서 일어난 태극 문양의 붉은 진기가 회전하기
시작했다. 그 진기 속으로 송추월의 검기가 꽂혀들었다.

카카캉!

송추월과 마효의 진기가 허공에서 강력한 충돌음을 냈다.

송추월이 만들어낸 검기 대부분이 마효의 진기에 막혀 소멸했다. 그러나 그중 두 개가 살아남아 마효의 가슴과 복부를 찔렀다.

"헛!"

마효가 기겁성을 발하며 훌쩍 뒤로 물러났다. 그러나 송추월의 검기를 온전히 피해내지는 못해 한순간에 가슴과 배에 혈선이 그어졌다.

"이놈!"

마효가 노성을 발하며 송추월을 향해 일장을 날렸으나 송추월은 가볍게 장력을 피하며 번개처럼 마효의 목에 검을 찔러넣었다. 그야말로 마효의 마지막을 장식할 만한 회심의 일격. 그런데 그 순간 마효의 목줄을 끊으려는 송추월의 검을 향해 한줄기 빛이 번개처럼 다가왔다.

쾅!

강렬한 격돌음과 함께 송추월의 검이 마효를 벗어나 허공으로 비껴났다.

"사부, 갑시다!"

연이어 부루의 목소리가 들렸다. 송추월이 급히 신형을 돌렸을 때 마효와 부루는 어느새 몸을 날려 연무관 뒤쪽 궁산으로 도주하고 있었다.

第八章
저주의 업보

화마경

"이런 젠장!"

궁산 속으로 사라진 마효와 부루를 보며 곽풍산이 투덜거렸
다.

"쫓지 마, 도주하기로 마음먹었다면 그들을 막을 사람은 없
으니까. 더군다나 뒤를 막는 사람들도 있고."

송추월이 말했다. 신마계의 고수들은 궁산 숲 언저리에서
혹시 있을지도 모르는 추격에 대비해 서성거리고 있었다. 아
마도 도주하면서 마효의 명이 있었던 듯싶었다.

"그렇다고 이대로 보낸단 말이냐?"

"결국 다시 만나게 될 테니까."

"물론 그 늙은이와 부루 녀석이 반드시 되돌아오겠지."

"그런 말이 아니야. 그들을 만날 곳은 따로 있다."

"어디?"

"조화성!"

송추월의 말에 곽풍산은 물론 대일과 원무극도 놀란 표정으로 송추월을 바라봤다.

"조화성에서 그들을 만난다고?"

이번에는 대일이 물었다.

"그래."

"하지만 어떻게? 그곳은 화마경이 있어야 갈 수 있는 곳이 잖아?"

"다른 방법이 있어."

"다른 방법? 무슨……?"

"조화선인의 유물은 오신경만 있는 것이 아니니까."

"추월, 도대체 네게 무슨 일이 있었던 거냐?"

원무극이 호기심 가득한 눈으로 물었다. 지난 세월 송추월이 겪은 일을 알기 전에는 지금 그가 하는 말을 절대 이해할 수 없을 것이란 생각 때문이었다.

"들어가자. 이 장원… 좋네. 잠룡원이라고 했던가? 이름도 괜찮고!"

송추월이 말을 돌렸다.

"흐흐, 맞는 말이야. 그동안 보니까 향 좋은 술도 많은 것 같더라고. 일단 들어가서 잔치를 벌이자. 뭐, 우리 것은 아니지만 주인도 달아났으니까. 더군다나 우린 산적 아니냐?"

곽풍산이 음흉한 웃음을 흘리며 말했다.

*   *   *

차가운 달빛이 동굴 안으로 밀려들어 왔다. 깊은 산속 절벽 중앙에 위치한 동굴은 나는 새도 들어올 수 없을 만큼 높고 험했다. 동굴 안쪽에서는 끊임없이 열기가 새어 나왔는데, 그 열기를 받으며 두 사람이 가부좌를 틀고 앉아 있었다.

부루와 마효, 두 명의 절대마인은 죽은 듯 침묵 속에서 운기를 하고 있었다. 송추월과 싸우면서 둘 모두 적지 않은 내상을 입은 터였다. 더군다나 마효의 경우 가슴과 허벅지에 입은 상처가 무척 깊었다.

달은 보름달이었다. 멀리서 늑대의 울음소리가 들려와 동굴의 분위기를 더욱 음침하게 만들었다. 부루와 마효의 몸에서는 붉은 기운이 넘실거리고 있었다. 화신밀공의 최고 경지를 바라보는 이 두 사람은 무공에 있어서 쌍둥이와 마찬가지였다.

휘르륵!

한순간 부루의 몸을 휘감고 있던 붉은 기운이 급하게 소용돌이치더니 이내 그의 콧속으로 빨려 들어갔다. 그리고 그 순간 부루가 눈을 떴다. 그의 눈에서 흘러나오는 붉은 기운은 정광처럼 맑았다. 물론 붉은 기운을 띠고 있기는 했지만 사기를 느끼기는 어려웠다. 그건 곧 그의 화신밀공이 거의 극성에 이르렀다는 의미나 마찬가지였다.

"전화위복이라더니… 위험 속에서 한 가닥 깨달음을 얻었군. 조화성의 회합까지는 아직 시간이 있으니 그 안에 분명 화정멸세를 이룰 수 있을 거다. 그렇게 되면… 추월, 기다려. 조화성의 진전을 고스란히 얻은 후 천하로 나가는 날 가장 먼저 널 베어주마. 천하가 내 손에 들어오는 기념으로 말이야."

부루가 저주를 덕담 건네듯 담담하게 중얼거렸다. 그리고는 슬쩍 고개를 돌려 여전히 운기에 들어 있는 마효를 바라봤다. 한순간 부루의 입가에서 피식 실소가 흘러나왔다. 부루는 입을 열어 뭔가를 말하려다 이내 고개를 젓고는 자리에서 일어났다.

부루가 천천히 걸음을 걸어 백두의 장엄한 산준령이 바라보이는 동굴 입구로 나섰다.

"생각보다 빨리 돌아왔구나. 다시 화동에서 무공을 수련할 줄은 몰랐군."

부루와 마효가 들어 있는 곳은 대호산 화동이었다. 수십 년 전 그는 이곳에서 다른 네 명의 친구와 무공을 수련했다. 마효가 전수하는 무공들은 소년 산적들을 신비의 세계로 이끌었고, 그들은 그의 무공을 익힘으로써 세상을 자신들의 것으로 변화시킬 수 있을 거란 환상을 갖게 되었다.

그러나 과연 그 환상의 꿈들은 이뤄졌을까? 환상은 환상일 뿐이다. 특히나 부루에겐 그의 무공이 강해질수록 아름다운 환상은 사라지고 핏빛 번들거리는 현실이, 그 피를 먹고사는 욕망이 눈덩이처럼 커져 갔다.

부루가 자신의 몸을 내려다보았다. 이젠 더 이상 자라지 않는 몸, 불혹에 이른 그의 몸이 생경하게 느껴졌다. 다시 예전으로 돌아갈 수 있다면… 그런 생각을 하다 부루가 고개를 저었다.

"그래도 역시 무공을 익힐 거야. 난 나약한 존재니까. 결코 야망의 덫에서 빠져나올 수 없는… 그래서 내 사람들을 모두 잃는다 해도 역시……."

부루가 씁쓸한 표정으로 중얼거렸다. 그리고는 고개를 돌렸다. 여전히 마효는 운기에 들어 있었다. 부루의 입가에 한줄기 차가운 미소가 감돌았다.

"당신은… 우리에게 참 많은 것을 주었지. 무공을, 야망을, 그리고 저주의 고통을. 당신으로 인해 지난 수십 년간 우리의 삶이 결정되어 왔다. 그러나… 이젠 다시 당신이 내 인생을 마음대로 주무르도록 봐줄 수가 없다."

부루가 천천히 마효 곁으로 다가갔다. 가만히 마효 뒤로 돌아가 그의 머리에 손을 얹었다.

마효가 퍼뜩 눈을 떴다. 그리고는 작살 맞은 고기처럼 부르르 몸을 떨었다. 그의 몸에서 흘러나오던 붉은 진기가 한순간에 엷어졌다. 반항도 없이 그렇게 마효는 자신의 모든 무공을 잃었다.

"왜……?"

마효가 분노 대신 의문을 먼저 드러냈다. 부루는 마효로부터 이 장여 뒤쪽으로 물러나 팔짱을 낀 채 마효를 바라보고 있었다.

"더 이상 당신의 의도대로 살아주기 싫어서."

부루가 담담하게 대답했다.

"하지만 왜?"

마효가 다시 물었다. 그는 여전히 부루의 말을 이해하지 못했다. 부루가 왜 갑자기 자신을 공격했는지.

"사부, 조화성에 누가 가야 하오?"

부루가 대답 대신 질문을 던졌다. 순간 마효가 입을 닫았다. 그러자 부루가 다시 입을 열었다.

"추월의 말이 옳아. 당신은 절대 날 조화성에 보낼 생각이 없었어. 오직 당신만이 조화성에 가야 한다고 생각하고 있었던 거지. 그래서 묻고 싶은데, 왜 우릴 제자로 거둔 거요? 아니, 왜 날 마경의 후예로 선택한 거요?"

부루의 질문에 마효가 여전히 침묵으로 대답을 대신했다.

"이해할 수가 없어. 애초부터 당신 자신이 조화성으로 갈 생각이었다면 굳이 일을 이렇게 번거롭게 만들 필요가 없었을 텐데 말이오. 왜 우리가 필요했던 거지? 사부, 말 좀 해주시오. 난 답답한 것은 못 참는 성미 아니오."

부루가 다시 마효에게 다가들며 말했다. 그러자 마효가 천천히 입을 열었다.

"난… 시간이 필요했다."

"무슨 말이오?"

"나의 무공을 본래의 경지로 되돌릴… 아니, 그 이상의 경지에 오를 시간이 필요했다."

"그 말은… 사부는 이곳에서 지난번 조화성 회합에서 입은 내상을 온전히 치료한 것이 아니란 말이구려."

"그렇다. 내가 이곳을 떠날 때 나의 내력은 본래의 칠 할에도 미치지 못했다. 그 정도라면 네 제자가 충분히 내게 도발할 정도의 무공이었지."

"그래서 우릴 불러 그 네 명을 제거하게 한 것이구려."

"너희가 신마봉에 왔을 때도 난 여전히 완전한 내 무공을 회복하지 못하고 있었다. 구 할에 다가서긴 쉬워도 십 할에 이르기는 어려웠지. 다행인 것은 너희가 녀석들을 상대할 수 있을 만큼 성장하는 동안 녀석들이 날 공격하지 않았다는 것이다. 물론 그때 나는 놈들에게 그들 중에서 새로운 화마경주를 뽑을 거란 확신을 심어주었지. 그래서 놈들은 내 몸 상태를 의심하는 대신 서로를 향한 견제에 모든 심력을 쏟아부었던 것이다. 그리고 너희가 왔다."

"오직 그 이유뿐이었습니까?"

"다른 이유도 있지. 좀 더 중요한… 그리고 근본적인 이유."

"뭡니까?"

"화정멸세를 얻는 것."

"그게 우리와 무슨 상관입니까?"

"지난번 조화성 회합이 끝난 후 난 화정멸세가 아니면 결코 조화성을 차지할 수 없다는 것을 깨달았다. 내겐 화정멸세가 꼭 필요했지. 그런데 난 시간이 주어져도 화정멸세를 이룰 자신이 없었다. 그 이유는 내가 평생 익혀온 화신밀공의 수련 중 어딘가에서 문제가 있었다는 걸 뒤늦게 깨달았기 때문이었다. 그러니까… 당시 나의 무공은 어딘가 한 부분이 잘못되어 있었지만 뭐가 잘못된 건지를 알 수 없었던 거지."

마효가 천천히 몸을 일으켰다. 부루는 그런 마효를 제지하지 않았다. 이미 내공을 잃은 그가 할 수 있는 일은 없었다. 마효는 서너 걸음을 옮겨 동굴 밖 푸른 달빛 아래 펼쳐진 백두 자락을 보며 다시 입을 열었다.

"그런데 무공이란 흘러가는 물과 같아서 한 번 지나간 시절을 다시 되돌릴 순 없다. 다시 말해 내 수련 과정 전체를 하나하나 점검하는 것은 거의 불가능했던 것이지. 그래서 너희가 필요했다. 네놈들은… 정말 놀라운 재능을 지니고 있었다. 죽은 네 제자 놈과는 다른 차원의 재질이었지. 시간만 주어진다면… 네놈들이 충분히 화정멸세에 도달할 거라 생각할 만큼!"

"그래서 그게 어쨌다는 말이오?"

부루는 여전히 마효의 의도를 이해하지 못하고 있었다.

"난 네놈들의 수련 과정을 살펴 내가 틀린 부분을 찾아내려 했었던 거다. 내가 과거로 돌아가지 못한다면 내 대신 내 과거를 살아줄 사람이 필요했던 거지."

그제야 부루는 마효의 의도를 깨달았다. 그리고는 탄복의 눈으로 마효를 바라봤다. 자신을 무공 수련의 도구로 이용했다는 사실보다도 마효가 생각해 낸 방법이 너무도 기묘했기 때문이었다.

"사부, 사부는 정말 놀라운 사람이오. 어떻게 그런 생각을……."

"후후, 그런들 무슨 소용이겠느냐? 세상일이란 게 모두 내 뜻대로만 흘러가는 것은 아니니. 난 화정멸세를 얻지 못했지."

"맞소. 사부는 결국 실패했소."

"내 실패의 원인은 오직 하나다."

"이유가 뭡니까?"

"후후후, 몰라서 묻는 거냐? 바로 널 선택한 것이 바로 내 최고의 실수였다. 역시 네가 아니라 추월 놈을 선택해야 했어. 네놈이 추월 놈에게 암수를 쓰려 할 때 그때 널 막았어야 했어. 추월 놈이라면… 날 화정멸세의 경지로 이끌었을 텐데……."

순간 부루의 눈에 분노가 번쩍였다.

"이 지경이 되고도 추월 녀석을 찾고 있소?"

"어찌 아쉽지 않을 수 있겠느냐? 녀석은 화정멸세를 이뤘다. 너도 놈의 무공을 보았지? 흐흐흐, 꿩 대신 닭이라고 했지만 닭은 꿩이 될 수는 없는 법이지."

"사부, 정녕 죽고 싶은 거요?"

"이미 죽은 목숨 아니더냐?"

"그래도 지난 정을 생각해 목숨은 살려두려 했건만……."

"후후후, 네놈에게 그런 아량이 있는 줄 몰랐구나."

마효의 비웃음에 부루가 한동안 마효를 바라보다 갑자기 한줄기 미소를 지으며 말했다.

"사부, 걱정하지 마시오."

갑작스런 부루의 변화에 마효가 의아한 눈으로 부루를 바라봤다.

"무슨 소릴 하고 싶은 거냐?"

"사부의 소원, 이 부루가 꼭 이뤄줄 테니까. 그러니 사부는 편하게 쉬시오, 저승에서!"

"네놈이 과연 추월을 넘어설 수 있다고 생각하느냐?"

"후후후, 내가 왜 굳이 그 녀석을 넘어서야 하오? 아, 물론 결국에 놈은 내 손에 죽을 거요. 하지만 그건 내가 조화성 열어 조화선인의 모든 것을 얻은 이후가 될 거요. 신경은 내 손에 있고 조화성으로 가는 것도 나일 테니 말이오."

"화마경을 네놈에게 줄 거라 생각하느냐?"

순간 부루가 움직였다. 그는 갑자기 마효의 앞에서 사라지더니 바람처럼 옆으로 이동해 벽을 타고 동굴 입구에 내려섰다. 마효가 동굴을 벗어나지 못하게 하려는 의도였다. 일단 동굴 입구를 막아선 부루는 서슴없이 마효를 향해 손을 썼다.

우웅!

부루의 손에서 두 개의 붉은 수영이 만들어졌다. 수영은 지체없이 마효를 향해 닥쳐들었다.

"이놈!"

마효가 재빨리 손을 휘저어 장력을 일으켰지만 이미 그의 공력은 부루에 의해 소실된 지 오래, 그의 손에선 평범한 고수의 장력조차 일어나지 못했다.

퍼퍼퍽!

삼류고수의 힘밖에 남아 있지 않은 마효의 몸을 부루가 만들어낸 두 개의 수영이 거침없이 때려댔다.

"큭!"

부루의 강력한 수공에 격중된 마효가 신음성을 흘려내며 허공으로 날아 동굴 벽에 부딪쳤다.

쿵!

마효의 노구가 맥없이 바닥에 떨어져 내렸다.

"크으으!"

마효가 힘겹게 고개를 들어 부루를 노려봤다.

"사부, 모든 건 사부가 만든 일이오."

"이놈… 이 악독한 놈!"

"하하하, 악독이라… 우리에게 마기를 심은 사람이 누군지 잊었소? 사부의 저주가 우리를 마인으로 만들었단 사실을 잊지 마시오. 그러니 나같이 독한 제자를 두게 된 걸 오히려 사부는 기뻐해야 하는 것 아니오?"

부루가 한줄기 차가운 미소를 흘리며 마효에게로 다가섰다. 그러자 마효가 무릎걸음으로 뒤로 물러났다.

"사부, 사부, 왜 이러시오? 그 나이에도, 이 지경에서도 삶에 대한 욕심이 있는 거요? 이건… 대화마경주로서 너무 비굴한 모습이 아니오? 대범하게 죽음을 받아들이시구려."

부루기 어린애 타이르듯 말했다.

"이놈! 넌 결코 조화성의 힘을 얻을 수 없을 것이다. 그리고 반드시 네 친구들에게 죽임을 당할 것이다. 넌 영원히 추월을 능가할 수 없다. 흐흐흐, 이게 내가 네게 주는 마지막 저주다!"

"늙은이!"

부루의 동공이 붉게 달아오르더니 한순간 그의 손이 다시 마효의 가슴을 때렸다.

팡!

"컥!"

마효가 붉은 피를 토해내며 다시 벽에 부딪쳤다. 그리고는 이제 끊어질 듯한 가는 숨만 내쉬며 더 이상 입을 열지 못했다.

"늙은이, 결국 천하는 내 손에 들어오게 되어 있어. 난 절대 실수할 사람이 아니야. 저승에서라도 잘 보아두라고, 내 손에 조화성이, 천하가 들어오는 모습을! 당신이 죽는 이유는 하나야. 스스로 풀어낸 저주가 당신 자신에게 업보로 돌아온 거라고. 그러니 날 원망하지 말고 자랑스러워해야 할 거야."

부루가 거침없이 마효의 품속으로 손을 넣었다. 그리고는 순식간에 번쩍이는 동경을 꺼내 들었다.

"흐흐흐, 드디어 내 손에 들어왔군."

부루가 득의한 웃음을 흘리며 동경을 들어 올렸다. 푸른 달빛을 받아 동경이 눈부시게 번쩍였다. 그리고 그 안에 새겨진 글씨들이 별처럼 반짝였다.

"하하하! 이제 진정 내가 화마경주다!"

부루의 포효가 화동을 뒤흔들었다.

*　　　　*　　　　*

신단평 천목맹은 깊은 잠에 빠져 있었다. 어느덧 육패의 우두머리로 우뚝 선 강호 패자의 본거지. 그런데 그런 소문에 비해 천목맹은 너무도 조용히 잠들어 있었다.

낮의 활기가 사라진 신단평을 구한산 자락 깊은 곳에서 두 사람이 바라보고 있었다.

"그가 과연 성공할 수 있을까요?"

"스스로 자신했으니 성공하겠지."

"하지만 천목전은 천목맹에서도 경계가 가장 심한 곳이에요. 더군다나 천부가 보관된 곳은 천목전의 가장 깊은 곳이고."

"기다려 보자고. 자칭 투묘신이잖아?"

살짝 별빛에 두 사람의 얼굴이 드러났다. 송추월과 서연이었다. 두 사람이 궁산에서 제법 먼 구한산 천목맹까지 온 이유는 하나였다. 바로 조화선인이 신인 도명으로 활동할 때의 병기, 무림에 천부로 알려진 한 자루 도끼를 훔쳐 내기 위해서였다.

애초에 천부를 훔쳐 내는 일은 송추월 스스로 할 생각이었다. 그런데 투묘신 오봉이 자신이 천부를 훔쳐 내겠다고 자청했다. 이유는 너무 간단했다.

"천하에서 가장 중한 물건이라면 당연히 투묘신의 명예를 걸고 내가 훔쳐야 하오."

자못 비장하기까지 한 투묘신의 고집에 송추월은 천부를 훔쳐 내오는 일을 그에게 맡겼다. 한편으로는 가급적 조용히 천부를 손에 넣고 싶은 생각 때문이기도 했다. 송추월이 천부를 훔쳐 내자면 분명 천목맹 고수들과 격돌이 불가피했다. 그의 무공이 아무리 뛰어나도 쥐도 새도 모르게 천목전에서 천부를 꺼내올 수는 없었다. 그러나 그 일이 투묘신 오봉이라면 가능했다. 적어도 물건을 훔치는 데 있어서 투묘신은 강호제일인 자였다.

투묘신이 천목맹으로 향한 지 두 시진, 밤은 깊어 곧 새벽이 올 시간이었다. 그러나 투묘신 오봉은 여전히 돌아오지 않고 있었다.

"너무 늦는 것 아닐까요?"

서연이 불안한 표정으로 송추월을 바라봤다. 송추월이 고개를 들었다. 어둑한 하늘에 한줄기 서광이 비추는 듯싶었다. 새벽빛이었다.

"들어가 봐야겠군."

오봉이 실패했다면 힘으로라도 천부를 얻어야 했다. 천부만이 오신경이 없어도 조화성에 이를 수 있는 유일한 방법이었다.

"같이 가요."

"여기서 기다려."

송추월이 단호하게 말했다.

"하지만 위험해요."

"날 위험하게 만들 사람은 강호에 없어."

여전히 단호한 송추월의 말에 그를 따라나서려던 서연이 걸음을 멈췄다. 그의 말이 옳다는 것을 서연이 더 잘 알고 있었다. 오히려 자신은 방해가 될 뿐.

"기다릴게요."

"곧 돌아올 거야."

송추월이 가볍게 손을 흔들고 성큼성큼 걸음을 옮기기 시작했다. 그런데 그가 십여 장 정도 전진했을 때 문득 저 멀리 신단평의 끝자락에서 요란한 소음이 일어났다.

삐이익!

한줄기 경고음이 길게 이어졌다. 동시에 마치 기다렸다는 듯이 천목맹이 잠에서 깨어났다. 수천 개의 횃불이 한순간에 타올랐다. 신단평이 순식간에 대낮으로 변했다.

"뭐죠?"

어느새 다가선 서연이 긴장한 목소리로 물었다.

"들킨 것 같군."

"천부는 얻어냈을까요?"

"지금은… 기다려야 할 것 같군."

송추월이 서연을 이끌고 숲의 어둠 속으로 몸을 숨겼다.

삐이익!

경고음이 급격하게 가까워졌다. 그리고 소리보다 빨리 어둠 속에서 한 명의 인영이 질주해 왔다.

"어디 있소?"

어둠을 뚫고 달려온 인영이 급히 걸음을 멈추며 소리쳤다. 투묘신 오봉이었다.

"여기예요."

서연이 어둠 속에서 오봉을 불렀다.

"어서 갑시다. 꾸물거리다간 잡히고 말 거요!"

오봉이 서연과 송추월을 향해 소리쳤다.

"천부는?"

다시 서연이 묻자 오봉이 한 손을 들어 올렸다. 그러자 투박한 한 자루 도끼가 모습을 드러냈다.

"성공했군요."

"내가 바로 투묘신이오."

"대단해요."

"일단 떠납시다."

투묘신이 더 이상 말할 시간이 없다는 듯 앞서서 몸을 날렸다.

"가요."

서연의 재촉에 송추월이 고개를 돌려 추격자들을 보며 말했다.

"내가 시간을 좀 벌지."

"살수는 안 돼요. 나중에라도⋯⋯."

"걱정 마, 나도 천목맹 은패고수니까."

송추월이 미소를 지었다.

"알았어요. 그럼 빨리 와요."

서연이 고개를 끄덕이고는 숲 속으로 몸을 감췄다.

"서랏!"

천목맹 고수들이 비호처럼 산을 타고 올라 도주하는 투묘신과 서연을 향해 소리쳤다. 그런데 그 순간 그들 앞에 한 명의 사내가 나타났다. 긴 머리로 얼굴을 가렸고, 손에는 검은빛이 도는 검을 들고 있었다.

투묘신을 추격했던 천목맹 고수들이 사내의 기이한 기세에 놀라 걸음을 멈췄다.

"한패더냐?"

천목맹 고수 중 한 명이 차갑게 물었다.

'낯이 익다.'

송추월은 말을 던진 사내가 자신의 눈에 익은 자임을 깨달았다.

'금패라고 했던가?'

과거 천목맹 사신부의 신장을 정할 때 부루를 상대로 현무신장의 위를 놓고 대결했던 진주 금와문의 소문주 금패라는 사가 분명했다. 수십 년이 지나도 그를 알아볼 수 있었던 것은 그의 몸에 걸쳐진 화려한 의복 때문이었다. 강호에서 무복이 이렇게 화려한 자는 흔치 않았다.

"놈, 답하지 못할까? 한패라면 죽을 것이고 아니라면 물러나라."

다시 금패의 입에서 노성이 흘러나왔다. 수십 년이 지난 지금 금패는 천목맹의 중추 고수로 성장해 있었다.

"어리석군. 길을 막았으니 한패가 아니겠는가? 물러나라, 물건은 본래의 주인에게 돌아갔으니!"

"풋! 감히 도둑놈들 주제에 천부의 주인을 자처한다는 건가?"

"우린 단지 조용히 물건을 찾아오고 싶었을 뿐이다. 그러니 소란 피우지 말고 돌아가라."

송추월로서는 제법 많은 말을 하고 있었다. 그건 투묘신 오봉과 서연이 충분히 도주할 시간을 벌기 위함이었다.

"하하, 세상이 아무리 변했다고는 해도 감히 도둑놈이 이렇게 뻔뻔할 줄은 몰랐군. 어디 네게 그럴 자격이 있나 보자."

금패가 말이 끝나기도 전에 폭풍처럼 송추월을 향해 달려들었다. 그의 손에 들린 도가 벼락처럼 송추월을 반으로 갈랐다. 금패의 도에는 살기가 감돌았다. 일도에 송추월의 목숨을 노리고 있는 것이다.

송추월의 표정이 살짝 변했다. 설마 처음부터 살수를 쓸 거라고는 생각지 못한 송추월이었다. 그러나 다음 순간 송추월의 입가에 차가운 미소가 지어졌다. 그의 손이 움직였다.

웅!

도기를 만들어낸 금패의 도에서 묵직한 파공음이 일었다. 그런데 금패의 도가 단번에 송추월을 박살 내려는 그 순간 갑자기 송추월의 손이 도기를 뚫고 들어오더니 가볍게 금패의 도를 맨손으로 쳐냈다.

깡!

격렬한 파열음이 사람들의 혼백을 흔들었다. 다음 순간 금패가 번개처럼 뒤로 물러났다. 요동제일의 부자라는 진주 금와문의 막대한 금력으로 구한 귀한 도가 누군가의 손에 이렇게 부질없이 부러져 버릴 것이라고는 상상도 하지 못한 금패였다.

그의 눈에 두려움이 서렸다. 송추월은 더 이상 금패를 향해 달려들지 않았다. 대신 그는 금패가 도저히 반발할 수 없는 눈빛으로 그를 보며 말했다.

"쫓지 마라. 한 번은 몰라도 두 번은 죽음이 대가다!"

송추월의 말에 금패가 부르르 몸을 떨었다. 그는 이 괴인의 말이 결코 허풍이 아니라는 것을 알 수 있었다. 이자가 사실은 이번 격돌에서 자신을 죽이지 않기 위해 무척 많은 인내심을 보였다는 점까지도 금패는 느낄 수 있었다.

금패가 두려움과 호기심이 뒤섞인 눈으로 송추월을 바라봤다. 그러나 송추월은 금패의 호기심에 응할 생각이 전혀 없었다. 한순간 그의 신형이 허깨비 꺼지듯 그 자리에서 사라졌다.

"대수!"

혼이 빠진 듯 서 있는 금패를 곁에 있던 천목맹 고수 하나가 불렀다. 금패가 대답없이 그를 바라봤다.

"추격해야지 않겠습니까?"

"추격? 그를? 이봐, 자넨 목숨이 서너 개쯤 되나?"

금패는 비록 천목맹의 고수였지만 본분은 상인이었다. 상인은 어떤 경우라도 손실이 확실한 장사는 하지 않는 법이다. 더군다나 그 손실이 자신의 목숨이라면 더더욱.

"돌아간다."

금패의 입에서 차가운 명이 떨어졌다.

"흐흐흐, 이게 그 유명한 천부라는 거구려."

투묘신 오봉이 팔뚝만 한 크기의 도끼를 이리저리 살펴보며 중얼거렸다. 더 이상 천목맹 고수들의 추격이 없다는 것을 확인한 일행은 구한산 동쪽 기슭, 신단평의 반대편 지점에서 잠시 휴식을 취하고 있었다.

"흠… 뭐, 별로 대단해 보이지 않는데……."

투묘신 오봉의 말처럼 그의 손에 들린 도끼는 그 명성에 비해 초라한 모습이었다. 작고 투박했으며 어떤 신비로운 기운도 느껴지지 않았다. 단지 하나 특별하다고 할 수 있는 것은 도끼날부터 자루까지가 하나의 쇠로 연결되어 있다는 것. 그러니까 애초에 도끼를 만들 때부터 도끼날과 자루를 한 덩어리의 쇠로 만든 것이었다.

"한번 보슈. 난 이게 천부인지 좀 의문이 드는구려."

천하에서 가장 귀한 물건 중 하나인 천부를 오봉이 스스럼 없이 송추월에게 건넸다. 투묘신 오봉 같은 사람은 물건에 대한 욕심 때문이 아니라 훔치는 그 자체, 스스로는 투도라는 근사한 말로 치장한 훔치는 쾌감 때문에 도둑질을 한다. 그래서 인지 일단 훔쳐 낸 물건은 그에게 더 이상 가치가 없는 듯 보였다. 그것이 아무리 천하의 천부라고 해도.

송추월도 마치 애초부터 그 물건의 주인이 자신이라는 듯 서슴없이 천부를 받아 들었다.

그리고는 천천히 천부를 살피기 시작했다. 송추월은 한동안 천부에서 눈을 떼지 않았다. 그사이 새벽이 찾아와 숲에서 어둠을 몰아냈다.

"천부가 맞소."

송추월이 한동안의 침묵 끝에 입을 열었다.

"정말 천부요?"

오봉이 믿기 힘들다는 듯 물었다.

"그렇소."

"그런데 왜 그렇게 볼품이 없을까?"

"모양이 무슨 소용이에요."

서연이 끼어들었다.

"흐흐, 의녀님의 말씀이 맞기는 맞소. 사람이나 물건이나 모양은 아무짝에도 쓸모가 없는 것이지. 그 진실한 내면이 중요하지. 그런데 그게 진짜 천부라는 걸 어찌 아시오?"

오봉이 송추월에게 물었다. 그러자 송추월이 자신의 검을 빼 들었다. 거무스름한 검신이 모습을 드러냈다.

"같은 쇠요."

"같은 쇠라니, 그게 무슨 말이오?"

"천부는 이 검을 만든 쇠로 만들어졌소. 그러니 이 도끼는
천부가 맞소. 그리고……."

송추월이 말을 흐리며 천부를 조금 높게 들어 올렸다. 그런
자세로 한동안 천부를 바라보던 송추월이 뇌까리듯 말했다.

"선인의 신령함이 여전히 살아 있소, 이 도끼에는……."

*   *   *

백두에 가을이 찾아왔다. 산 준령을 따라 붉은 단풍이 서서
히 산을 점령해 갔다. 아침저녁으로는 차가운 바람도 불었다.

다그닥, 다그닥!

한 대의 마차가 홍엽으로 물들어가는 백두의 산자락에 접어
들었다. 마부석에는 건장한 체구의 사내가 앉아 있었는데, 한
눈에 보아도 역발산기개세의 힘을 가지고 있음을 알 수 있었
다. 곽풍산이었다.

"어! 드디어 돌아온 건가?"

곽풍산이 마차 위에서 눈앞의 붉은 산 준령을 보며 감탄사
를 흘려냈다. 그러자 마차 창문이 열리며 안쪽에서 송추월과
대일이 고개를 내밀었다.

"대호산이군."

대일이 감개무량한 목소리로 말했다. 멀리 불타는 산 준령 위로 우뚝 솟은 산봉우리가 일행의 눈에 들어왔다.

"그래, 대호산이다. 이게 도대체 얼마 만이냐?"

곽풍산이 마부석 위에서 소리쳤다.

"흐흐, 근 이십여 년 만이지?"

대일이 마차 문을 열더니 여전히 움직이고 있는 마차 위를 거미처럼 이동해 곽풍산 옆에 자리를 잡고 앉았다.

"이렇게 봐야 제맛이지."

대일이 숨을 크게 들이쉬며 말했다.

"맞아. 산은 온몸으로 보는 거야. 그나저나 추월!"

"왜?"

마차 안에서 송추월이 대답했다.

"바로 갈 거냐?"

"시간이 없다."

"정말 그들의 회합에 들어갈 수 있어?"

"물론."

"우린 갈 수 없는 거고?"

"당연히!"

"제길. 어쩔 수 없군. 다시 산적 두목 노릇이나 해야지."

곽풍산이 투덜거렸다.

곽풍산의 말에 한줄기 미소를 짓고 있던 송추월의 팔을 서연이 잡았다.

"괜찮을까요?"

"뭐가?"

"그들은… 오신경의 경주들이에요. 단순히 화마경주 하나를 상대하는 일과는 달라요."

"물론 그렇지. 하지만 부루나 혹은 그 늙은이가 반드시 올 테니 아니 갈 수도 없어. 그리고……."

"다른 목적도 있나요?"

"이 기회에 조화성을 깨뜨려 버릴 생각이야."

"네?"

서연이 놀란 표정으로 송추월을 바라봤다.

"이 모든 일이 그놈의 조화성으로 인해 생긴 것이니 조화성을 그냥 놓아둘 수는 없어."

"하지만 그건 조화선인의 유지를 어기는 일이잖아요?"

"내가 군이 조화선인의 유언을 따를 이유는 없지."

"조화성이 사라지면… 천하가 혈난에 빠질 거예요. 무림은 지금까지완 전혀 다른 세상이 될 거예요. 그들이… 오경주가 무림에 나올 테니까요."

"그들이 살아남는다면 그렇겠지. 뭐, 사실 내 입장에선 그들이 무림에 나와 무슨 짓을 해도 별 상관 없고."

"무림이 피에 물들게 돼요."

서연이 걱정스런 표정으로 말했다.

"지금은 아닌가?"

송추월이 서연을 돌아봤다. 그러자 서연이 잠시 당혹스런 표정을 지었다. 그리고는 나직한 목소리로 물었다.

"당신의 말은 그들이 세상에 나오지 않는 지금도 충분히 무림은 피를 흘리고 있다는 거군요?"

"그래. 오경주가 무림에 나오든 그렇지 않든 강호에 혈난이 이어지는 것은 같아. 그런 면에서 보자면 마효 그 늙은이의 말이 정확하지. 애초에 강호가 화마의 세상인 거지. 사람들의 마음속에서 모든 욕심이 한순간에 사라질 수 있을까?"

송추월이 엉뚱한 질문을 던졌다.

"불가능하죠."

"그래, 그건 불가능한 일이야. 그래서… 세상은 같아."

"그래도 최악보다는 차악이 나은 거잖아요?"

"그렇긴 하지만 역시 그것도 판단의 문제지. 오경주가 지배하는 강호가 지금보다 더 나을 수도 있잖아. 적어도 그들은 무림을 지금보다 더 강력하게 통제하게 될 테니까."

"하지만 사람들은 그들 앞에서 숨도 제대로 쉬지 못하겠죠. 그래서 예전부터 강호에 절대 권력이 출현하는 걸 무림인들이 꺼려했던 거예요."

"뭐, 그런 면이 없지는 않지만 그래도 서 매의 예상과는 조금 다를 거야."

"뭐가요?"

"그들이 하나가 아니라 다섯이라는 건 변하지 않으니까. 서로의 경쟁이 무림인들에게 숨통을 틔워줄 거야. 그리고 세월이 흐르다 보면 결국 오경주 이외에도 그들을 상대할 자가 생겨나겠지. 그게 무림이니까."

"결국 조화성을 깨뜨리겠다는 결심은 확고한 거군요."

"그래. 비밀스럽게 세상 뒤에서 이뤄지는 일 따위! 마음에 들지 않거든."

"조화성이 깨지면 당신도 무림에 뛰어들 건가요?"

"그야 두고 봐야지. 그리고… 어쩌면 그곳에서 오경주 모두가 죽을 수도 있어."

"어떻게요? 아무리 당신이라 해도……."

"아! 내 힘으로 하겠다는 건 아냐. 아마… 부루가 도와줄 거야."

"무슨 말을 하는지 모르겠어요. 부루 그 사람이 어떻게 당신을 도와요. 이제 당신 두 사람은 철천지원수인데."

"부루는 야망이 크지. 그래서 반드시 이번에 조화성을 열려고 할 거야. 어떤 무리를 하더라도. 설사 오경주 간의 양패구상이 일어나더라도! 왜냐하면 내가 자신을 쫓고 있음을 알 테니까. 다시 말해 이번 회합에서는 예전처럼 적당한 선에서 오경주가 타협할 수는 없을 거란 말이지. 그중 한 명이 끝장을 내려 한다면 승부가 날 싸움이야. 그러면… 결국은 나에게 기회가 올 거야, 그들 모두를 상대할."

"어부지리군요."

"그렇다고 봐야지."

"그래도 걱정이 돼요."

"걱정 마. 내 목숨 내놓고 대들지는 않을 테니까. 내 생각대로 되지 않는다면 조화성을 깨뜨리는 것으로 만족할 거야. 사실 한편으론 기대가 되기도 해."

"뭐가요?"

"오경주가 만들 세상은 어떤 걸까 하는."

그때 마차 밖에서 곽풍산의 목소리가 들렸다.

"추월, 대호산으로 들어간다. 안에만 있을 거냐?"

곽풍산의 고함 소리에 송추월이 갑자기 생기를 드러냈다.

"나가지."

송추월이 서연을 보며 말했다.

"그래요. 기분 전환을 해야겠어요."

서연이 고개를 끄덕였다.

第九章
오신경의 경주들

화마경

천부가 울기 시작한 것은 대호산을 떠난 지 닷새째 되던 날부터였다.

처음 작은 소음으로 시작한 천부의 울음은 시간이 지나자 마치 어미를 찾는 망아지처럼 구슬프게 들리기 시작했다. 물론 그 흐느낌은 오직 송추월에게만 느껴지는 울음이었다.

송추월이 천부의 진동을 울음으로 이해하는 것은 오로지 그의 감정 때문일지도 몰랐다. 그러나 송추월은 천부가 간헐적으로 부르르 몸을 떠는 것이 수백 년 전 떠나간 주인에 대한 그리움으로 느껴졌다. 그 주인이 남긴 기이한 유물에 가까워짐을 천부는 몸으로 알아채고 있었던 것이다.

"영물은 영물이구나."

송추월이 천부를 눈앞에 들어 올렸다.

천부가 길을 말해주리라.

홍안령 무동에 적혀 있던 조화선인의 말은 틀리지 않았다. 천부는 몸으로 조화성에 이르는 길을 송추월에게 전하고 있었다.

"네가 조화성을 멸할 것이란 그의 예언은 정말 사실일까?"

송추월이 천부가 살아 있는 생물인 양 말을 걸었다. 그러나 천부는 답이 없었다. 대신 천부는 다시 한 번 몸을 구슬피 떠는 것으로 대답을 대신했다.

"네 주인의 유산을 네가 파괴해야 한다는 것이 서글픈 거냐?"

다시 송추월이 말을 걸었다. 천부가 또 몸을 떨었다. 그러자 송추월이 작은 미소를 지었다.

"걱정 마라, 조화성을 멸하는 것은 네가 아니라 그들 자신들일 테니까."

송추월이 가볍게 천부를 휘둘러 보더니 다시 걸음을 옮기기 시작했다.

*　　　*　　　*

백두의 고산준령에 비하자면 크기가 그리 크지 않은 봉우리

하나가 마치 어미 품에 안긴 것처럼 첩첩산중에 들어서 있었다. 그러나 산봉우리는 높아서 그 기운이 신령스럽기 이를 데 없었다. 더군다나 그 정상 쪽은 위태로운 암석으로 이루어져 있어 범인이 접근하기가 불가능해 보였다.

봉우리 정상으로 이어지는 작은 계곡, 짐승이 산을 헤매다 지친 몸을 쉬며 물을 마실 수 있을 만한 공터에 깊은 산중과 어울리지 않은 풍경이 펼쳐져 있었다.

마치 젊은 한량들이 단풍 구경을 나온 것처럼 계곡의 공터에 잘 차려진 술상이 놓여 있었다. 상 위에는 몇 가지 소담한 음식들이 준비되어 있었고, 다섯 개의 술잔과 술이 가득 담긴 작은 항아리 하나가 놓여 있었다.

기이한 것은 깊은 숲 속에 살고 있는 짐승들이 어느새 하나둘 상이 차려진 공터 주변을 어슬렁거리고 있다는 것이었다.

그러나 술상 앞에는 한 명의 초로의 인물이 자리를 잡고 앉아 날짐승들은 감히 술상에 접근하지 못했다. 그러면서도 짐승들의 동공에는 끈적한 욕망이 가득 차 있었다.

산의 짐승들을 한데 끌어모으는 향기는 물론 상 위의 음식들로부터 흘러나오고 있었다. 특히나 항아리에 담긴 술의 주향은 그야말로 그윽하기 이를 데 없어 그 향기만으로도 사람과 동물을 취하게 만드는 힘이 있었다.

"가을이라 좋구나."

상 앞의 초로인이 문득 입을 열더니 참지 못하겠다는 듯 상 위의 잔 하나를 집어 들어 항아리의 술을 떴다. 그리고는 천천히 입으로 가져가 한 모금 술을 입에 담았다.

"좋군. 만화주의 이름에 부족함이 없다. 내가 빚은 술 중 가히 최고의 술이리라. 옥황상제도 이런 술맛은 보지 못했을 걸?"

노인은 스스로가 빚은 술에 만족한 듯 연신 고개를 끄덕였다. 그렇게 노인이 홀로 자기 흥에 겨워 있을 때 문득 다시 한 명의 초로의 노인이 공터에 발을 디뎠다.

순간 술잔을 기울이던 노인이 천천히 잔을 내려놓고 숲 속에서 나타난 노인을 바라봤다.

한 자루 장검을 손에 쥔 자의 몸에선 태산을 휩쓸어 버릴 듯한 가공할 기세가 느껴졌다. 장담하건대 당금 천하에 이런 기세를 지닌 자는 또 없을 터였다.

"패경주시구려."

앞서 자리를 차지하고 앉아 있던 노인이 마치 오래전부터 알고 있던 사람이 왔다는 듯 말했다.

"그대는… 독경주겠군."

검을 든 노인이 오연한 표정으로 물었다.

"그렇소. 내가 독경의 진전을 이은 사람이오. 미방이라 하오."

스스로 독경주를 자처한 사람은 과거 임황의 명문 용천문을 독으로 몰살한 미방, 바로 그였다. 천하에서 가장 요리를 잘하는 인물인 그가 천하에서 가장 독을 잘 다루는 사람이었던 것이다.

"조산이오. 패경의 진전을 이었소."

오연한 자세로 자신을 소개한 자는 과거 산해관 이령문에서 부루의 재질을 탐내 그를 자신의 수하로 거두려 했던 바로 그였다.

"하하하, 반갑소이다. 이리 앉으시구려."

독경주 미방이 패경주 조산에게 자리를 권했다. 그러자 조산이 살짝 인상을 찌푸리며 입을 열었다.

"이게 다 무엇이오?"

"보시는 대로 술상이외다. 내가 사실 강호에선 천하제일숙수로 알려진 사람이오. 오신경의 경주들이 모이는 날 술 한잔 없어서야 안 될 말이기에 내 애써 준비를 했소이다. 앉으시구려."

미방이 재차 권하자 조산이 미심쩍은 표정을 지으며 술상 북쪽에 자리를 잡고 앉았다.

"한잔 드시구려. 보기 드문 미주일 거요."

미방이 이번에는 술을 권했다. 그러나 조산은 선뜻 미방이 권하는 대로 술을 마시지 못했다. 상대는 독경의 주인이었다. 천하에 독경주가 권하는 술과 음식을 의심없이 마시고 먹을 사람은 존재하지 않았다. 그 자신이 아니라면.

"후후, 걱정 마시구려. 설마하니 내가 이 술과 음식에 독을 탔겠소?"

"그야 모르는 일이 아니겠소? 난 스승께 조화성에 들 때는 길에서 누군가 권하는 술과 음식은 절대 먹지 말라는 당부를 들었소이다.”

“하하하, 패경주의 사부께선 제법 조심성이 많으신 분인가 보구려.”

“그럴 수밖에 없지 않겠소? 그동안 독경의 경주들이 행한 일이 범상치 않으니.”

“흠, 아쉽구려. 정말 독이 든 것이 아닌데…….”

미방이 더 이상 권하지 않고 다시 술잔을 들어 시원하게 한 잔 들이켰다. 그러자 미묘한 향이 다시 장내를 휘감았다. 시원한 청량감이 느껴지면서 한편으로는 따뜻한 온기도 느껴지고, 혹은 만 가지 꽃을 모두 모아놓은 듯한 그윽한 향도 감돌았다.

패경주 조산은 그 주향을 견디기 힘든지 가만히 눈을 감았다. 미방이 빚은 술의 마력이란 놀라워서 천하에서 가장 강한 자 중 한 명이랄 수 있는 조산조차도 그 유혹을 견뎌내기가 쉽지 않았던 것이다.

그렇게 시간이 조금 흘렀을 때 문득 다시 장내에 한 명의 노인이 모습을 드러냈다. 새롭게 모습을 드러낸 자의 얼굴은 분명 노인이었는데, 그의 머리는 묵빛처럼 검었다.

조산과 미방의 눈이 자연스레 새롭게 나타난 자에게로 향했다.

“뉘시오?”

미방이 눈을 가늘게 뜨며 물었다. 그러자 사내가 장내의 광경을 한 번 주욱 훑어보더니 이내 인상을 찡그렸다.

“신성한 회합을 앞두고 이게 무슨 짓들이오?”

그 한마디에 미방과 조산이 한줄기 미소를 지었다. 그의 말에서 이미 그의 정체를 알아낸 것이다.

"그런 말을 하는 걸 보니 정경주시구려."

"그렇소. 내가 정경의 진전을 이은 단후요."

"반갑소이다. 난 독경주 미방이라 하고, 이쪽은 패경주이신 조산 노사요. 앉아서 한잔하시구려."

미방의 말에 정경주 단후가 다시 얼굴을 찌푸렸다.

"조사의 신성한 유훈을 따르기 위해 모인 자들이 술을 마시고 있다니, 너무 불경한 것 아니오?"

"아아, 그렇게 까탈스럽게 굴지 마시오. 아직 조화성에 오른 것도 아니고… 또 삼십 년 만의 회합에 모두 처음 보는 얼굴들이니 낯이라도 익혀둘까 해서 마련한 자리외다."

미방의 말에도 정경주 단후는 여전히 마음에 들지 않는 듯 굳은 표정을 풀지 않고 공터의 북서쪽 숲 아래로 이동해 작은 돌 위에 가부좌를 틀고 앉았다.

"휴, 참으로 이상한 일이오."

정경주가 물러나자 미방이 고개를 저으며 말했다. 한 모금의 술이 그의 목으로 흘러들어 간 후였다.

"뭐가 말이오?"

조산이 눈을 가늘게 뜨며 물었다.

"우리 오경의 후예들은 모두 조화선인을 한 뿌리로 두었는데 어떻게 이렇게 다를 수 있는지 말이오. 아무리 오행의 기운으로 갈라졌다고 해도."

"후후후, 조화선인께선 만인의 자질을 한 몸에 지녔던 분이시니 당연한 일이 아니겠소이까?"

"후후, 그렇소이까? 그렇다면 과연 누구라도 그런 조화선인의 진전을 한데 모을 수 있는 사람이 나타나겠소? 우리의 회합은 사실 공연한 일일지도 모르오."

"물론 그럴 수도 있을 거요. 하지만… 조화성을 놓아두고 아니 올 수도 없는 문제 아니겠소?"

"하하, 그건 그렇소만… 이건 수백 년을 조화성이라는 그물에 매여 있는 꼴이니……."

"혹시 아오? 이번 회합에서 그물망이 끊어질지."

"하하하, 패경주께선 단단히 준비를 하신 모양이구려."

"두고 봅시다."

조산이 짧은 대답과 함께 다시 눈을 감았다. 그런 조산을 빙그레 바라보며 미방이 다시 술잔을 기울였다.

그렇게 다시 일각여가 흘렀을 때 갑자기 주향으로 가득 찬 장내에 한줄기 시원한 기운이 흘러들었다. 그 미묘한 공기의 흐름을 장내에 있던 세 사람이 동시에 깨닫고 시선을 돌렸다. 그러자 선풍도골의 모습을 한 사내가 모습을 드러냈다.

"선경주께서 오셨구만!"

장내의 세 경주는 상대의 정체를 단번에 알아챘다. 그만큼 새롭게 장내에 나타난 자의 기운은 인상적인 것이었다.

"형제들을 뵈어 반갑소이다. 해동에서 온 선휼이라 하오."

사내의 인사에 세 명의 경주가 자신들도 모르게 모두 자리에서 일어나 포권을 해 보였다.

"어서 오시오, 선경주! 난 독경주 미방이라 하오."

"난 패경을 이은 조산이오."

"정경의 진전을 이은 단후요."

딱딱하던 단후의 얼굴에도 미소가 서렸다. 그만큼 선경주의 기운은 신비롭고 미묘해서 사람들로 하여금 자신도 모르는 사이에 그를 존중하는 마음이 생기게 만들었다.

"모두들 반겨주시니 고맙구려. 그런데… 아직 한 분이 오지 않으신 것 같구려."

선경주 선휼이 주위를 돌아보며 말하자 미방이 입을 열었다.

"아직 마경주가 오지 않았소이다."

"흠, 마경의 후예들은 언제나 자기 멋대로라……."

패경주 조산이 고개를 저었다.

"그들은 조사의 유명조차도 마음대로 어기는 자들이 아니오?"

정경주 역시 불쾌한 표정으로 입을 열었다. 그런데 그때 공터의 남쪽 숲에서 한줄기 조소 어린 목소리가 들려왔다.

"그럼 이 중에 누가 조사의 유명을 제대로 받들고 있단 말이오?"

갑작스레 들려온 목소리에 네 명의 경주가 시선을 돌렸다. 그들의 눈에 한 사내가 들어왔다.

"마경주요?"

단후가 물었다.

"그렇소. 내가 바로 마경의 주인이오."

사내가 공터로 들어섰다. 부루였다. 부루의 모습을 접한 조산과 미방의 얼굴에 이채가 서렸다. 그들은 비록 수십 년 전의 일이기는 하지만 부루의 얼굴을 기억하고 있었다. 미방은 임황에서, 조산은 이령문에서 부루를 무척 인상 깊게 보아두었던 것이다.

"그대가… 마경의 주인이 되었군."

미방이 먼저 입을 열었다. 그러자 부루가 빙그레 미소를 지으며 대답했다.

"천하제일숙수가 독경의 경주가 되었는데 나라고 신경의 주인이 되지 말란 법은 없지 않소?"

나이로 보자면 부루는 나머지 네 명의 경주에 비해 십여 세에서 많게는 이십여 세까지 차이가 났다. 그러나 오경주들에게 나이는 중요하지 않았다. 그들은 오신경의 경주가 되기 위해 어떤 삶이 필요한지 잘 알고 있기에 부루의 나이가 어리다 하여 그를 무시하지는 않았다.

"마경주를 내 수하로 두려 했으니 나도 참 배포가 큰 사람이었군."

조산도 부루의 정체를 확인하고는 씁쓸한 미소를 지었다.

"당시엔 나 역시 내가 화마경의 경주가 될 줄은 몰랐소."

"하긴 그때는 나도 패경주의 자리에 올라 있지 않았지. 그나저나 모두 모였으니 이제 성으로 올라가 봅시다."

조산이 다른 경주들을 돌아보며 말했다. 그러자 미방이 아쉬운 듯 말했다.

"정말 정성을 다해 준비한 음식인데… 아쉽구려, 모두들 날 그토록 믿지 못하니……."

"하하하, 독경주뿐 아니라 이곳의 누구를 믿겠소. 너무 서운해하지 마시구려. 자, 모두들 올라갑시다."

다시 한 번 패경주 조산이 사람들을 독려했다. 그러자 정경주 단후가 먼저 걸음을 옮겨 산을 오르기 시작했다.

"모두 대단들 하군."

오경의 경주들이 모두 장내를 떠난 공터, 천하제일숙수 미방이 준비한 음식과 술만 덩그러니 상 위에 남아 있었다. 그 상 앞에 한 명의 사내가 모습을 드러냈다. 작은 도끼를 손에 든 송추월이었다.

"그런데 모두들 생각보다 배포가 크지 않군. 이렇게 귀한 음식을 앞에 두고도 독이 두려워 입에 대지 않다니."

송추월이 서슴없이 허리를 숙여 술잔 하나를 들더니 옆에 있는 술항아리로 잔을 가득 채웠다. 그리고는 망설임없이 술잔을 입으로 가져갔다.

"아! 정말 대단하군."

술맛을 본 송추월이 놀라 눈으로 술잔에 든 술을 바라봤다. 그의 입을 통해 배로 들어간 술은 그야말로 감로주라는 말이 정확히 어울릴 그런 술이었다. 신비로운 향뿐 아니라 부드러운 맛은 몸에 전혀 자극을 주지 않았고 그러면서도 사람의 긴장을 풀어내는 술 특유의 맛이 그대로 전해졌다.

"이런 술을 만들 수 있는 사람은 천하에 미방 그 하나뿐일 것이다."

송추월이 술잔에 든 술을 모두 입에 털어 넣고는 상 위에 놓인 요리 중 하나를 집어 입에 가져갔다.

"오직 소금으로만 간을 한 모양이군. 그런데도 어떻게 이런 맛을 낼 수 있지? 이번에도 독을 좀 썼나?"

송추월이 입을 오물거리며 연신 고개를 저었다. 그러나 송추월로서는 미방이 만든 요리의 비밀을 알아낼 길이 없었다.

"만약 오늘 내가 저들을 모두 제압할 수 있다면 미방 그는 꼭 살려둬야겠어. 평생 이런 요리를 먹을 수 있다면 어찌 그를 죽일 수 있겠어."

송추월이 다시 몇 점의 음식을 집어 먹은 뒤 만화주로 입을 가신 후 천천히 걸음을 옮기기 시작했다.

"이제 슬슬 오경주의 싸움을 구경해 볼까?"

송추월의 신형이 한순간에 단풍 가득한 숲으로 사라졌다.

봉우리는 수직으로 깎인 암벽으로 이루어져 있었다. 나는 새만이 그 위에 둥지를 틀 수 있는, 산을 타는 산사람들조차도 오르지 못할 지형이었다.

그런데 그 암석의 봉우리 위로 불쑥불쑥 사람들의 신형이 솟구쳤다.

타탁!

하늘을 향해 솟구친 탑과 같은 암벽 위로 솟구친 사내들이 위태로운 바위 위에 가볍게 내려섰다. 북쪽에서 불어오는 바람이 사내들의 옷을 남쪽으로 날렸다. 바위에 올라선 자들의 풍모는 하나같이 신인과 같아서 누군가 그들의 모습을 보았다면 필경 신선들이 모여 있는 광경을 보고 왔노라고 떠들어댔을 터였다.

"이제 조화성에 오릅시다."

암석 위 봉우리에 오경주들이 모두 올라서자 정경주 단후가 다른 경주들을 보며 말했다.

단후의 말에 오경주들이 품속에서 동경을 하나씩 꺼내 들었다. 다섯 개의 동경이 모습을 드러내자 청명한 가을 하늘을 뚫고 내려온 햇빛이 반사되어 석봉 위에 다섯 개의 태양이 뜬 것 같은 기경을 만들어냈다.

손에 동경을 하나씩 든 오경주들이 한순간 사방으로 신형을 날렸다. 그리고는 봉우리 위쪽에 원을 그리며 하나씩의 석봉을 차지하고 섰다. 가장 북쪽에는 선경주 선휼이, 그 옆 동쪽에는 마경주 부루가, 그리고 남쪽에는 정경주 단후, 남서쪽에는 독경주 미방, 그리고 북서쪽에는 패경주 조산이 지름 이십여 장의 원을 그리며 각자의 신경을 들고 서 있었다.

"시작합시다."

이번에도 정경주 단후가 입을 열었다. 그러자 오경주가 각자의 신경을 기이한 각도로 들더니 자신들 앞 바위에 깊이 박아 넣었다.

우우웅!

다섯 명의 경주가 암석에 동경을 꽂아 넣자 갑자기 석봉이 지진이라도 난 듯 진동을 일으키기 시작했다. 그리고 놀라운 광경이 벌어졌다.

마치 살아 있는 생명처럼 그들 사이의 공간에 아주 오래된 고성이 모습을 드러낸 것이다. 아니, 그들 사이에 나타난 고성은 성의 모양을 하고 있기는 했지만 성이라고 부르기에는 어울리지 않았다. 그저 아주 큰 석탑이라고 하는 것이 맞을지도 몰랐다. 그러나 그 모양 자체가 다섯 방향에 석문을 지닌 성의 모양을 하고 있었기에 또한 성이 아니라고 말하기도 어려웠다.

"이게 조화성이로군!"

조화성이 모습을 드러내자 오경주들은 저마다 경탄의 시선으로 바라봤다. 이 중 조화성을 실제로 본 사람은 한 사람도 없었다. 공교롭게도 지난번 조화성의 회합에 참석했던 오경주 중 이번 회합에 나온 사람이 아무도 없었기 때문이다.

오경주 모두에게 처음 모습을 드러낸 조화성은 그래서 더욱 신비했다. 어찌 보면 다섯 가지의 빛을 흘려내고 있는 것 같기도 하면서, 그 빛들이 하나로 섞여들면서 더욱 신비하게 보이는 조화성이었다.

"후후후, 이제 성을 드러냈으니 성주를 결정해야 할 때구려."

한쪽에서 패경주 조산이 강렬한 안광을 흘려내면서 말했다. 그의 손에는 이미 한 자루 검이 들려 있었는데, 검이라고 말하기엔 도에 가까운 두터운 검신을 자랑하고 있었다.

"패경주께선 역시 성정이 참 급하시구려."

남쪽의 정경주 단후도 검을 뽑아 들며 중얼거렸다.

"이 싸움은 아마도 수일간 계속될 터인데 굳이 서둘 필요가 있겠소?"

독경주 미방이 말은 그렇게 했지만 그의 손은 어느새 녹수로 변해 있었고, 더불어 그의 손이 닿은 암석은 푸른 연기를 내며 삭아들었다.

"시작이 빨라야 끝도 빠른 법이 아니겠소."

동쪽에 자리 잡은 부루도 영활한 눈빛을 흘리며 말했다. 오직 북쪽의 선경주만이 아무런 말도 하지 않은 채 침묵을 지키고 있을 뿐이었다.

"선경주께선 다른 가르침이 계시오?"

선경주 선휼이 침묵을 지키자 남쪽의 정경주 단후가 은근한 목소리로 물었다. 그러자 선경주가 천천히 입을 열었다.

"우리 오경의 후예들이 조화성을 놓고 다툰 지 이미 수백 년이오. 그럼에도 그간 누구 하나 오경을 하나로 모아 조화성을 열지 못했소."

"그야 우리 모두 아는 일 아니오?"

조산이 별 싱거운 소리를 다 한다는 듯 선휼을 보며 말했다.

"그렇다면 과연 이번엔 오경의 주인을 정할 수 있겠소이까?

이 중 자신있는 분이 계시오?"

선휼이 조산을 시작으로 오경주들을 돌아보며 물었다. 그의
질문에 누구도 답을 하지 않았다. 그러다 문득 미방이 입을 열
었다.

"물론 우리 중 어느 누구도 오경을 모을 수 있을 거라 자신
할 수는 없을 거요. 하지만 그렇다고 승부를 가리지 않을 수도
없는 일 아니겠소? 이것이 우리의 숙명이니 말이오."

미방의 말에 선휼이 고개를 저었다.

"나 또한 하늘이 내린 운명이란 걸 믿지 않는 것은 아니오.
하지만 조화성을 둔 우리의 싸움은 하늘이 정해준 운명이 아
니오. 우리 의지로 바꿀 수도 있는 사람의 일인 것이오."

"선경주께선 다른 방도를 모색하자는 말이시구려."

부루가 눈빛을 빛내며 말했다. 그러자 선경주가 고개를 끄
덕였다.

"그렇소이다. 싸움만이 조화성을 열 유일할 방법은 아니지
않소이까?"

"그렇지요. 사실 그간 우리의 선조들이 이곳에서 모여 삼십
년마다 싸움을 벌인 것은 현명치 못한 일이라고 할 수 있소이
다."

부루가 연신 선경주의 말에 맞장구를 쳤다.

"두 분은 우리가 서로 대화를 통해 조화성을 열 수 있을 거
라 생각하시는 거구려?"

정경주 단후가 물었다.

"그렇소이다. 싸우지 않고 수백 년 쟁투를 끝낼 수 있으면 그것만큼 좋은 일이 어디 있겠소. 그리고 사실… 싸움으로는 이 쟁투를 결코 끝낼 수 없다는 걸 모두들 알고 계시지 않소이까?"

선휼이 다른 경주들을 돌아보며 말했다.

"그러나… 과연 우리가 서로를 믿고 자신이 가지고 있는 신경을 순순히 내놓을 수 있겠소? 또한 누가 신경을 모아 조화성을 여는 일을 주도한단 말이오?"

패경주 조산이 어려운 일이라는 듯 고개를 저었다. 그러자 부루가 얼른 입을 열었다.

"선경주께서 이 일을 주도하신다면 나 부루는 이 일에 동의하겠소."

부루가 얼른 선경주를 앞세웠다. 그의 눈빛은 영활히 움직였다. 다른 경주들은 모두 각자의 마음속에 세속의 욕망이 가득 차 있었으나 선경주만큼은 조금 다른 사람이란 걸 부루는 알고 있었다. 부루의 말에 정경주 단후도 고개를 끄덕였다.

"나 역시 선경주시라면 믿겠소."

"나 미방도 선경주께라면 독경을 내어드리겠소."

미방까지 동의하고 나서자 조산은 마뜩찮은 표정을 지으면서도 다른 경주들의 의견을 따를 수밖에 없었다.

"좋소. 다들 그렇다면 나도 이 일에 동의하오."

"허허허, 이것 참 허무하구려."

미방이 갑자기 헛웃음을 터뜨렸다.

"무엇이 말이오?"

조산이 의아한 얼굴로 물었다.

"이렇게 몇 마디 말로 해결될 일을 우리 선조들은 지난 수백 년간 산속에 틀어박혀 서로 싸울 일에 몰두하고 있었으니 말이오. 생각 한 번 돌리면 이렇게 간단한 일을……."

"후후, 듣고 보니 그렇구려. 그럼 미루지 말고 바로 시작합시다. 선경주, 시작하시구려."

조산이 이번에는 오히려 선경주를 재촉했다. 그러자 선휼이 고개를 끄덕였다.

"좋소이다. 모든 분들이 내 뜻을 이해해 주시어 고맙소이다. 조화성에 무엇이 있든 그건 우리 다섯 경주가 모두 공유하게 될 것이오."

"물론 그야 당연한 일이오. 자, 그럼!"

단후가 손을 들어 선경주를 재촉했다. 선경주가 자신의 앞쪽 바위에 박혀 있던 동경을 불쑥 빼 들었다. 그러자 그가 서 있던 성벽이 가볍게 흔들리기 시작했다. 환각과 실제 사이를 오가는 성의 모습은 기이하기 이를 데 없었다.

팟!

신경을 빼 든 선경주가 훌쩍 신형을 날려 성의 중앙 첨탑처럼 생긴 부분으로 날아갔다. 그리고는 위태롭게 탑 위에 올라섰다.

"자, 신경들을 주시구려."

탑 위에 선 선경주가 경주들을 보며 말했다. 그러나 경주들 중 누구도 쉽사리 자신의 신경을 선경주에게 건네지 못했다. 수백 년을 이어온 신물을 타인의 손에 맡긴다는 것이 끝내 불안한 모양이었다.

"허허, 이 지경에 무슨 속셈들이오."

조산이 망설이는 경주들을 책망하며 자신의 패경을 선경주 선휼에게 던졌다. 그러자 선휼이 가볍게 패경을 받아 들고 조산에게 고개를 숙여 보였다.

"이 선휼을 믿어주니 감사드리오."

"자, 서두릅시다."

자신의 신경을 먼저 건넨 조산이 초조한 빛을 애써 감추며 다른 경주들을 재촉했다. 그러자 단후와 미방이 거의 동시에 신경을 선경주 선휼에게 던졌다. 선휼은 가벼운 손짓 한 번으로 두 개의 신경을 자신의 품으로 끌어들였다. 그러자 그의 몸에서 오색찬란한 빛이 번져 나오기 시작했다. 오신경이 만들어내는 빛의 향연이었다.

"마경주, 서두르시오."

정경주 단후가 자못 위압적인 목소리로 부루를 재촉했다. 그러자 부루가 고개를 끄덕이고는 화마경을 선경주 선휼에게 던졌다. 화마경은 마치 불의 꼬리가 달린 듯 적색 기운을 흘려내며 선경주의 품으로 들어갔다.

파파팟!

부루의 화마경까지 선경주의 품에 들어가자 오경이 한순간 하늘을 향해 다섯 개 빛의 기둥을 만들어냈다. 그리고 그 안에서 선휼이 황홀한 시선으로 조화성을 내려다보고 있었다.

"문을 여시오!"

패경주 조산이 다급한 목소리로 소리쳤다. 그러자 선경주가 이내 정신을 차리고는 재빨리 다섯 개의 신경을 하나로 합쳤다.

쩌저정!

갑자기 쇠의 충돌음이 일어나더니 다섯 색 기둥을 만들었던 빛들이 한순간에 투명한 하나의 빛으로 섞여들었다. 그 빛은 너무도 눈부셔서 그 안에 서 있는 선경주 선휼의 몸이 일순간 보이지 않을 정도였다.

그그긍!

뒤이어 지진이라도 난 듯한 소음이 일어났다. 오경주가 서 있는 성체가 크게 흔들리기 시작했다. 오경주의 얼굴에 기대와 두려움이 동시에 드러났다. 그들은 눈부신 빛 속에 서 있는, 보통 사람이라면 이미 시력을 잃어 그 형체를 놓쳤을 선경주 선휼의 움직임에 온 신경을 집중하고 있었다.

쿠쿠쿵!

그러던 한순간, 갑자기 선경주 선휼의 발아래에서 무엇인가 무너지는 듯한 소리가 들리더니 그의 몸이 탑 아래로, 아니, 탑과 함께 조화성 안으로 꺼지듯 빨려 들어갔다.

"이런 제길!"

조산의 입에서 욕설이 흘러나왔다. 걱정했던 일이 벌어진 것이다. 선경주 홀로 조화성 안으로 사라진다면 그가 조화성의 모든 것을 얻을 터였다.

"혼자는 안 돼!"

조산의 신형이 어느새 화려한 빛 속으로 뛰어들고 있었다. 뒤이어 단후와 미방, 그리고 마지막으로 부루까지 오신경이 만들어낸 빛의 기둥 속으로 뛰어들었다.

쿠르릉!

천지가 무너지는 듯한 굉음이 백두의 준령들을 뒤흔들었다. 아마도 사가들은 그날 백두에 작은 지진이 일어났다고 기록할 터였다.

"대단하구나."

송추월은 거대한 전나무에 올라 빛으로 둘러싸인, 그리고 서서히 허물어져 내리는 조화성을 지켜보고 있었다. 오경주의 모습은 보이지 않았다. 무너진 성의 잔재들이 봉우리 밖으로 굴러 내려갔다. 어쩌면 성안에 또 다른 성이 존재할 수도, 혹은 불나방처럼 뛰어든 오경주들이 성과 함께 함몰되었을 수도 있었다.

빛은 단단한 껍질을 깨고 튀어나오듯 무너지는 조화성을 뚫고 사방으로 퍼져 나갔다.

"사람이 만든 것이 맞을까?"

오신경과 조화성이 만들어내는 기경에 송추월이 자신도 모르게 탄식을 흘려냈다. 스스로 조화선인과 어느 정도는 가까워졌다고 생각하던 그의 판단은 조화성이 만들어내는 광경에 한순간에 무너져 내렸다. 조화선인, 신인 도명은 그의 별호 그대로 신인이었던 것이다.

쿠르릉!

마치 거대한 산봉우리가 그 자체로 한 마리의 괴수인 듯 몸을 들썩거리면서 마지막 굉음을 만들어냈다. 그리고는 잠시 후 거짓말처럼 조화성이라는 괴물이 잠들었다.

"어찌 된 걸까?"

송추월은 환상 같은 성이 사라지고 거대한 돌무덤으로 변한 조화성을 보며 중얼거렸다. 그 안쪽으로 사라진 오경주에게선 어떤 움직임도 보이지 않았다. 성 아래쪽에 공간이 있는 것은 확실해 보였다. 오경주들의 무공을 생각하면 그들이 무너지는 성 아래에 그대로 깔려 죽을 것이라고는 생각하기 어려웠다. 그런데 아무도 탈출하지 않았다는 것은 그 안에 다른 공간이 있다는 의미였다.

"조화선인이 조화성을 만든 것은 자신의 무덤이기 이전에 오경주들이 강호에 나가는 것을 막기 위해서였다. 그러니 조화성 안에 특별한 무엇인가가 있을 리 없다. 그렇다면 대체 그들은 뭘 하고 있는 것일까?"

송추월이 의혹 어린 시선으로 무너진 조화성의 잔재들을 자세히 살폈다. 그러나 역시 그 아래쪽에선 어떤 움직임도 보이지 않았다.

"가봐야겠군."

더 이상 기다리는 것이 무의미하다고 생각한 송추월이 신형을 날리려는 순간 갑자기 잠들어 있던 조화성이 다시 소리를 내기 시작했다.

그그궁!

또다시 굉음이 일어났다. 동시에 정말로 지진이 난 것처럼 조화성의 잔재들이 무덤처럼 쌓여 있던 자리가 반으로 갈라지기 시작했다.

조화성으로 몸을 날리려던 송추월이 급히 뒤로 물러나 다시금 나뭇가지 속으로 몸을 숨겼다.

구구궁!

땅을 가르는 소음은 점점 더 커져 갔다. 그리고 급기야 조화성이 있던 자리에 넓이가 대략 삼 장에 이르는 거대한 균열이 생겼다. 그 안쪽으로는 검은 계곡이 만들어져 스산한 바람이 균열을 뚫고 올라왔다. 그리고 지저에서 흘러나오는 바람 속에서 아련히 병장기 부딪치는 소리가 들려왔다.

"설마… 그 안에서 싸우고들 있는 건가?"

송추월의 눈빛이 반짝였다. 그리고 그 순간 갑자기 갈라진 땅의 균열 속에서 한 명의 인영이 튕겨지듯 솟구쳐 올랐다.

그때 그의 발아래로 강력한 진기 덩어리가 쫓아 올라왔는데, 땅 위로 솟구친 자가 번개처럼 검을 휘둘러 자신의 하체를 노리는 진기 덩어리를 때려댔다.

콰릉!

벼락 치는 소리가 장내를 뒤흔들었다. 사내가 십여 장을 뒤로 물러나 비틀거리며 몸을 바로 세웠다. 그리고 사내의 뒤를 이어 순식간에 네 명의 그림자가 땅 위로 모습을 드러냈다. 오경주들이었다.

"모두들 몰골이 말이 아니군."

송추월이 중얼거렸다. 송추월의 말처럼 땅속에서 솟아오른 오경주의 상태는 결코 만만치가 않았다. 저마다 파리한 안색에 몸을 가리고 있는 옷가지들은 갈래갈래 찢어져 있었다. 그들이 천하에서 가장 강한 오 인이란 사실이 무색한 차림이었다.

"후욱후욱! 단가 이놈! 정경주란 자가 기습을 해?"

가장 앞서 땅속의 균열을 벗어난 자는 패경주 조산이었다. 그가 뒤이어 땅 위로 올라온 네 명의 경주 중 정경주 단후를 노려보며 이를 갈았다.

"천하를 위해 악인을 제거하는 데 방법이 무슨 상관이더냐?"

단후가 역시 파리한 안색을 한 채 대답했다.

"호호호, 천하를 위해? 너희 토정경의 후예 놈들은 언제나 그따위 궤변으로 자신들의 비열함을 변명하지. 하지만 네놈들도 결국 천하에 욕심을 내고 있는 야심가들일 뿐이야. 그따위 변명은 그만 집어치워!"

"물론 나도 천하를 얻으려 한다. 그러나 그 이유는 너와는 달라. 너희는 군림하기 위해 천하를 원하지만 난 무림의 정의를 위해 천하를 원하는 것이다."

"하하하! 정말 지겹군. 너희는 위선 덩어리일 뿐이야. 오늘 네놈의 그 위선을 철저하게 깨뜨려 주겠다."

조산의 말에 단후가 검을 들어 올렸다.

"마다치 않겠다!"

두 사람이 서로를 향해 달려들었다 싶은 순간 어느새 서로를 지나쳐 자리를 바꾼 채 다시 멈춰 서 있었다. 어떤 충돌음도 일어나지 않았지만 두 사람의 얼굴빛은 조금 전보다 훨씬 창백해져 있었다.

"천외천이라더니……."

송추월이 두 사람의 움직임에 놀라 나직한 감탄사를 흘렸다. 그의 눈은 두 사람이 바람처럼 스쳐 지나며 교환한 다섯 초식의 격돌을 놓치지 않았던 것이다.

"잠시… 잠시 기다리시오!"

두 사람이 호흡을 가눈 후 다시 격돌하려는 순간 선경주 선휼이 손을 들어 두 사람을 제지했다. 그러자 조산과 단후가 서로를 경계하며 선휼에게 시선을 돌렸다.

두 사람이 싸움을 중지하자 선휼이 다시 입을 열었다.

"지금 우리가 싸워야 하는 이유가 뭐요?"

선휼이 물었다. 그러자 조산이 입을 열었다.

"이 망할 놈의 조화성은 빈 껍데기였소. 그 안에는 어떤 것도 들어 있지 않았소. 이건… 그 빌어먹을 선인이 남긴 말처럼 우리 오경주가 강호에 나가 혈겁을 일으키는 것을 막기 위한 덫이었을 뿐이오. 이제라도 그 조화성이 덫이었음을 알았으니 서로 각자의 야망을 실현해야 하지 않겠소? 우리가 싸워야 하는 이유는 명백하오. 난 천하를 원하고 있소. 이 중 누구라도 천하를 원하지 않는 사람이 있소?"

조산의 물음에 나머지 다른 경주는 대답하지 않았다. 선경주를 제외한 나머지 사람들 눈에는 그동안 잠들었던 야망의 불꽃이 거침없이 쏟아져 나오고 있었다.

"우리가… 경쟁을 한다면 천하가 피에 잠길 거요."

선휼이 무거운 목소리로 말했다.

"인간의 역사에서 피가 없었던 때는 없었소."

조산이 단호하게 말했다.

"피를 흘리는 것은 천하만이 아닐 거요. 우리 자신도 결국 이 싸움으로 피를 흘리게 될 거요."

"후후, 그리고 결국 살아남는 사람이 천하를 갖겠지. 그게 무림 아니오?"

조산이 한결 담담해진 말투로 말했다. 그러자 선휼이 간절함이 묻어나는 목소리로 말했다.

"조화선인께서 남기신 당부대로 각자 오행지처에 거하며 세속을 벗어나 고결한 도를 추구하는 것은 어떻겠소? 그것이 천하를 손에 쥐는 일보다 더 가치있는 일이 아니겠소?"

"하하하, 선경주께선 역시 조화선인의 정맥을 이은 분답소. 듣기로 오경 중 선경이 선인께서 가장 나중에 남긴 신경이라더니, 선경주께선 선인의 발자취를 따르려 하시는구려. 그러나 우린 다르오. 내가 가진 패경이든 독경이든 정경이

든… 마경은 더욱더! 세상을 떠나면 존재할 가치가 없는 신경들이오. 그러니 선경주께선 천하에 관심이 없다면 지금 이곳을 떠나시구려. 우린 천하를 놓고 한판 싸움을 피할 수 없을 것 같소."

조산의 말에 선경주가 낮은 탄식을 흘렸다. 그러자 정경주 단후가 급히 입을 열었다.

"선경주께선 떠나시면 안 되오. 이들 삼 인의 손에 강호가 들어갔을 때를 생각해 보셨소? 선경주께서 강호의 패업에 초탈한 것을 모르지 않지만 이대로 조화성을 떠난다면 결국 천하는 이들 삼 인의 수중에 들어갈 것이오. 그리되면 피가 강을 이룰 것인데 선경주께선 진정 피의 강 위에서 선의 세계에 드실 수 있겠소이까? 우리 모두 한 뿌리에서 나온 사람들이오. 오경의 업은 우리 모두의 것이오. 천하가 피로 잠기는 것을 막을 의무는 선경주에게도 있소이다."

단후가 단호한 말투로 말하자 미방이 비웃듯 중얼거렸다.

"흥, 정말 오만하군. 정경주, 그대가 천하를 손에 넣는다고 피가 흐르지 않을까? 오히려 마인을 척살한다는 명목 아래 더 많은 피를 흘릴 것이다. 어차피 강호에 피가 마를 일은 없지. 선경주께선 고고한 삶을 포기하지 마시구려. 이 속세의 삶은 우리 네 사람에게 맡겨두시구려."

미방의 비웃음에 정경주 단후가 다시 급하게 입을 열었다.

"선경주께서도 역대 정경과 선경의 경주들께서 힘을 합쳐 이들 마독패 삼경의 경주들을 상대해 왔다는 것을 잘 알 것이오. 나 홀로는 이들 삼 인을 제어할 수 없소. 조화선인께서도 오행이 균형을 이뤄야 천하가 평안하다고 하셨소. 선경주께서 빠지신다면 결국 오행의 균형은 깨지고 무림천하는 파탄을 맞을 것이오."

단후의 간청에 선휼이 아미를 좁혔다. 그리고는 허공을 보며 허탈하게 입을 열었다.

"휴, 알겠소이다. 내가 어찌 오행의 균형이 깨져 천하가 피에 물드는 것을 두고 볼 수 있겠소. 선도를 익혔다고는 해도 나 또한 인간이니 사람의 몫은 해야 할 것. 세 경주께서 이대로 물러나시지 않는다면 이 선휼은 부득불 정경주와 함께 세 분을 상대할 수밖에 없소이다."

선휼의 말이 끝나자 다섯 사람의 위치가 자연스럽게 변하기 시작했다. 부루와 조산, 그리고 미방이 거리를 좁히며 한곳으로 이동했고 선휼과 단후가 그 맞은편으로 모였다.

"후후, 결국 오늘 이곳에서 천하의 주인이 정해지겠군."

조산이 기꺼운 표정으로 말했다.

"우리 모두가 죽을 수도 있소."

선휼이 말했다.

"만약 그렇다면 그 또한 운명! 자, 어디 천명이 누구에게 있는지 확인해 봅시다!"

조산이 검을 들어 올렸다. 그러자 부루와 미방 역시 서서히 진기를 끌어올렸다.

선휼과 단후는 각기 검을 들어 세 사람의 경주가 일으키는 가공할 기세에 맞서기 시작했다. 다시금 무너진 조화성 위에 오색의 광채가 솟구치기 시작했다.

송추월은 전나무 숲에 몸을 가린 채 그 황홀한 싸움을 깊은 눈으로 응시하고 있었다.

第十章
천명

화마경

쿠쿠쿵!

산이 울었다. 땅이 흔들리고 땅속 깊이 뿌리를 박고 있는 전나무를 통해 산의 울음이 전해졌다. 송추월은 경이의 눈으로 오경주들의 격돌을 바라보고 있었다. 그 자신이 싸움에 뛰어든 것도 아닌데 천부를 든 손이 땀에 흥건히 젖었다. 그리고 한 가닥 호승심이 일었다.

'한판 어우러지고 싶다!'

강렬한 충동이 송추월의 뱃속에서 꿈틀거렸다. 그러나 차가운 이성이 끓어오르는 호승심을 억눌렀다. 그가 싸움에 관여할 시간은 아직 다가오지 않았다. 송추월은 오늘 조화성과 그 유산을 모조리 거둬들일 생각이었다. 그러자면 지금은 끓어오르는 투기를 잠재울 시간이었다.

　그렇게 송추월이 가슴 깊은 곳에서 일어나는 투기를 억누르
며 오경주들의 결투를 지켜보는 사이 시간이 흘렀다. 신인들
이 싸우는 와중에도 자연의 법칙은 언제나 한결같아 낮이 지
나고 밤이 오고, 다시 밤이 지나고 밝은 낮이 찾아왔다. 송추월
은 전나무 위에 올라 신인들의 싸움을 보며 한편으로는 시간
의 흐름을 온몸으로 올올히 느끼고 있었다.

　송추월의 인생에서 그때만큼 자연의 거대한 섭리를 몸으로
경험한 시간은 없었다. 사람이되 사람이길 거부하는 이들조차
도 무상하게 변해가는 시간 속에서는 그저 거대한 공간에 찍
힌 한 점에 지나지 않았다. 그래서 송추월은 오경주의 싸움이
하루 반나절을 지나는 순간부터는 더 이상 그들의 싸움이 경
이롭게 느껴지지 않았다. 그들은 그저 조금 뛰어난 인간이었
을 뿐 끝없는 시간의 흐름 속에서는 여름 한철 살고 스러지는
한 포기의 풀과 다를 바 없는 존재였던 것이다.

　그렇게 송추월의 눈은 새롭게 세상을 응시하고 있었다. 오
경주의 싸움은 더 이상 그를 어제처럼 강렬하게 끌어당기지
못했다. 뱃속에서 끓어오르던 투기 역시 어느새 호수처럼 잠
잠해져 그의 눈만이 그저 냉정한 시선으로 오경주의 싸움을
관찰하고 있을 뿐이었다.

　"모두들… 극에 다다른 것은 아니다."

　어느 순간 송추월이 중얼거렸다. 그의 눈에 비친 오경주의
무공은 물론 강호무림에서 짝을 찾을 수 없을 만큼 대단한 것

이었지만, 적어도 그가 어렴풋이나마 알고 있는 경지, 그러니까 화정멸세를 넘어선 완성되지 않은 제오결의 경지와 거리가 멀었다.

"저들 중 누구도 날 꺾을 수 없다."

호승심이 아닌 냉정한 이성으로 송추월이 오경주의 무공을 결론 내렸다. 그러자 시간의 광대한 흐름 속에서 한 명의 인간으로 느껴졌던 오경주들의 존재감이 더더욱 미미해졌다.

그러나 그건 오로지 송추월만이 느낄 수 있는 감정이었다. 사실 오경주의 싸움은 시간이 흐를수록 더욱 강렬해지고 있었다. 그들은 이제 자신들이 가진 모든 것을 토해내고 있었는데, 그들의 손에서 이뤄지는 한 초식, 한 초식은 천신의 그것처럼 강렬해서 조화성이 있던 봉우리를 수장 가까이 깎아 내릴 정도였다.

그렇게 다시 두 번째 날이 저물 무렵 드디어 싸움의 추가 한쪽으로 기울어지기 시작했다. 비록 선경주 선휼이 다른 경주들에 비해 좀 더 신비로운 무공을 드러내 싸움의 균형을 맞추고 있었지만 그래도 세 명의 경주를 두 명의 경주가 당할 수는 없었다.

두 번째 날 해가 서산에 걸릴 무렵 급격하게 싸움의 추가 부루와 패경주 조산, 그리고 독경주 미방 쪽으로 기울어지기 시작했다. 미방이 흘려내는 가공할 독무가 선휼과 단후의 움직임을 방해했고, 그 빈틈을 부루와 조산이 여지없이 파고들었다.

그리하여 어느 순간부터 선휼과 단후는 상대를 향한 공격보다는 자신들의 몸을 지키는 데 집중하고 있었다.

"후후후, 거의 끝나가는 것 같소. 좀 더 힘을 냅시다."

십여 장에 이르는 도기를 뿜어내며 광풍처럼 장내를 누비던 조산이 승기를 잡자 부루와 미방을 독려하기 시작했다. 그때부터 미방은 독무가 아닌 독장을 때려내기 시작했다. 미방의 독장은 그야말로 극악해서 그의 독장이 스치고 지나간 모든 물체가 검게 타들어갔다.

그런데 기이하게도 싸움의 승기가 부루 쪽 삼 인에게 넘어온 순간부터 오히려 부루의 움직임은 드러나지 않게 조금씩 약해졌다. 그래서 선휼과 단후 두 사람에게 결정적인 일수를 날릴 기회가 불현듯 찾아왔을 때 부루는 그 두 사람을 제압하지 못하고 아슬아슬하게 두 사람이 회생할 틈을 내주었던 것이다.

그렇게 부루가 몇 번의 기회를 놓쳤지만 조산과 미방이 부루를 탓하지는 않았다. 그들의 마음속에는 은연중 부루의 무공을 자신들 아래로 보는 생각이 있었는데, 그건 아마도 자신들이 오신경의 무공을 수련한 세월에 대한 자신감 때문일 터였다. 다시 말해 오경에 담긴 무공이 거의 동일한 경지를 담고 있다면 결국 무공의 고하는 수련 기간에 의해 결정될 거란 선입견이 부루를 낮추보는 이유였던 것이다.

그러나 송추월의 눈을 달랐다.

"녀석… 너도 어부지리를 노리는 거냐?"

선휼과 단후가 불리해지기 시작하면서부터 약해진 부루의 공세는 그의 공력이 다른 사람에 미치지 못하기 때문이 아니라는 것이 송추월의 생각이었다. 그가 볼 때 부루는 이미 다음 싸움, 그러니까 선휼과 단후가 패퇴한 이후의 싸움을 생각하고 있는 것이 분명했다. 그것이 송추월이 알고 있는 부루였다.

쿠쿠쿵!

여전히 조화성의 폐허 위에서는 강렬한 격돌음이 이어졌다. 그러나 싸움의 양상은 처음과 많이 변해 있었다. 하늘을 찌를 듯 솟구치던 검기와 진기들은 이제 일이 장으로 줄어들었고 오경주의 움직임 역시 많이 둔해져 있었다. 여전한 것은 서로 내뿜고 있는 승리에 대한 강렬한 집착들 뿐이었다.

그러나 진기의 크기가 줄어들었다고 해서 싸움의 흉험함이 줄어든 것은 아니었다. 오히려 싸움은 검과 검, 손과 손이 격돌하게 되면서부터 더욱 흉험해졌다.

퍽!

한순간 미방의 독장이 단후의 옆구리를 스치고 지나갔다. 아마도 싸움이 시작된 이후 처음으로 누군가의 공세가 다른 사람의 몸에 닿은 순간일 터였다. 어느새 또 한 번의 밤을 보내고 세 번째 날의 아침을 맞이하고 있던 시간이었다.

"음!"

단후가 나직한 신음성을 흘려내며 서너 걸음 뒤로 물러났다.

"이젠 그만 끝내야 할 때인 것 같소, 벌써 삼 일째니!"

조산이 물러나는 단후를 덮치며 소리쳤다. 그의 목소리에선 이미 싸움의 승패가 끝났다는 자신감이 묻어나고 있었다.

쿠우웅!

조산이 삼 장여에 이르는 검기를 만들어내 단후의 목을 갈 라갔다.

"마인의 손에 천하를 주진 않는다!"

단후가 단호한 눈빛을 발하며 조산을 향해 마주 검을 휘둘 렀다.

웅!

단후의 검에서 웅혼한 검기의 파공음이 일어나더니 다가오 는 조산의 검을 막아냈다.

콰콰쾅!

거대한 진기의 충돌로 땅이 뒤흔들렸다. 그러나 그 충돌 속 에 우열은 명백히 드러났다. 조산의 검은 마치 땅속 깊이 박아 버릴 것처럼 단후를 위에서 짓누르고 있었다. 단후의 얼굴은 벌겋게 달아올라 있었는데, 오경주의 무공을 생각하자면 그의 이런 위기는 특별한 것이었다.

"끝을 내시오!"

조산이 뒤에 남아 있는 부루와 미방을 재촉했다. 그러자 부 루가 조산과 단후의 옆으로 뛰어들며 단후의 옆구리를 향해 일수를 가했다.

파아앙!

부루의 쇄금수가 영롱한 붉은빛을 흘려내며 단후의 옆구리를 파고들었다. 그런데 막 부루의 쇄금수가 단후를 가격하려는 순간 한줄기 청색 검기가 쇄금수를 막았다.

깡!

어느새 다가온 선휼이 부루의 쇄금수를 막고 오히려 부루에게 반격을 가하고 있었다.

부루는 욕심부리지 않고 훌쩍 뒤로 물러났다. 마치 싸움을 포기한 사람처럼!

팟!

선휼의 간결한 검기가 부루의 옆을 스치고 지나가 땅속 깊이 박혀들었다. 그런데 그때!

"컥!"

한마디 신음성이 두 사람의 뒤쪽에서 들려왔다. 선휼이 재빨리 신형을 돌렸다. 그러자 그의 눈에 검게 타들어가는 단후의 등이 보였다. 미방의 독장에 결국 당한 것이었다.

"독하구려!"

선휼이 부루를 놓아두며 바람처럼 몸을 날려 다시 한 번 단후에게 독장을 때려내려는 미방을 향해 날아갔다. 부루는 선휼이 물러나자 한줄기 미소를 지은 채 느긋하게 네 사람을 향해 다가갔다.

선휼의 무공은 무서웠다. 기실 굳이 우열을 가리자면 이 다섯 사람의 절대고수 중 선휼의 무공이 가장 뛰어나다고 할 수 있었다. 물론 그래 봐야 그 우열이라는 것이 종이 한 장 차이

긴 하지만. 어쨌든 그래서인지 미방은 선휼의 공격을 경시하
지 못하고 급히 단후에 대한 공세를 거둬들인 후 다가오는 선
휼을 향해 독무를 흩뿌렸다.

우웅!

선휼이 검을 한차례 회전시키자 미방이 뿌려낸 독무가 사방
으로 흩어지며 길을 만들었다.

"음!"

미방이 무서운 속도로 달려드는 선휼을 보며 낮은 침음성을
흘렸다. 선휼에게 아직도 이런 공력이 남아 있을 거라곤 미처
생각지 못한 미방이었다.

번쩍!

한순간 선휼의 검이 번쩍였다. 마침 아침 해가 뜨고 있어 그
의 검은 더욱 강한 광채를 흘려냈다.

미방의 두 손도 쾌속하게 움직였다. 그러자 그의 두 손에도
두 개의 녹색 독장이 만들어져 선휼의 눈부신 검기를 막아갔
다.

사삭!

눈부신 검기와 소름 끼치는 독장이 격돌하며 미세하고 날카
로운 파열음이 일어났다.

"큭!"

그리고 다음 순간 미방의 입에서 나직한 신음성이 흘러나왔
다. 어느새 그의 오른쪽 허벅지에 길게 검상이 만들어져 있었
다. 상처는 결코 얕지 않았다. 미방의 움직임이 급격하게 느려

졌다.

그러나 선휼은 최후의 일격을 미방에게 날릴 수 없었다. 어느새 그의 등 뒤에 다가선 부루가 지금까지와는 전혀 다른 속도와 강도로 쇄금수를 펼쳤기 때문이다.

선휼이 급히 신형을 틀어 공격에 대응했으나 부루의 쇄금수는 무서운 속도로 선휼의 검세를 파고들어 그의 몸을 때렸다.

팡!

"음!"

선휼이 부루의 존재를 몰랐던 것은 아니었다. 그러나 그는 부루에 대해 다른 경주들과 마찬가지로 일종의 방심을 하고 있었다. 그리고 그 결과는 본래의 능력을 드러낸 부루의 일수에 치명적인 일격을 허용하는 것이었다.

투툭!

선휼이 삼사 장 뒤로 물러난 후 겨우 몸을 세웠다. 그리고는 놀란 눈으로 부루를 응시했다.

"그대는……?"

그러나 선휼은 다음 말을 할 수 없었다. 어느새 허벅지에 검상을 입어 독이 오른 미방이 그를 공격해 들어왔기 때문이다.

"생사를 정하자!"

독기 오른 미방의 공격은 무섭기 이를 데 없었다. 그의 온몸은 녹색 기운에 휘감겨 완전한 독인으로 변해 있었다. 무지막지한 미방의 공세에 선휼도 부루를 놓아두고 미방과 격돌했다.

"이쪽은 이제 끝났고……."

부상 입은 호랑이들은 부루 자신의 상대가 아니었다. 부루가 고개를 돌려 조산과 단후의 싸움을 살폈다. 두 사람의 싸움은 완전히 조산 쪽으로 형세가 기울어졌다. 등에 미방의 독장을 맞은 단후는 이미 죽음의 그늘에 노출되어 있었다.

그의 공력은 급격히 약해졌고 조산의 검은 이제 거의 단후의 목줄을 끊어놓을 상태에 다다라 있었다.

"싸움을 끝낼 때군."

부루가 한줄기 차가운 미소를 지으며 조산과 단후를 향해 다가갔다.

"컥, 너… 네가?"

조산이 경악과 분노로 눈을 부릅떴다.

그의 앞에는 미방에게 허용한 독장의 영향으로 거의 모든 기력을 잃은 단후가 비틀거리며 서 있었고, 조산의 검은 그런 단후의 허벅지를 찌르고 있었다. 그런데 기이하게도 조산의 옆쪽, 그의 시선이 향한 곳에선 부루가 조산의 옆구리 깊숙이 쇄금수를 쑤셔 넣고 있었다. 그야말로 물고 물리는 형세의 세 사람, 그리고 승자는 부루였다.

팟!

부루가 재빨리 신형을 뒤로 물렸다. 호랑이는 목숨이 붙어 있는 한 항상 위험한 동물이었다.

"네… 놈!"

조산이 분노로 가득 찬 음성을 흘려냈다.

"설마하니 우리가 끝까지 함께 갈 거라고 생각하고 있었던 거요?"

부루가 한줄기 비웃음이 담긴 표정으로 물었다.

"이 영활한 놈!"

"흥, 내가 아니라면 그대가 내 목에 검을 겨눴을 거다. 이 싸움의 승자는 결국 한 명일 수밖에 없으니까. 당신의 실수는 날 너무 간과한 거야. 아마도… 내 무공이 당신들에 비해 조금 처진다고 생각했겠지. 실수는 항상 아주 작은 곳에서 일어나는 법이지. 하지만 난 그런 실수를 하는 사람이 아니다."

슈우욱!

부루의 손에서 다시 두 개의 수영이 만들어졌다. 삼 일간 벌어진 쟁투에서 소멸되었던 듯 보이던 그의 공력은 생생하게 살아 있었다. 그의 손을 떠난 불그스름한 수영이 비틀거리는 단후와 조산 둘 모두를 향해 닥쳐들었다.

"이놈!"

조산이 노성을 발하며 단후의 허벅지에 꽂혀 있던 검을 빼 들어 다가오는 부루의 수영을 쳤다. 그러나 수영은 부드럽게 조산의 검을 감싸듯 미끄러지다가 이내 검을 지나쳐 상대의 가슴에 격중했다.

팡!

"컥!"

"억!"

조산이 입에서 신음성이 토해지는 순간 이미 반항할 여력이 없던 단후 역시 부루의 수영에 격중돼 허공을 날아가 땅 위를 나뒹굴었다. 반면 조산은 비틀거리며 십여 걸음 뒤로 물러나더니 풀썩 땅 위에 무릎을 꿇었다. 그러자 부루가 두 사람을 향해 천천히 다가가며 중얼거렸다.

　"애초에 조화성이 빈 껍데기였을 뿐이라면 결국 최고의 보물은 우리들이 가진 신경이다. 이 다섯 개의 신경을 거둬 그 무공을 모두 익힌다면 결국 그의 경지, 자신의 후손을 조화성이라는 덫에 가둬두었던 조화선인의 경지에 오르겠지. 보물은 조화성이 아니라 바로 오신경 그 자체였다. 이젠 내가 그 신경들을 거두겠다."

　부루가 거침없이 조산을 향해 다가갔다. 그러자 조산이 품속에서 번쩍이는 패경을 꺼내 들었다. 앞서 조화성을 열 때 선경주 선휼에게 모아졌던 신경들은 조화성 내부로 들어가는 순간 각자 다시 자신들 주인의 손으로 돌아갔다.

　"흐흐, 네놈 따위에게 신경을 맡기지는 않아!"

　조산이 끈적한 웃음을 흘리며 말했다.

　"당신에겐 그걸 지킬 힘이 없어."

　부루가 단호한 어투로 말했다. 그러자 조산이 다시 차가운 실소를 흘렸다.

　"후후, 물론 네놈을 막을 수는 없겠지. 하지만!"

　"뭐얏!"

　부루의 손이 번개처럼 움직였다. 그의 손이 마치 원숭이처럼 늘어나더니 벼락처럼 조산을 쳤다.

쾅!

깡!

거의 동시에 두 개의 타격음이 일어났다. 하나는 조산의 가슴이 부루의 쇄금수에 부서지는 소리였고, 다른 하나는 조산의 손에 있던 신경이 그의 검과 충돌하는 소리였다.

"컥!"

가슴이 함몰된 조산이 피를 토하며 그 자리에서 쓰러졌다. 그러면서도 여전히 질긴 생명은 붙어 있어 한줄기 미소를 히죽이며 부루를 노려보고 있었다. 부루는 그런 조산에게는 시선도 주지 않고 떨어진 패경을 주워 들었다.

"이런… 망할!"

부루의 입에서 욕설이 흘러나왔다. 그의 손에 들린 신경은 종이처럼 일그러져 있었는데, 그 안에 새겨진 신공 구결의 절반 정도가 알아볼 수 없을 만큼 뭉개져 있었다.

"네가… 모든 것을 가질 수는 없… 큭!"

부루를 조소하던 조산이 한순간 숨이 끊어졌다. 부루의 발이 조산의 목을 밟았기 때문이다.

그렇게 단번에 조산의 목숨을 끊어버린 부루가 천천히 걸음을 옮겨 단후 앞으로 다가갔다. 단후 역시 신경을 꺼내놓고 있었는데 들어 올릴 힘이 없는지 신경을 땅에 댄 채 한 손으로 누르고 있었다.

"당신도 설마 신경에 이상한 짓을 하진 않겠지?"

부루가 한 치의 움직임도 허용하지 않겠다는 듯 정경주 단후를 보며 물었다. 그러자 단후가 한줄기 미소를 지었다. 순간 부루가 번개처럼 그의 손에서 정경을 빼앗아 들었다. 그리고 다음 순간 부루의 눈에 다시금 분노의 빛이 일렁였다.

"이이……!"

그의 손에 들어온 정경에는 커다란 손자국이 남아 있었는데, 그 손자국이 애초에 정경에 새겨졌던 글씨들 일부를 지우고 있었던 것이다.

"죽엇!"

부루의 발이 단후의 가슴에 꽂혔다. 그러자 단후가 비명도 내지르지 못하고 그 자리에서 고꾸라졌다. 그렇게 두 개의 신경을 얻었으나 그 신경에 새겨진 신공 비결의 절반도 얻지 못한 부루가 차가운 욕망의 눈으로 시선을 돌렸다.

그의 시선에 서로를 마주 보고 있는 선경주 선휼과 독경주 미방의 모습이 보였다.

그들은 싸움을 멈춘 채 부루를 응시하고 있었다. 두 사람의 눈은 부루에 대한 경계심으로 가득했다. 그도 그럴 것이 두 사람은 이미 부상이 깊어 성한 몸의 부루를 상대하기가 쉽지 않은 상태였다.

"당신들이 순순히 신경을 내놓는다면 이곳에서 물러가는 것을 허락하겠다."

부루가 마치 자신이 이 세상의 지배자가 된 것처럼 말했다.

"아무래도… 우린 적을 바꿔야 할 것 같소."

미방이 여전히 시선을 부루에게 둔 채 선휼에게 말했다. 그러자 선휼도 고개를 끄덕였다.

"정말 그런 모양이오. 우리가… 살 가능성은 거의 없겠지만!"

말을 마친 선휼이 비틀거리는 몸으로 미방 옆으로 다가섰다. 미방 역시 허벅지에 입은 부상으로 한쪽 다리를 절며 다가오는 부루를 향해 양손을 들어 올렸다.

"그 몸으로 날 상대하겠다는 건가? 살길을 열어줬음에도?"

부루가 차가운 음성으로 물었다.

"네가 과연 우릴 살려주겠느냐? 후후후, 네놈의 그 영악한 심성은 이미 임황 벽산에서 네 친구들을 배신할 때부터 알고 있었지."

"죽음을 자초하는 말이군."

부루가 더 이상 말을 섞지 않겠다는 듯 단호하게 말하고는 훌쩍 몸을 띄워 올렸다. 그의 손에서 수많은 수영들이 만들어지기 시작했다. 하나같이 영롱한 선홍빛을 흘려내는 수영들은 마치 부적처럼 선휼과 미방을 향해 다가왔다.

"흥!"

미방의 입에서 한줄기 비웃음이 흘러나왔다. 동시에 그의 두 손도 움직였다.

푸스스!

미방의 손이 마치 샘이라도 되는 듯 뿌연 안개를 뿜어내기 시작했다. 짙은 녹색으로 가득 찬 독무였다. 그 독무에 닿은 조화성의 잔재들이 연기를 내며 타들어갔다. 부루도 감히 미방의 독무를 경시하지 못하고 걸음을 멈췄다. 대신 그는 두 손으로 빠르게 허공을 휘저었다.

우웅!

부루의 손에서 뜨거운 불길이 솟구쳤다. 그러자 미방이 일으킨 독무들이 그 불길에 휩싸여 순식간에 사라졌다.

"독은 불에 약하지. 당신의 내공이 정상이라면 모를까, 이런 허접한 내공으로 펼치는 독공으론 날 상대할 수 없다. 다시 말하겠다. 독경을 내놓고 사라져라. 그 몸으론 다시 신경의 경주가 될 수도 없을 테니 어디 변방에 나가 산속 왕 노릇이나 하며 사는 게 좋을 거야."

부루의 차가운 말에 미방이 입술을 깨물었다. 그리곤 재차 부루를 향해 손을 내밀었다. 그러자 이번엔 손 모양의 독장 하나가 만들어지더니 부루를 향해 벼락처럼 닥쳐들었다. 그러나 부루는 여유있는 모습으로 다시 뜨거운 양기의 수공을 일으켜 독장을 한순간에 태워 버렸다. 그런데 그 순간 부루의 허점을 노리고 있던 선휼이 번개처럼 날아올라 부루의 오른쪽 어깨를 찔렀다.

"홍!"

선휼의 공세가 매섭기는 했으나 부루는 한줄기 비웃음과 함께 미방의 독장을 태운 그 자리에서 빙그르르 몸을 회전했다. 그러자 그의 몸이 선휼의 검을 옆으로 흘려내며 허공으로 떠올랐다.

캉!

그리고 다음 순간 날카로운 소성과 함께 선휼의 검이 그의 손에서 벗어났다. 부루의 강력한 수공이 선휼의 검날을 때려댔던 것이다. 보통 때라면 선휼 같은 고수가 자신의 검을 손에서 놓칠 리 없지만 지금의 선휼과 미방은 평소 공력의 일 할도 발휘하고 못하는 상태였다.

선휼과 미방이 동시에 부루로부터 십여 장 뒤로 물러났다. 그리고는 서로 눈빛을 교환하더니 이내 신형을 날려 조화성의 폐허를 벗어나기 시작했다. 부루와 상대하는 것이 어렵다는 것을 깨닫고 도주를 택한 것이었다.

"핫하! 도주를 하겠다고? 미안하지만 그렇게는 안 되겠어. 이제 신경들의 주인은 오직 나 하나로 족하니까."

부루가 호기롭게 외치며 두 사람과 벌어진 거리를 순식간에 좁혔다.

퍽!

부루의 손 하나가 독경주 미방의 등 정중앙을 때렸고, 또 다른 손이 선휼의 어깨를 가격했다. 두 사람의 간격이 제법 멀었지만 부루의 두 팔은 마치 십여 장 이상 늘어난 것처럼 거의 동시에 두 사람을 가격한 것이다.

"큭!"

"음!"

선휼과 미방이 동시에 땅 위로 나뒹굴었다. 두 사람은 부루에게 받은 충격 때문에 제대로 몸을 가누지 못했다.

"하하하! 이제 모든 것이 끝났다. 오경은 모두 내 손에 들어왔고 이젠 천하의 그 누구도 내 앞을 막을 수 없다. 선조의 뜻을 이어받아 이제 내가 강호에 조화성을 세우겠다. 빈 껍질만이 아닌 천하가 들어 있는 조화성을!"

부루가 포효했다. 정말 천하가 그의 발아래 무릎을 꿇은 듯 보였다. 미방과 선휼은 더 이상 반항을 포기한 채 세상을 한 손에 넣은 듯한 부루의 포효를 지켜보고 있었다. 거대한 마(魔)의 기운이 조화성의 폐허를 뒤덮고 산봉우리를 휘감았다.

그런데 그때 부루가 만들어내는 마기를 한순간에 잠재우는 목소리가 들려왔다.

"부루, 수고했다."

순간 부루가 부르르 몸을 떨더니 급히 마기를 거둬들이고는 신형을 돌렸다.

"추월!"

부루의 눈이 당혹으로 물들었다. 어느새 송추월이 전나무에서 내려와 부루를 향해 천천히 다가오고 있었다. 그의 한 손에는 천부가 들려 있었고, 다른 한 손에는 그 스스로 옥동에서 흑철을 깎아 만든 거무스름한 검이 움켜쥐어져 있었다.

"네가 어떻게 여길……? 설마… 내 뒤를 따르고 있었느냐?"

부루가 믿을 수 없다는 듯 물었다. 물론 송추월의 무공이 자신을 능가한다는 것은 알고 있었지만, 조화성은 오로지 신경을 지닌 자만이 찾을 수 있는 곳이었다. 신경없이는 절대 이 암봉 위의 조화성을 만날 수 없었다.

"아니, 널 뒤따른 것은 아니야."

송추월이 대답했다.

"그럼 어떻게……?"

"이거 알지?"

"그건… 천부……?"

천목맹 총사였던 부루가 천부를 몰라볼 리 없었다. 한때는 천부를 손에 넣는 것이 그의 최고 야망이었던 시절도 있었으니까.

"그래, 맞아. 이 천부가 길을 알려주더군."

"천부가 어떻게……?"

"네가 모르는 게 있어. 이 천부를 남긴 신인 도명이 바로 조화선인이었다면 믿을 수 있겠느냐?"

순간 부루가 눈을 크게 떴다. 잠시 후 고개를 끄덕였다. 부루의 뛰어난 머리는 이미 송추월의 말에 전후 사정을 모두 짐작해 냈던 것이다.

"그랬군. 그래… 두 사람이 거의 비슷한 시기에 활동하면서도 서로 마주쳤다는 이야기가 전해지지 않는 것이 간혹 의문이었지."

"옛일이야 더 이상 말할 필요 없고. 우리 일을 끝내야지? 부루, 넌 정말 대단하구나. 오경주를 제압했어!"

"흐흐흐, 맞아. 모두 봤느냐? 내가 오경주를 제압하는 것을!"

"그래. 넌 역시 내 친구다. 아주 자랑스러워. 그리고 고맙구

나. 내가 하려 했던 일을 대신해 줘서. 이젠… 마무리를 지어야지?"

"어부지리를 노리겠다는 거냐?"

"뭐, 비슷하기는 한데… 난 사실 오신경 따위 이제 관심이 없어. 난 그저 이쯤에서 이 조화성의 전설이 끝났으면 하는 생각이다."

순간 부루의 눈빛이 기이해졌다.

"설마… 우리 모두를 죽일 생각인 거냐?"

"처음에는 그럴 생각이었지. 하지만 지금은 생각이 달라졌다."

"어떻게 말이냐?"

"그저 신경들을 회수해 가루를 내어버리는 것으로 족해. 그리고 넌 나와 함께 대호산으로 가야겠지. 친구들이 기다리니까. 아? 그런데 그 노인네는 어떻게 됐어? 이곳으로 올 줄 알았는데 보이지가 않네?"

송추월이 좌우로 주변을 돌아보며 마효를 찾았다. 그러자 부루가 음산하게 말했다.

"그는… 죽었다."

순간 송추월의 눈빛도 변했다.

"죽어? 역시 네가 죽였군."

"노인네가 날 배신하려 했으니……."

"그래도 그는 너의 사부인데 죽였다니 너무하군."

"흐흐, 그가 언제 우리의 사부였더냐?"

"우린 몰라도 네겐 사부였지."

"좋아, 좋아. 그렇다고 하지 뭐. 하지만 사부라도 날 배신하면 죽일 수밖에. 그래서 말인데, 아마 너도 오늘 이곳에서 죽을 거야."

"네 무공이 나에게 미치지 못한다는 걸 알 텐데? 더군다나 넌 기력이 많이 손실되었고."

"후후후, 네가 모르는 게 하나 있다."

부루가 득의한 미소를 지으며 말했다.

"그래? 그게 뭘까?"

순간 부루가 슬쩍 어깨를 폈다. 그러자 그의 몸이 마치 어딘가에서 다시 생명의 물을 얻어 마신 듯 강렬하고 신비한 기운을 흘리기 시작했다.

"난… 결국 화정멸세를 이뤘다. 네 도움이 컸어. 너에게서 도주한 후 화동에 들어 몸을 회복했지. 그 와중에 화정멸세의 깨달음을 얻었다. 화동은… 역시 영지더구나. 후후후, 화정멸세를 이룬 이상 세상에서 날 상대할 자는 없다. 추월, 너라 하더라도."

"그래? 그럼 그 화정멸세 좀 볼까?"

송추월이 흑빛 검을 들어 올렸다. 송추월의 담담한 태도에 부루가 살짝 눈을 좁혔으나 이내 화정멸세를 이룬 자신의 무공에 대한 자신감을 앞세워 송추월을 향해 다가서기 시작했다.

스스스!

부루의 손이 부드럽게 허공을 어루만졌다. 그러자 지금까지 화기 충만하던 그의 수영과 달리 아주 엷은 붉은색을 띤 수영들이 그의 손에서 만들어지기 시작했다. 수영들은 마치 화수분처럼 쉬지 않고 허공으로 떠올랐다. 끊임없이 수영을 쏟아내는 부루의 공력은 마르지 않는 샘과 같았다. 그의 수영들은 생멸을 거듭하며 서서히 송추월을 향해 다가왔다. 그런 부루의 모습은 마치 신인과 같아서 그를 보는 선홀과 미방의 얼굴에는 은은한 두려움이 깃들고 있었다.

송추월은 자신을 향해 다가오는 부루의 손들을 차가운 눈으로 지켜보았다. 부루의 모습은 마치 천 개의 손을 가진 괴물과 같아서 도저히 그를 상대할 방법이 없는 듯 보였다.

그런데 한순간 송추월이 부루가 만들어내는 수백, 수천 개의 수영 속으로 걸음을 옮겼다. 마치 자살이라도 하려는 사람처럼. 그리고 부루의 수영과 그의 거리가 일 장 안으로 가까워졌을 때 송추월이 천부를 휘둘렀다.

우웅!

천부가 용음을 토해내며 허공을 갈랐다. 그러자 거짓말처럼 부루가 만들어낸 수영들이 허공에서 사라지기 시작했다. 부루의 수영은 보기엔 가벼워 보여도 태산 같은 무게를 지닌 것들이었다. 보통 사람이라면 스치기만 해도 뼈가 부러지고 심장이 터져 나갔을 터였다. 그런데 그런 부루의 수영을 천부는 너무도 쉽게 파훼하고 있었다.

슈우욱!

천부의 움직임이 점점 더 빨라졌다. 그러자 부루의 수영들이 이제는 물결에 쓸리는 낙엽처럼 천부의 움직임에 맞춰 이리저리 쓸려 다니기 시작했다. 천하의 주인 같던 부루의 얼굴이 당혹감으로 물들었다. 흩어지는 수영들이 마치 자신의 운명처럼 느껴진 듯, 그에 반발해 부루가 더욱 세차게 손을 휘둘렀다.

파파팟!

그러나 부루의 노력에도 불구하고 그의 수영들은 이제 완전히 천부의 흐름에 휩쓸려 허공을 부영했다. 그리고 한순간 송추월이 불쑥 왼손을 내밀었다. 그 손에는 자신이 직접 만든 흑검이 들려 있었는데, 검은 천부가 만들어낸 공간을 따라 교묘하게 전진하더니 한순간에 부루의 단전을 스치고 지나갔다.

"악!"

부루의 입에서 찢어지는 듯한 비명 소리가 터져 나왔다. 동시에 허공을 수놓았던 그의 수영들이 씻은 듯이 사라졌다. 부루가 자신의 단전을 감싸고 그 자리에 주저앉았다. 송추월이 그런 부루 앞에 쪼그리고 앉았다. 그리고는 속삭이듯 부루에게 말했다.

"부루, 네가 모르는 게 한 가지 더 있어."

부루가 저주의 눈으로 송추월을 바라봤다. 그는 자신의 패배를 도저히 믿을 수 없는 듯했다.

"넌 화정멸세가 끝이라고 생각했겠지? 하지만 조화선인은 하나의 구결을 더 남겼어. 난 그걸 제오결이라고 이름 지었는데…

뭐, 딱히 선인이 다른 이름을 남기지 않았기 때문이야. 그러나 내가 얻은 오결은 미완성의 것이었지. 사실 내가 인수로를 탈출한 후 바로 너와 마효 그 노인네를 찾아가지 않은 것은 혹시 화마경에 완성된 오결이 있을까 두려웠기 때문이야. 그런데……."

송추월이 불쑥 부루의 품속에 손을 넣었다. 그리고는 서슴없이 그의 품속에서 화마경을 꺼내 들었다. 송추월이 천천히 부루 앞에 화마경을 들어 올리며 말을 이었다.

"너도 보다시피 이 화마경엔 제오결이 없어. 그런 이상 네가 날 이길 수는 없다. 난 제오결을 완성하지는 못했지만 적어도 그 일부를 얻은 사람이니까. 그래서 넌 패했고 난 이겼다. 부루, 우리의 승부는 여기까지야."

"죽여!"

부루가 억눌린 음성으로 말했다. 그러자 송추월이 고개를 저었다.

"아니, 널 데려갈 거야. 넌 죽지 않아. 대호산으로 가자. 가서… 친구들을 만나야지? 물론 무공은 더 이상 쓰지 못하겠지만."

송추월이 냉정하게 말했다. 그런데 그때 갑자기 쓰러져 있던 독경주 미방이 바람처럼 장내를 벗어나기 시작했다. 마치 송추월이 그를 곧 죽이기라도 할 것처럼. 송추월은 달아나는 미방을 무심히 바라봤다. 그를 추격할 생각 같은 것은 애초부터 없었던 모양이다.

"우릴… 살려주는 건가?"

선흘은 도주하지 않았다. 그는 담담한 음성으로 송추월에게 물었다. 아마도 미방을 추격하지 않은 송추월의 모습에서 그가 자신들을 죽일 생각이 없다고 생각한 모양이었다.

"그는 굳이 내가 죽이지 않아도 살기 어려울 것 같고… 당신은 세상에 관심이 없는 듯하더군."

송추월이 말했다. 그러자 선흘이 고개를 끄덕였다.

"조화성이 아니라면 굳이 세속에 나올 이유가 없었던 나지."

"그런 사람을 죽여 뭐하게?"

송추월이 심드렁하게 말했다. 그러자 선흘이 송추월을 묘한 눈으로 보다가 다시 입을 열었다.

"조화선인의 진전을 얻었나?"

"우연찮게."

송추월이 고개를 끄덕였다. 그러자 선흘이 조금 걱정스런 표정으로 다시 물었다.

"이젠… 무얼 할 텐가?"

선흘의 질문에 송추월이 잠시 생각에 잠겼다가 대답했다.

"글쎄, 나도 내가 뭘 할지 모르겠군."

"강호를 가질 텐가?"

"글쎄. 뭐, 무료하면 그 짓도 해볼 만하고."

"선인은… 그의 무공이 세상에 나가는 것을 원치 않았네."

선흘의 말에 송추월이 피식 실소를 흘렸다. 그리고는 선흘을 보며 말했다.

"이봐, 선경주. 조화선인은 이미 수백 년 전 사람이야. 물론 그의 무공이 우리에게 전해졌지만 현세에 사는 사람이 수백 년 전에 죽은 사람의 덫에 걸려 버둥거려서야 될 말인가? 무공은 그저 무공일 뿐이야. 그런데 당신들 오경주들은 선인의 무공이 만든 덫에 스스로 걸려 그 질곡에서 헤어 나오질 못했어. 그런데 이 지경이 되고도 아직도 조화선인을 들먹이는 건가?"

순간 선휼이 뭔가를 크게 깨달은 듯 눈빛을 번쩍였다. 그리고는 이내 고개를 끄덕이며 말했다.

"그렇군, 그래. 무공은 무공일 뿐이고… 이 생의 삶은 다른 누구 것도 아닌 내 것이지……. 그래, 그래. 사부 것도, 사형들 것도 아닌 내 것이지. 아! 난 가야겠네."

"길은 항상 열려 있어."

"가겠네."

선휼이 비틀거리는 몸을 이끌고 서둘러 장내를 벗어났다. 그러자 송추월이 부루를 보며 말했다.

"제길, 우리가 얻은 것이 마경이 아니라 선경이었으면 좋았을 걸 그랬다. 저 사람이 좀 부럽군. 저 사람은 결국 신선이 될 것 같지 않아? 흐흐, 하지만 뭐 신선이나 산적이나 산속에 사는 건 마찬가지지. 우리도 가자."

송추월이 부루를 부축해 들었다. 그러자 부루의 품속에서 두 개의 신경, 그 주인들에 의해 훼손된 패경과 정경이 떨어졌다.

"이제 쓸모없게 된 유물 따위 던져 버리고!"

송추월이 패경과 정경을 집어 들고는 산 아래로 힘껏 던졌다. 두 개의 신형이 새처럼 날아 조화성 아래 깊은 계곡으로 사라졌다.

"가자. 가서 너와 내 인생을 생각해 보자."

*　　　*　　　*

육패의 시대는 너무도 급작스럽게 종말을 고했다. 그해 가을, 천하는 네 곳의 영험한 땅에서 모습을 드러낸 절대고수들에 의해 산산이 흩어졌다. 그들은 지금까지의 그 누구보다 강했다. 그들 앞에선 육패의 고수들도 몸을 숨겼다. 그나마 천목맹의 고무룡이 이끄는 결사대만이 간간이 그들을 상대로 작은 승리를 거뒀다는 소문이 전해질 뿐이었다.

천하는 순식간에 그 네 무리의 절대고수 손에 들어가는 듯 보였다. 사람들은 그들을 천외사천이라 불렀다.

그런데 여름 폭풍 같던 천외사천의 질주는 그들이 강호에 나타난 지 여덟 번째 달이 되었을 때 나타날 때와 마찬가지로 거짓말처럼 급작스럽게 끝이 났다.

천외사천의 종말에 대한 이야기는 수백, 수천 가지 줄기로 강호에 회자되었으나 누구도 왜 갑자기 그들이 소멸되었는지 그 진실한 이유를 알지 못했다. 오직 백두의 한 자락 대호산 대호채에 사는 몇몇 산적들을 빼고는.

終

봄이 오고 얼었던 땅이 녹았다. 혹독하게 추웠던 지난겨울
은 수많은 생명들을 동사시켰지만 그래도 봄은 다시 찾아와
세상에 생명의 기운을 불어넣었다.

투툭!

백두의 깊은 산속의 이름 모를 산비탈도 봄기운에 녹아 허
물어졌다.

쨍그랑!

허물어지는 흙 속에서 두 개의 동경이 모습을 드러내 비탈
아래 계곡 근처에 떨어졌다. 땅속에 묻혀 있었던 것이라고는
생각하기 어렵게 밝은 빛을 흘러내는 동경은, 아쉽게도 제법
많이 일그러져 있었다. 그 안에는 수백 자의 깨알 같은 글씨들

이 새겨져 있었는데 동경이 일그러진 탓에 절반 이상이 알아볼 수 없을 만큼 훼손되어 있었다.

그렇게 며칠 계곡 언저리에 너부러져 있던 동경 위에 봄비가 내리기 시작했다. 그러자 마치 한겨울을 버텨낸 나무들처럼 동경이 서서히 변하기 시작했다.

일그러졌던 곳은 퍼지고 훼손된 글씨들은 다시 본래의 모양을 갖췄다.

쏴아아!

비는 이틀을 계속해서 내렸다. 봄비치고는 지나치게 많은 양의 비였다. 계곡은 금세 불어난 물로 가득 찼고, 찬란하게 빛나는 두 개의 동경도 불어난 물에 휩쓸려 계곡을 따라 사라졌다.

*　　　*　　　*

자기 이름 석 자도 쓸 줄 모르는 사냥꾼 허덕송은 여름 장마처럼 내리는 봄비를 피해 산속 제법 깊은 동굴을 찾아들었다.

"제길, 봄에 무슨 이따위 폭우가 쏟아진담!"

허덕송이 투덜거리며 활과 창을 내려놓고 얼른 모닥불을 피웠다. 불길이 순식간에 동굴 안을 따뜻하게 데웠다.

"어, 이제 살 것 같네. 그나저나 큰일이군. 이 비에 그놈의 발자국이 지워졌을 텐데……."

허덕송은 며칠째 대호를 추격 중이었다.

"쩝, 어쩔 수 없지. 다음에 다시 오는 수밖에. 여기서 좀 쉬

다가 비가 그치면 산을 내려가야겠다."

허덕송이 혀를 차며 고개를 저었다. 그런데 다음 순간 화들짝 놀라 튕기듯 몸을 일으켰다.

"젠장, 이게 뭐야?"

허덕송의 입에서 자신도 모르게 욕설이 흘러나왔다. 모닥불이 동굴을 밝히자 어둠에 가려져 있던 해골 하나가 벽에 등을 기댄 채 모습을 드러냈던 것이다.

"젠장, 하필이면 이런 곳에 자리를 잡다니! 퉤!"

허덕송이 재수없다는 듯 해골을 향해 침을 뱉었다. 그러다가 문득 허덕송의 눈이 반짝였다.

"어라? 저게 뭐지?"

허덕송이 조심스럽게 해골이 있는 곳으로 다가가더니 해골 가슴 부위에서 하나의 동경을 주워 들었다. 세월의 때가 전혀 느껴지지 않는 눈부신 동경. 허덕송이 자신도 모르게 웃음을 흘렸다.

"히히히, 이거 죽으란 법은 없군. 몹시 비싸 보여. 내다 팔면 아마 금자 열 냥은 받겠어. 아니아니, 어머니가 항상 거울이 없다 불평하셨으니 어머니께 드리는 게 좋겠군. 흐흐흐, 이거 비덕분에 횡재했군. 하하하!"

『화마경(火魔經)』완결

終 317

저작권 보호!!
장르문학의 성장에 힘이 되어주십시오.

저작물의 무단 전재와 복제, 불법 다운로드!
이것은 관심이 아니라 무관심입니다!

작가님들은 창의적 열정과 시간을 투자해 자신의 꿈과 생계를 유지합니다.
한 권의 책을 만들어 많은 사람들은 자신의 인생과 미래를 설계합니다.

저작물 속에는 여러 사람의 노력과 희망이
담겨 있습니다!

저작물의 무단 전재와 복제, 불법 다운로드는 여러 사람들의 꿈과 생계를
위협함으로써 장르문학을 심각한 상황에 빠뜨리고 있습니다.

이제는 무관심이 아니라 관심으로 장르문학의
성장에 힘이 되어주세요.

[도서출판 **청어람**은 항시적인 저작권 보호를 통해 장르문학과
여러분의 희망을 지키겠습니다.]

청어
도서출판 람

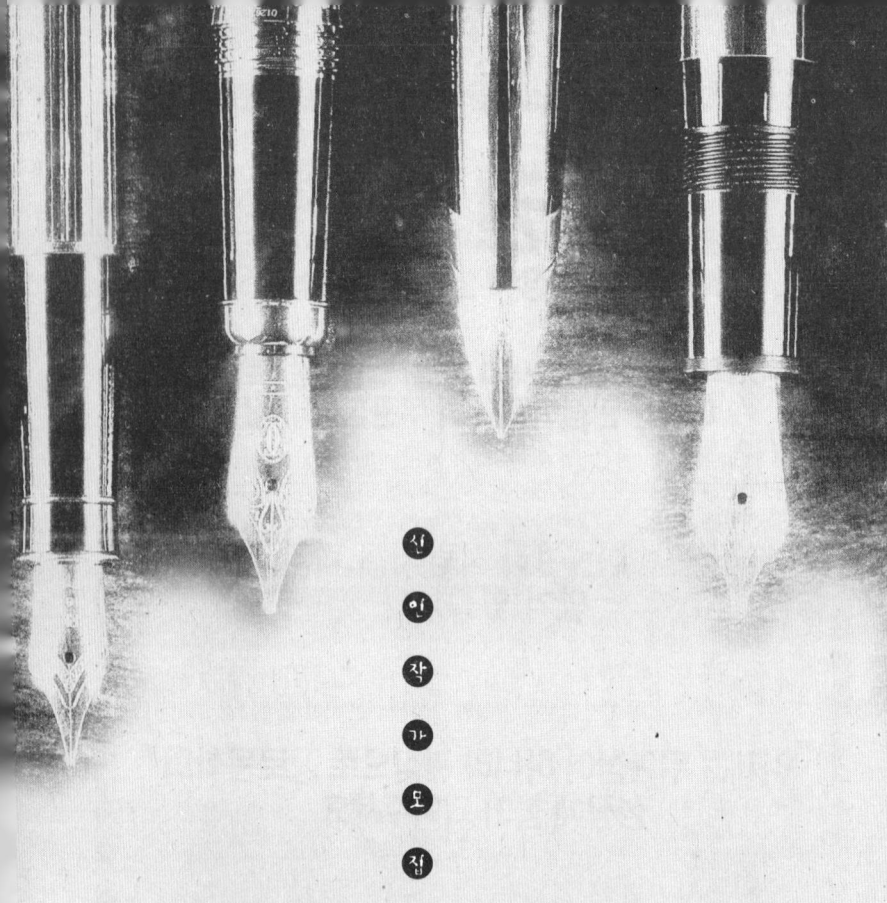

조종호 新무협 판타지 소설

十變化身
십변화신

"너는 죽는다."

"……!"

뇌서중은 자신도 모르게 번쩍 고개를 치켜들어 뇌력군을 올려다봤다.

"다시 말해주랴? 난호가 망혼곡에 들어가면 네놈은 반드시 죽는다."

비밀에 싸인 중원 최고의 살수문파 망혼곡(忘魂谷).
그곳에서 십 년 만에 돌아온 화사명은 기억을 지우고
평화로운 삶을 꿈꾸지만,
주위엔 가문을 위협하는 자들이 존재하고 있었으니……

그의 손엔 망혼곡 삼대기문병기
용편검(龍鞭劍), 명혼기수(冥魂起手), 엽섬비(葉閃匕).
얼굴엔 서로 다른 열 개의 괴이한 가면.

망혼곡주 십변화신!
그가 일으키는 폭풍의 무림행!

Book Publishing CHUNGEORAM

유행이 아닌 자유추구 -
WWW.chungeoram.com

백야 新무협 판타지 소설

醉佛狂道
취불광도

「무림포두」, 「염왕」의 작가 백야!
그가 칠 년 동안 갈고닦아 온 역작 「취불광도」!

강호 일신(一神), 검신 한담(邯罩).
오직 검 한 자루로 무림을 지배하고 다스리는 인물.
강호를 지배하는 또 하나의 손, 또 하나의 검……

기이한 파계승의 손에서 자란 나정은 스승과 함께 떠난 무림행에서
이십 년 전의 혈난을 만들어낸 금단의 무공을 만나게 되고……

그에게 잠재되어 있던 거대한 힘이 운명의 안배에 따라 깨어난다!

어린 동자승, 나정이 만들어가는 무림 기행!
또 하나의 전설이 이제 시작된다!

Book Publishing CHUNGEORAM

유행이 아닌 자유추구 -
WWW.chungeoram.com

無籍門主

무적문주

눈매 新무협 판타지 소설

**강호가 혼란할 때마다 나타났던 전설의 문파
강호인들은 그들을 무적문이라 부른다.**

마도천하의 시대. 명문정파 비검문은 유일한 계승자인 설화를 보호하기 위해
표운성이라는 청년을 찾는데……

"헤헤, 돈 좀 주셔야겠는데요?"

결핏하면 돈! 돈! 돈!
세상에서 가장 좋은 것도 돈이요, 가장 귀한 것도 돈이다.

그를 은밀히 따르는 어둠 속의 사군자(死軍者)들
서서히 드러나는 무적문의 실체

"은자의 은혜만 받는다던 나 표운성, 이루지 못할 것은 없다"
돈에 환장한 문주가 나타났다!

Book Publishing CHUNGEORAM

유행이 아닌 자유추구-
WWW.chungeoram.com

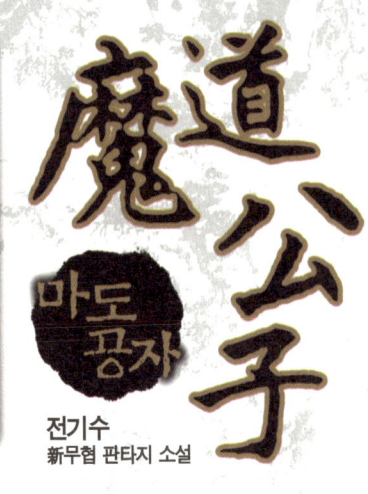